KB054756

명문동양문고

㉑

韓非子

한비자 (下)

김학주 譯

明文堂

범례凡例

1. 이 번역은 「韓非子」 55편 가운데서 중요하지 않은 부분은 생략한 초역(抄譯)이다. 그러나 생략된 부분에 대하여도 간단한 설명을 붙였으니 전체 내용을 파악하는 데엔 별 지장이 없을 줄로 안다.

2. 번역은 송건도본(宋乾道本)을 바탕으로 교석을 가한 왕선신(王先愼)의 「한비자집해(韓非子集解)」를 중심으로 하고 진계천(陳啓天)의 「한비자교석(韓非子校釋)」을 대조하면서 필요할 때엔 그때그때 여러 학자들의 업적을 참고하였다.

3. 역문은 될 수 있으면 쉬운 현대말을 쓰면서도 원문의 어순(語順)이나 어법(語法)을 따르기에 힘썼다.

목차

한비자

제9권

30. 내저설상칠술편內儲說上七術篇

「내(內)」는 뒤에 「외저설(外儲說)」이 나오므로 「내편(內篇)」의 뜻이며, 「저(儲)」는 「저(貯)」와 통하여 「저축하는 것」 또는 「모아 놓는 것」. 임금을 위한 여러 가지 논설들을 모아 놓은 것이다. 본문은 「경(經)」과 「설(說)」로 나누이는데, 「경」은 원칙적인 논설이고 「설」은 그 해설에 해당하는 것이다. 「칠술(七術)」이란 신하를 다스리는 「일곱 가지 술법」이란 뜻이며, 여기엔 이 편의 중요한 대목만을 번역하기로 하겠다.

1.

임금이 사용하여야 하는 것으로 일곱 가지 술법(七術)이 있고, 잘 살펴야만 하는 것으로 여섯 가지 빌미(機微)가 있다.

일곱 가지 술법이란, 첫째, 여러 가지 일의 발단에 대하여 사실을 잘 검토한 뒤 판단을 내리는 것, 둘째, 잘못은 반드시 처벌함으로써 위엄을 밝힐 것, 셋째, 잘한 것은 반드시 상을 주어 능력을 다하게 할 것, 넷째, 일일이 신하들의 말을 들어보고 그대로 하는가 추궁할 것, 다섯째, 의심스런 명령을 내려 보기도 하고 거짓 잘못된 일을 시켜 보기도 할 것, 여섯째, 아는 것을 감추어두고 모르는 체 물어볼 것, 일곱째, 반대되는 말을 해보기도 하고 반대 되는 일을 해보기도 할 것. 이 일곱 가지는 임금이 사용해야만 할 일들이다.

主之所用也七術, 所察也六微. 七術, 一曰衆端參觀, 二曰必罰明威, 三曰信賞盡能, 四曰一聽責下, 五曰疑詔詭使, 六曰挾知而問, 七曰倒言反事. 此七者, 主之所用也.

- 微(미) : 빌미, 기미.
- 衆端(중단) : 여러 가지 일의 발단.
- 參觀(참관) : 보고 들은 사실들을 검토하는 것.
- 一聽(일청) : 모든 일에 일일이 신하들의 의견을 들어 보는 것.
- 詭(궤) : 속임수.
- 挾(협) : 감춰 두는 것.

*의심스런 명령을 내린다든가, 본 마음과는 반대되는 말이나 행동을 해서 늘 신하들을 시험하고 또 신하들의 마음을 긴장시킨다는 것이다. 「법가」의 술수(術數)를 눈앞에 보는 듯하다.

2. 첫째, 사실의 검토(參觀).

보고 들은 사실들을 잘 검토하지 않으면 곧 신하들의 진심을 알 수 없다. 신하들의 말을 듣는데 문처럼 거쳐야 할 사람이 낀다면 신하들의 진심은 막혀버리고 말 것이다.

經一, 參觀. 觀聽不參, 則誠不聞, 聽有門戶, 則臣壅塞.

＊여기서부터 일곱 가지 술법(七術)에 대하여 한 조목 한 조목에 관한 해설이 시작된다. 이 짤막한 설명 뒤에는 사실을 잘 검토하지 않음으로써 실패한 여러 가지 보기가 열거(列擧)되어 있으나, 번역을 생략한다. 다른 조목의 설에 있어서도 마찬가지이다. 나머지 조목에 대하여는 해설을 생략한다.

3. 둘째, 반드시 벌을 줌(必罰).

애정이 너무 많으면 곧 법령이 서지 않고, 위엄이 적으면 곧 신하들이 임금을 침해한다. 그래서 형벌을 반드시 쓰지 않는다면 곧 금령(禁令)이 시행되지 않는다.

經二, 必罰. 愛多者, 則法不立, 威寡者, 則下侵上. 是以刑罰不必, 則禁令不行.

- 必(필) : 반드시 시행하는 것.

4. 셋째, 잘한 일엔 상을 줌(賞譽).

주는 상이 박하고 거짓이면 신하들이 일하지 않는다. 주는 상이 두텁고 진실되면 신하들은 죽음을 가벼이 여긴다.

經三, 信賞. 賞譽薄而謾者, 下不用也. 賞譽厚而信者, 下輕死.

- 謾(만) : 속임, 거짓됨.
- 輕死(경사) : 죽음을 가벼이 여기며, 나라와 임금을 위해 일하는 것.

5. 넷째, 일일이 듣는다(一聽).

일일이 신하들의 말을 들어보지 않으면 어리석은 자와 지혜 있는 자가 분별되지 않는다. 그의 말대로 하는가 신하들을 추궁하면, 곧 신하들은 능력 있는 자와 없는 자가 뒤섞이지 않는다.

經四, 一聽. 一聽則愚智不分, 責下則人臣不參.

- 一聽(일청) : 두 번째 一자 위에 「不」자가 빠진 듯하다. 「不」
  자가 위에 있어야만 뜻이 잘 통한다.
- 參(참) : 능력 있는 자와 무능력자가 한데 뒤섞여서 벼슬을
  하는 것.

6. 다섯째, 거짓으로 부려 본다(詭使).

자주 불러 만나보고 오래 기다리게 하면서 임용(任用)
하지 않는다면 간악함은 사슴이 달아나듯 없어지게 될
것이다. 신하들을 부릴 때 알면서도 딴전을 치면 곧 사사
로운 이익을 추구하지 못할 것이다.

經五, 詭使. 數見久待而不任, 姦則鹿散. 使人問
他, 則不鬻私.

- 數見(삭현) : 신하가 자주 임금을 뵙는 것.
- 鹿散(녹산) : 사슴이 도망치듯 없어져 버리는 것.
- 問他(문타) : 알면서도 모르는 체 딴전을 피며 물어보는 것.
- 鬻(육) : 파는 것, (개인의 이익을) 앞세우는 것.

7. 여섯째, 아는 것을 감춰 두는 것(挾知).

아는 것을 감춰 두고 물어보면 곧 알지 못하던 것도 알게 된다. 한 가지 물건에 대하여 깊이 알면 여러 가지 숨기어졌던 사실들도 모두 알 수 있게 되는 것이다.

經六, 挾知. 挾智而問, 則不智者至. 深智一物, 衆隱皆變.

- 智(지) : 知(지)와 통하여, 「아는 것.」
- 至(지) : 알게 된다는 뜻.
- 衆隱(중은) : 여러 가지 숨겨져서 몰랐던 일들.
- 變(변) : 변하여 드러나 알 수 있게 된다는 뜻.

8. 일곱째, 반대되는 말을 할 것(倒言).

반대되는 말을 하고 반대되는 일을 함으로써 의심나는 사람을 시험해 보면 곧 간사한 자들의 실정을 알게 된다.

經七, 倒言. 倒言反事, 以嘗所疑, 則姦情得.

*한비는 이상을 이 편의 경(經)이라 하고 있다. 따라서 다

음부터 소개하는 대목들은 모두 이에 관한 해설인 설(說)에 해당하는 부분들이다.

9.

위(衛)나라 영공(靈公) 때 미자하(彌子瑕)는 임금의 총애가 있어 위나라를 마음대로 휘둘렀다. 난쟁이 중의 한 사람이 영공을 뵙고 말하였다.

「저의 꿈은 잘 들어맞습니다.」

영공이 물었다.

「무슨 꿈이기에?」

「꿈에 아궁이를 보았기 때문에 임금님을 뵈려 한 것입니다.」

영공은 노하여 말하였다.

「내 듣건대, 임금을 뵈올 사람은 해를 꿈에 본다고 하던데, 어찌하여 나를 만나기 전에 꿈에 아궁이를 보았느냐?」

「해란 온 천하를 두루 비추며 한 물건으로서는 가릴 수가 없는 것입니다. 임금은 온 나라를 두루 비추며 한 사람으로서는 막는 수가 없는 것입니다. 그러므로 임금을 뵙게 될 사람은 꿈에 해를 보는 것입니다. 그런데 아궁이란 한 사람이 불을 때고 있으면, 곧 뒷사람은 그 속의 불을 볼 수가 없게 됩니다. 지금 혹시 어느 한 사람이 임금님을 가리고 있는 사람이 있지는 않으신지요? 그렇다면 제가 비록 꿈에 아궁이를 보았다 하더라도 괜찮은 일이 아닙니까?」

衛靈公之時, 彌子瑕有寵, 專於衛國. 侏儒有見公者曰, 臣之夢踐矣. 公曰, 何夢? 對曰, 夢見竈, 爲見公也. 公怒曰, 吾聞, 見人主者夢見日, 奚爲見寡人而夢見竈? 對曰, 夫日兼燭天下, 一物不能當也. 人君兼燭一國, 一人不能擁也. 故將見人主者, 夢見日. 夫竈一人煬焉, 則後人無從見矣. 今或者一人有煬君者乎? 則臣雖夢見竈, 不亦可乎!

- 彌子瑕(미자하) : 춘추시대 위나라 영공의 총애를 받던 신하.
- 專(전) : 멋대로 움직이는 것.
- 侏儒(주유) : 난장이.
- 踐(천) : 실천되다, 사실화되다.
- 竈(조) : 아궁이, 부뚜막.
- 擁(옹) : 막다, 가리다.

• 煬(양) : 아궁이에 불을 때는 것.

*이 이야기는 앞에 나온 임금의 일곱 가지 술법 가운데의 첫째 「여러 가지 사실의 검토(參觀)」를 설명한 뒤, 그 보기로 든 「난장이의 아궁이 꿈」 얘기를 해설한 것이다. 곧 임금이 여러 가지 사실을 검토하여 자기 스스로 판단을 내리지 않으면 대신들에게 가리워져 권세를 잃게 된다는 것이다.

10.

동알우(董閼于)가 조(趙)나라 상지(上地)의 수령(守令)이 되어 석읍(石邑) 산속을 지나게 되었다. 깊은 골짜기의 벽처럼 깎아 세운 듯한 깊이 백길이 넘는 절벽을 보면서 그의 옆에 있던 그 고을 사람에게 물었다.

「전에 이곳에 들어와 본 사람이 있었소?」

「없었습니다.」

「아이나 장님이나 귀머거리나 미친 사람 가운데 여기에 들어와 보았던 사람은 있소?」

「없습니다.」

「소나 말이나 개나 돼지 가운데 전에 여기 들어와 본

짐승은 있소?」

「없습니다.」

동알우는 휴 하고 크게 한숨을 지으며 말하였다.

「내 이젠 다스릴 줄 알겠다. 나의 법을 용서 없도록 하여 마치 이 골짜기로 들어간 자는 반드시 죽는 것처럼 해야겠다. 그러면 아무도 감히 법을 범하지 않을 것이니 어찌 다스려지지 않겠는가?」

董閼于爲趙上地守, 行石邑山中, 見深澗峭如牆, 深百仞, 因問其旁鄕左右曰, 人嘗有入此者乎? 對曰, 無有. 曰嬰兒盲聾狂悖之人, 嘗有入此者乎? 對曰, 無有. 牛馬犬彘, 嘗有入此者乎? 對曰, 無有. 董閼于喟然太息曰, 吾能治矣. 使吾法之無赦, 猶入澗之必死也, 則人莫之敢犯也, 何爲不治.

- 上地(상지) : 지금의 산서성(山西省) 상당(上黨).
- 澗(간) : 계곡.
- 峭(초) : 산이 높은 것, 깎아 세운 듯한 것.
- 仞(인) : 일인은 여덟 자(八尺).
- 嬰兒(영아) : 아이들.
- 盲聾(맹농) : 장님과 귀머거리.

- 狂悖(광패) : 미친 사람.
- 喟然(위연) : 탄식하는 모양.

  * 이 얘기는 앞의 일곱 가지 술법 가운데의 둘째 「반드시 벌함(必罰)」의 예로 든 「동자(董子)가 석읍(石邑)을 지남」을 풀이한 것이다. 깎아 세운 듯한 절벽처럼 형벌을 준엄히 하면 나라가 잘 다스려진다는 것이다.

11.

  은(殷)나라의 법은 재를 거리에 버리는 자는 처형키로 되어 있었다. 자공(子貢)은 형벌이 과중하다고 생각하고, 이에 관하여 공자에게 물었다. 공자가 대답하였다.

  「다스리는 도리(道理)를 알고 있기 때문이다. 길거리에 재를 버리면 반드시 사람들에게 덮여 씌워지고, 사람들이 재를 덮어 쓰면 그 사람은 반드시 노할 것이고, 노하게 되면 싸우게 되고, 싸우면은 반드시 집안(三族)까지 서로 해치게 될 것이다. 이것은 집안을 해치는 짓이니 처형을 해도 괜찮은 일이다. 또한 무거운 형벌이란 사람들이 싫어하는 일이고, 재를 버리지 말라는 것은 사람들이 쉽사리 할 수 있는 일이다. 사람들로 하여금 쉬운 일을 행하게 하면서도 싫어하는 것을 떠나지 않게 하는 것이 다스리는 방법인 것이다.」

일설에는 은나라의 법으로 공도(公道)에 재를 버리는 자는 그의 손을 자른다고도 한다. 자공(子貢)이 말했다.

「재를 버리는 죄는 가벼운 것인데, 손을 자르는 형벌은 무겁습니다. 옛사람들은 어째 그렇게 잔인했을까요?」

공자가 대답했다.

「재를 버리지 않는 것은 쉬운 일이고, 손을 잘린다는 것은 싫어하는 일이다. 쉬운 일을 행하면 싫어하는 일과 상관 없게 된다. 옛사람들은 쉽다고 생각했으므로, 그런 형벌을 시행했던 것이다.」

殷之法, 刑棄灰於街者. 子貢以爲重, 問之仲尼. 仲尼曰, 知治之道也. 不棄灰於街, 必掩人, 掩人, 人必怒, 怒則鬪, 鬪必三族相殘也. 此殘三族之道也, 雖刑之可也. 且夫重罰者, 人之所惡也而無棄灰, 人之所易也. 使人行之所易, 而無離其所惡, 此治之道, 一曰, 殷之法, 棄灰于公道者, 斷其手. 子貢曰, 棄灰之罪輕, 斷手之罰重, 古人何太毅也? 曰, 無棄灰所

易也, 斷手, 所惡也. 行所易, 不關所惡, 古人以爲
易, 故行之.

- 子貢(자공) : 성은 단목(端木), 이름은 사(賜), 자공은 그의 자
  이며 위(衛)나라 사람. 공자의 제자 중의 한 사람으로 말재주
  와 돈 버는 재주가 많았다 한다. 노(魯)나라와 위(衛)나라의
  재상을 지냈다.
- 掩(엄) : 재가 날리어 사람들에게 덮어 씌워지는 것.
- 殘(잔) : 해치는 것, 상하게 하는 것.
- 三族(삼족) : 부모와 처자, 또는 부계(父系), 모계(母系), 처계
  (妻系)의 세 일가들.
- 太毅(태의) : 너무나 엄함, 너무 잔인함.

*이것도 일곱 가지 술법 가운데의 둘째 「반드시 벌을 줌
(必罰)」의 예로 「은나라 법에는 재를 버리는 자를 처형함」을
자세히 설명한 것이다. 그러나 재를 길거리에 버리는 자를 처
형한다는 것은 보통은 진(秦)나라 상앙(商鞅)이 만든 법으로
알려지고 있다(예, 鹽鐵論 刑德篇). 이 이야기는 한비가 꾸며
낸 것으로 봄이 옳을 것이다.

12.

제(齊)나라 임금이 문자(文子)에게 물었다.

「나라를 다스리려면 어떻게 하면 될까요?」

문자가 대답하였다.

「무릇 상과 벌을 시행하는 방법이야말로 정치의 편리한 용구(用具)입니다. 임금은 굳게 그 권한을 움켜쥐고서 다른 사람들에게 그것을 보여줘서는 안됩니다. 신하 같은 사람들이란 마치 사슴이란 짐승 같은 자들입니다. 오직 부드러운 풀이 있는 곳으로만 몰리지요.」

齊王問於文子曰, 治國何如? 對曰, 夫賞罰之爲道, 利器也. 君固握之, 不可以示人. 若如臣者, 猶獸鹿也, 唯薦草而就.

- 文子(문자) : 전국시대 도가(道家)에 속하는 사상가. 지금도 「文子」란 책이 전해지고 있기는 하나 후세의 위작이라 한다.
- 君固握之(군고악지) : 「노자」 제36장에도 이 구절과 비슷한 「나라의 이로운 용구는 다른 사람에게 보여줘서는 안된다.」 란 말이 있다.
- 薦草(천초) : 짐승들이 즐겨 먹는 부드러운 풀. 사슴들이 부드러운 풀을 찾아 몰리듯 신하들은 이익을 찾아 몰려든다는

뜻.

　＊이것은「상을 주어야 한다(賞譽)」는 일곱 가지 술법 중의 셋째 대목의 보기로 든「문자가 사슴 같은 짐승과 같다고 한 것」의 자세한 얘기이다.

　13.

　오기(吳起)는 위(魏)나라 무후(武侯)의 서하(西河) 땅의 수령이 되었다. 그때 진(秦)나라와 접경한 가까이에 그들의 조그만 정자(亭子)가 있었다. 오기는 이것을 공격하려 하였다. 그것을 없애지 않으면은 농사일을 매우 해치기 때문이었다. 그런데 이것을 없애 버리는데 군사를 불러 들일 만한 것도 못되었다. 이에 오기는 한 개의 수레 멍에를 북문(北門) 밖에 갖다 세워놓고 영을 내렸다.

　「이것을 남문 밖으로 옮길 수 있는 자가 있다면 그에게 상급의 밭과 상급의 집을 주겠다.」

　사람들은 이를 믿지 않고 옮기려는 자가 없었다. 그러나 어떤 사람이 그것을 옮겨 놓자, 마침내 영대로 그에게 밭과 집을 주었다. 조금 뒤에 또 한 섬의 붉은 콩을 동문 밖에 놓고서 영을 내렸다.

「이것을 서문 밖으로 옮길 수 있는 사람이 있으면 전과 같은 상을 주겠다.」

그러자 사람들은 앞을 다투어 그것을 옮겼다. 그러자 또 영을 내렸다.

「내일은 또 정자를 공격할 텐데, 먼저 거기에 오를 수 있는 자가 있다면 나라의 대부(大夫) 벼슬을 주고 상급의 밭과 상급의 집을 그에게 내리겠다.」

사람들은 이에 앞을 다투며 달려왔다. 그리하여 정자를 공격하여 하루 아침에 그것을 뽑아 버렸다.

吳起爲魏武侯西河之守, 秦有小亭臨境, 吳起欲攻之. 不去則甚害田者, 去之則不足以徵甲兵. 於是乃倚一車轅於北門之外, 而令之曰, 有能徙此南門之外者, 賜之上田上宅. 人莫之徙也, 及有徙之者, 還賜之如令. 俄又置一石赤菽, 東門之外, 而令之曰, 有能徙此於西門之外者, 賜之如初. 人爭徙之, 乃下令曰, 明日且攻亭, 有能先登者, 仕之國大夫, 賜之上田上宅. 人爭趨之, 於是攻亭, 一朝而拔之.

• 吳起(오기) : 전국시대 위(衛)나라 사람. 증자(曾子)에게 배웠고 정략과 군략에 통하였다. 손자(孫子)와 함께 대표적인 병가(兵家)로서 「오자의 병법」은 무경칠서(武經七書) 중의 하나로 꼽힌다.
• 害田(해전) : 농사일에 방해가 됨, 정자에는 사람들이 모여 노는 곳이므로 그 근처 농민들의 일하려는 의욕을 줄이기 때문이다.
• 甲兵(갑병) : 갑옷과 무기. 뜻이 바뀌어 군사들.
• 轅(원) : 수레의 멍에.
• 石(석) : 섬. 열 말(斗)이 한 섬임.

* 역시 앞의 「상을 준다(賞譽)」는 셋째 항목에서 든 「오기(吳起)가 수레 멍에를 세워 두다.」는 이야기의 내용임.

14.

위(魏)나라 임금이 정(鄭)나라 임금에게 말하였다. 「본시는 정나라와 양(梁)나라는 한나라였습니다. 뒤에 나뉘어진 것이니, 지금 다시 정나라를 양나라의 후신인 위나라에 합치기 바랍니다.」

정나라 임금은 이를 걱정하고 여러 신하들을 불러 위나라에 대처할 꾀를 의논하였다. 정나라 공자(公子)가 정나라 임금에게 아뢰었다.

「이건 대처하기 매우 쉬운 일입니다. 임금님께서 위나라에게 『정나라가 옛 위나라였기 때문에 합쳐야 한다면, 곧 저의 나라로서도 양(梁)나라가 우리에게 합치기를 바라고 있습니다.』고 말씀하십시오.」

그러자 정나라 임금은 그만두었다.

魏王謂鄭王曰, 始鄭梁一國也, 已而別. 今願復得鄭而合之梁. 鄭君患之, 召羣臣而與之謀所以對魏. 鄭公子謂鄭君曰, 此甚易應也. 君對魏曰, 以鄭爲故魏而可合也, 則弊邑亦願得梁而合之鄭. 魏王乃止.

- 魏(위) : 춘추시대 진(晋)나라의 필만(畢萬)을 봉하여 생긴 나라. 전국시대에 이르러 판도를 넓힌 뒤 도읍을 대량(大梁) 땅으로 옮기어 양(梁)이라 나라 이름을 부르기도 하였다.
- 公子(공자) : 정나라 임금의 아들.
- 弊邑(패읍) : 자기 나라를 낮추어 부르는 말.

*이것은 일곱 가지 술법 중의 넷째 「일일히 모두 듣는다(一聽).」는 조목의 보기로 든 「정나라를 요구함」이란 얘기를 풀이한 것임.

15.

제(齊)나라 선왕(宣王)은 사람들에게 우(竽)를 불게 할 적에는 반드시 삼백 명으로 하여금 합주(合奏)케 하였다. 남곽처사(南郭處士)란 사람이 임금에게 우를 불겠다고 자청하니, 선왕은 이를 기뻐하면서 수백 명의 악사들과 함께 녹을 주어 먹여 살렸다. 선왕이 죽고 민왕(湣王)이 즉위하자, 민왕은 한 사람씩 독주하는 것을 좋아하였다. 그러자 남곽처사는 도망을 쳤다.

일설에 한(韓)나라 소후(昭侯)가 말하기를,

「우(竽)를 부는 사람이 많아서 나는 잘 부는 사람을 알 도리가 없다.」

고 하니, 전엄(田嚴)이 대답하기를,

「한 사람씩 시켜서 들어보십시오.」

하고 말했다는 이야기도 있다.

齊宣王使人吹竽, 必三百人. 南郭處士請爲王吹竽, 宣王說之, 廩食以數百人. 宣王死, 湣王立, 好一一聽之, 處士逃, 一曰, 韓昭侯曰, 吹竽者衆, 吾無以知其善者. 田嚴對曰, 一一而聽之.

- 竽(우) : 생황(笙簧)처럼 생겼으나, 좀 더 큰 악기.
- 南郭處士(남곽처사) : 남쪽 교외에 사는 처사. 처사란 숨어서 도를 닦는 사람에게 붙여지는 호.
- 廩(늠) : 녹을 주는 것.

＊제나라 선왕은 학문을 매우 좋아하여 학자들을 우대함으로써 학문을 크게 발달시킨 임금이다. 이 글에 의하면, 학문뿐만 아니라 예술까지도 매우 좋아하였던 것 같다. 이런 임금도 일일이 들을 줄 몰랐기 때문에 궁중의 악사들 속에 우(竽)를 불 줄도 모르는 남곽처사가 끼여 있었던 것이다. 이처럼 나라를 바로 다스리자면 신하들의 의견을 일일이 들어줘야만 한다.

16.

송(宋)나라 태재(太宰)가 소서자(少庶子)를 시장에 보냈다. 그리고 그가 돌아오자 그에게 물었다.

「시장에서 무엇을 보았느냐?」

「아무것도 못보았습니다.」

태재는 재차 물었다.

「그래도 무엇을 보았겠지?」

「시장 남문 밖은 소마차가 너무 많아서 겨우 다닐 수 있었습니다.」태재는 그러자, 소서자에게 「내가 그대에게 물어본 것에 대하여 아무에게도 말하지 말라.」고 단단히 이르고는, 시장의 관리를 불러놓고 꾸짖었다.

「시장 문 밖엔 어째서 그렇게 소똥이 많은가?」

시장의 관리는 태재가 아는 게 빠름을 매우 이상히 생각하면서 그 자리에서 두려워하였다.

商太宰使少庶子之市, 顧反而問之曰, 何見於市? 對曰, 無見也. 太宰曰, 雖然何見也? 對曰, 市南門之外, 甚衆牛車, 僅可以行耳. 太宰因誠使者, 無敢告人吾所問於女. 因召市吏而誚之曰, 市門之外何多牛屎? 市吏甚怪太宰知之疾也, 乃悚懼其所也.

• 商(상) : 송(宋)나라. 송나라는 상나라의 후예여서 「상」나라라고도 흔히 불렀다.
• 少庶子(소서자) : 하인처럼 잔심부름하는 사람.
• 誚(초) : 꾸짖음.
• 屎(시) : 똥.
• 悚懼(송구) : 두려워하는 것.

＊일곱 가지 술법 중의 다섯째「속임수로 부린다(詭使).」는 대목의 예로, 맨 끝에 든「송나라 태재가 소똥을 논란함」에 관한 이야기임.

17.

　한(韓)나라 소후(昭侯)는 손톱을 깎아 들고 있다가 한 개를 잃은 척하며 매우 다급히 그것을 찾았다. 곁의 시신(侍臣)들은 그들의 손톱을 깎아 가지고 와서 찾은 듯이 하였다. 소후는 이것으로서 시신들의 성실하지 못함을 알았다.

　韓昭侯握爪, 而佯亡一爪, 求之甚急. 左右因割其爪而效之. 昭侯以此察左右之臣不誠.

　• 握爪(악조) : 손톱을 깎아 들고 있음.
　• 佯(양) : 거짓.

　＊일곱 가지 술법 가운데의 여섯째「아는 것을 감춘다.」는 조목에 대한 보기이다.

18.

양산군(陽山君)은 위(衛)나라의 재상이었다. 임금이 자기를 의심하고 있다는 말을 듣고는 일부러 규수(樛豎)를 비방하여, 그 사실을 알았다.

뇨치(淖齒)는 제(齊)나라 임금이 자기를 미워하고 있다는 말을 듣고는 거짓으로 진(秦)나라 사신을 만들어 임금을 만나게 함으로써 그 사실을 알았다.

陽山君相衛, 聞王之疑己也, 乃僞謗樛豎以知之.
淖齒聞齊王之惡己也, 乃矯爲秦使以知之.

- 樛豎(규수) : 豎의 본뜻은 소년이니, 임금이 사랑하던 소년인 듯하다. 양산군은 임금의 총애를 받는 규수를 일부러 욕함으로써, 그의 반응을 통하여 자기에 대한 임금의 마음가짐을 알았다는 것이다.
- 秦使(진사) : 진나라 사신. 외국의 사신이라면 임금이 마음놓고 얘기할 것이기 때문에, 임금의 자기에 대한 생각을 알 수 있게 되는 것이다.

* 이는 일곱 가지 술법 가운데 맨 끝 대목 「반대로 말함」에 대한 보기이다.

한비자
제10권

31. 내저설하육미편 內儲說下六微篇

　　여기서는 앞의 「내저설상」편과 같은 형식으로 임금이 잘 살펴어야만 할 「여섯 가지 기미(六微)」에 대한 해설을 하고 있다. 내용이 「경(經)」과 「설(說)」로 나뉘는 것도 앞 편과 같다. 여기에는 첫머리의 총설적인 대목과 그 해설로서 인용한 얘기 몇 가지만을 번역하기로 한다.

1.

여섯 가지 기미란, 첫째 신하에게 빌어 주는 것, 둘째 개인의 이익을 위하여 외국의 힘을 비는 것, 셋째 비슷한 일에 기대어 욕망을 채우는 것, 넷째 해로운 일을 반대로 이용하여 이익을 보는 것, 다섯째 의혹이 뒤섞이어 조정 안의 다툼이 일어나는 것, 여섯째 적국에서 이쪽의 관리들의 파면이나 임명에 영향을 주는 것이다. 이 여섯 가지는 임금이 살펴야만 할 일이다.

六微, 一曰權借在下, 二曰利異外借, 三曰託於似類, 四曰利害有反, 五曰參疑內爭, 六曰敵國廢置, 此六者主之所察也.

• 廢置(폐치) : 관리의 파면과 임명.

*이 여섯 가지 기미는 앞 편의 일곱 가지 술법과 대응이 된다. 그리고 이 대목은 이 편 「경(經)」의 총설이다.

2.

연(燕)나라 사람들에겐 머리가 돌면 개똥으로 목욕을 하는 관습이 있었다.

연나라 사람으로 그의 처가 외간 남자와 사통하는 이가 있었다. 그 남편이 일찌감치 집으로 돌아오는데 간부(奸夫)가 마침 나오고 있었다.

남편이 물었다.

「웬 손님이오?」

그의 처가 대답했다.

「손님 안 왔는데요.」

하인들에게 물어보니 하인들의 말도 한 입에서 나오듯 모두 손님이 없었다고 하였다. 그의 처는,

「당신 머리가 돌았어요.」

하고 말하면서 개똥으로 목욕을 시켰다.

일설엔 연나라 사람의 이름은 이계(李季)인데 멀리 집을 나가기를 잘하였다 한다. 그의 처가 외간 남자와 사통

(私通)하고 있을 적에 이계가 갑자기 들이닥쳤다. 간부가 방 안에 있었음으로, 그의 처는 이를 걱정하였다. 이때 그의 하녀가 말했다.

「영감님으로 하여금 발가벗고 머리를 풀게 한 다음 곧장 문을 나가도록 하십시오. 우리들은 짐짓 보이지 않는 척할 테니까요.」

이에 간부는 그 계책을 좇아 급히 그 집 문을 나섰다.

이계가 그를 보고 말하였다.

「이건 무엇 하는 사람이야?」

집안 사람들은 모두

「아무것도 없는데요.」

하고 대답하였다. 그러자 이계가 말하였다.

「내가 귀신을 봤나?」

이때 그의 처가 나섰다.

「그렇다면 이를 어떻게 하죠? 다섯 가지 짐승의 똥을 주워다 목욕을 해요.」

이계는 이를 허락하여 마침내는 짐승 똥으로 목욕을 하였다. 일설에는 난초 끓인 물로 목욕을 했다고도 한다.

燕人惑易, 故浴狗矢. 燕人其妻有私通於士, 其夫

早自外而來, 士適出, 夫曰何客也? 其妻曰, 無客. 問左右, 左右言無有如出一口. 其妻曰, 公惑易也. 因浴之以狗矢. 一曰, 燕人李季, 好遠出, 其妻私有通於士. 季突至, 士在内中, 妻患之. 其室婦曰, 令公子裸而解髮, 直出門, 吾屬佯不見也. 於是公子從其計, 疾走出門. 季曰, 是何人也? 家室皆曰無有. 季曰, 吾見鬼乎? 婦人曰, 然爲之奈何? 曰取五牲之矢浴之. 季曰, 諾. 乃浴以矢. 一曰, 浴以蘭湯.

- 惑易(혹역) : 머리가 도는 것.
- 狗矢(구시) : 矢는 시(屎)와 통하여 「개똥」.
- 突至(돌지) : 돌연히 돌아오다.
- 五牲(오생) : 다섯 종류의 짐승. 소·양·돼지·개·닭.

*이것은 여섯 가지 기미 중의 첫째 「권세를 신하들에게 빌어 줌(權借)」에 대한 해설로 인용한 보기이다. 남편이 가장(家長)으로서의 권세를 쓰지 못하면 자기 처를 남에게 도적맞고도 오히려 망신만 당한다는 것이다.

3.

초(楚)나라 임금에게 사랑하는 첩 정수(鄭袖)란 여자가 있었다. 그런데 초나라 임금이 새로 미인을 구하여 왔다. 정수는 그 미인에게 가르치기를,

「임금님께선 사람들이 입을 가리는 것을 매우 좋아하시지요. 임금님이 가까이 가시거든 반드시 입을 가리세요.」

그리하여 이 미인은 임금을 뵐 적에 임금 가까이 가면 항상 입을 가리게 되었다.

임금이 그 까닭을 물으니, 정수가 대답하였다.

「그 애는 전에 임금님께서 나는 냄새가 싫다고 그러던데요.」

뒤에 임금과 정수와 미인 세 사람이 자리를 함께 하게 되었다. 정수는 그때 미리 수레몰이에게 주의시켜 두었다.

「임금님께서 언제건 말씀이 계시거든 반드시 급히 말씀을 따라야 돼요!」

임금이 미인을 앞으로 다가오게 하자, 임금에게 가까이 가서는 입을 가리었다. 그러자 임금은 발끈 노하며 말하였다.

「저것의 코를 잘라라!」

수레몰이는 그 말을 듣자 곧 칼을 빼들고 미인의 코를
잘라 버렸다.

荊王所愛妾有鄭袖者, 荊王新得美女, 鄭袖因敎之
曰, 王甚喜人之掩口也. 爲近王, 必掩口. 美女入見
近王, 因掩口. 王問其故, 鄭袖曰, 此固言惡王之臭.
及王與鄭袖美女三人坐, 袖因先誡御者曰, 王適有
言, 必亟聽從王言. 美女前, 近王甚數掩口. 王悖然
怒曰, 劓之. 御因揄刀而劓美人.

- 荊王(형왕) : 초(楚)나라 회왕(懷王), 정수(鄭袖)는 회왕의 총애
  를 받고 국정에도 적지 않은 간섭을 한 여자이다.
- 亟(극) : 급히.
- 悖然(발연) : 발끈 성내는 모양.
- 劓(의) : 옛날의 다섯 가지 형벌(五刑) 중의 하나로, 코를 자르
  는 것.
- 揄(유) : 빼는 것, 끄집어내는 것.

 *여섯가지 기미 중의 셋째 「비슷한 일에 기대어 욕망을
이룬다(似類).」는 조목에 대한 해설로서, 그 보기를 든 것임.

4.

공자가 노(魯)나라에서 정치를 하자, 사람들은 길에 물건이 떨어져 있어도 주워가지 않을 정도가 되었다. 제(齊)나라 경공(景公)은 이를 걱정하였다. 이때 이저(梨且)가 경공에게 말했다.

「공자를 제거해 버리는 것은 마치 터럭을 부는 거나 같은 일입니다. 임금님께선 어찌하여 공자를 많은 녹과 높은 지위를 주어 불러오는 한편, 애공(哀公)에겐 여자 악공들을 보내어 줌으로써 그의 마음을 교만하고 사치하게 하지 않으십니까? 애공은 새로이 이것을 즐기게 되면 반드시 정사에 게을러질 것이고, 공자는 반드시 간하고 또 간하다가 틀림없이 노나라를 가벼이 끊어버릴 것입니다.」

경공은 좋다고 대답하고는, 곧 이저로 하여금 여자 악공 16명을 애공에게 보내도록 하였다.

이리하여 애공은 이를 즐기느라고 과연 정사를 게을리하게 되었다. 공자는 이를 간하였으나 들어주지 않자, 노나라를 떠나 초(楚)나라로 갔다.

仲尼爲政於魯, 道不拾遺. 齊景公患之, 梨且謂景

公曰, 去仲尼, 猶吹毛耳. 君何不迎之以重祿高位,
遺哀公女樂以驕榮其意? 哀公新樂之, 必怠於政, 仲
尼必諫, 諫必輕絶於魯. 景公曰, 善. 乃令梨且以女
樂二八遺哀公. 哀公樂之, 果怠於政. 仲尼諫不聽,
去而之楚.

- 梨且(이저) : 「사기」 공자세가(孔子世家)에는 犁且(이저)로 씌
  어 있다.
- 哀公(애공) : 그 당시 노나라의 제후.
- 二八(이팔) : 16명.

＊이 이야기는 「사기」 공자세가(孔子世家)를 비롯하여 여
러 책에 보이는 유명한 이야기이다. 여기에는 여섯 가지 기미
가운데의 「적국에서 관리를 파면도 하고 임명도 함(廢置)」이
란 여섯째 대목을 해설하는 예문이다.

한비자

제11권

32. 외저설좌상편外儲說左上篇

「외(外)」는 앞의 내저설(內儲說)의 「내」자와 대가 되는 것으로서 장자(莊子) 같은 책에 「내편」과 「외편」의 구별이 있는 것과 같다. 대체로 이들 가운데에서 「내편」이 「외편」보다 좀더 중요한 내용인 것이 보통이다.

「외저설」은 다시 「左上」, 「左下」, 「右上」, 「右下」의 네 편으로 나뉘어지는데, 이들은 분량이 너무 많으므로 다른 편과의 균형을 위하여 구분한 데 불과한듯 하다. 다시 이들의 체재(體裁)를 보면 모두 앞에 「경(經)」이 있고 다시 이에 대한 해설로서 「전(傳)」이 붙어 있어, 「내저설」과 같다.

여기에는 그중 재미있는 얘기들을 「전(傳)」 가운데에서 몇 개씩 골라 번역하기로 한다.

1.

어떤 손님이 연(燕)나라 임금에게 죽지 않는 방법을 가르치겠다고 하였다. 임금은 사람을 시켜 그것을 배우도록 하였다. 그런데 배우도록 명령을 받은 사람이 다 배우기도 전에 그 가르치던 손님이 죽어 버렸다. 임금은 크게 노하여 배우던 사람을 처형하였다.

임금은 그 손님이 자기를 속인 것은 알지 못하고서 배우는 사람이 더디다고 처형했던 것이다. 실제로 그렇게 될 수 없는 일을 가지고 죄 없는 신하를 처형했다는 것은 잘 살피지 않은 환난(患難)인 것이다. 또 사람들에게 절실한 것은 자기 자신보다 더한 것이 없다. 스스로를 죽지 않게 할 수 없으면서 어떻게 임금을 영생(永生)토록 할 수가 있겠는가?

客有教燕王爲不死之道者, 王使人學之. 所使學者未及學, 而客死. 王大怒, 誅之. 王不知客之欺己, 而誅學者之晩也. 夫信不然之物, 而誅無罪之臣, 不察之患也. 且人所急, 無如其身, 不能自使其無死, 安能使王長生哉.

- 信(신) : 정말, 진실로.
- 不然(불연) : 그렇지 않음, 그렇게 되지 않음.

*이는 「경(經)」의 둘째 조목 「임금이 신하들의 얘기를 들을 적에는 그 효용만을 목표로 하여서는 안된다.」는 말에 대한 예증(例證)이다.

2.

어떤 손님이 제(齊)나라 임금을 위하여 그림을 그려주고 있었다. 제나라 임금이 그에게 물었다.

「그림을 그리는 데 있어서 무엇이 가장 어렵소?」

「개나 말 같은 게 가장 어렵습니다.」

「그럼 무엇이 가장 그리기 쉽소?」

「귀신이나 도깨비 같은 게 가장 쉽습니다. 개나 말은

사람들이 잘 아는 것이고 아침 저녁으로 눈앞에 보이므로 그와 똑같게 그릴 수가 없습니다. 그래서 어렵다는 것입니다. 귀신이나 도깨비는 형체가 없는 것이어서 눈앞에 나타나지 않습니다. 그래서 그리기 쉬운 것입니다.」

　客有爲齊王畵者, 齊王問曰, 畵孰最難者? 曰犬馬最難. 孰最易者? 曰鬼魅最易. 夫犬馬, 人所知也, 旦暮罄於前, 不可類之, 故難. 鬼神無形者, 不罄於前, 故易之也.

- 魅(매) : 도깨비.
- 罄(경) : 睍(현)과 통하여 「보고 듣는 것(說文)」. 「罄」자 대신 「태평어람(太平御覽)」엔 覩(도)자로 씌어 있으니 「눈으로 보는 것」(韓非子集解).
- 類(류) : 거의 같게 그려 놓은 것.

　* 이것도 사람들의 그림이나 말 같은 표현 수단은 사실과의 부합이 가장 중요함을 뜻하는 얘기이다.

3.

오기(吳起)가 위(魏)나라 장수가 되어 중산(中山)나라를 쳤다. 군인 중에 종기를 앓는 자가 있었는데, 오기는 무릎을 꿇고 몸소 군인의 고름을 빨았다. 이를 본 부상자의 어머니는 일어나 울었다. 어떤 사람이 이를 보고 물었다.

「장군께서 부인 아들을 이처럼 대하시는데 또 무엇 때문에 우십니까?」

「오기 장군이 저 애 아버지의 상처를 빨자 저 애 아버지는 죽었습니다. 지금 이 애도 또 죽게 될 것입니다. 그래서 지금 우는 거지요.」

吳起爲魏將, 而攻中山. 軍人有病疽者, 吳起跪而自吮其膿. 傷者之母立泣, 人問曰, 將軍於若子如是, 尚何爲而泣? 對曰, 吳起吮其父之創而父死, 今是子又將死也, 今吾是以泣.

- 吳起(오기) : 앞의 「외저설」에서도 보인 위나라 장수.
- 疽(저) : 종기.
- 吮(연) : 입으로 빨다.
- 膿(농) : 종기의 고름.
- 創(창) : 상처.

*장수가 졸병의 상처를 빨아 주면 그는 감격하여 그 장수를 위해서는 죽음도 돌보지 않게 된다. 졸병의 어머니는 그의 아버지의 경우를 알고 있으므로 아들의 상처를 빨아 주는 오기를 보고 울었던 것이다.

4.

정현(鄭縣)에 사는 복자(卜子)라는 사람이 그의 처에게 속바지를 만들게 하였다. 그의 처가 「속바지를 어떻게 만들가요?」 하고 물으니, 그 남편은 「내 헌 속바지처럼 만들구료.」 하고 대답하였다. 그의 처는 새로 속바지를 만들어 찢어 가지고 헌것처럼 만들었다.

鄭縣人卜子, 使其妻爲袴. 其妻問曰, 今袴何如? 夫曰, 象吾故袴. 妻因毁新, 令如故袴.

• 卜子(복자) : 乙子(을자)로 된 판본도 있으며, 사람 이름.
• 袴(고) : 속바지.

 *어리석은 자를 믿고 일을 하다가는 낭패를 당하고 만다는 교훈을 주는 얘기이다.

5.

정(鄭)나라 사람에게 신을 사려는 사람이 있었다. 그는 먼저 그의 발을 자신이 재어서 그것을 그의 자리에 놓아 두었다. 시장에 갈 적에는 그 잰 것을 갖고 가는 것을 잊고서, 신을 사려고 하다가 곧 말하였다.

「내 잰 것을 갖고 오지 않았구료. 되돌아가 갖고 오리다.」

돌아갔다 오니 시장이 파해 버려서 마침내 신을 살 수가 없었다.

어떤 사람이 물었다.

「어째서 신을 신어 보지를 않으셨소?」

「잰 것을 믿기는 하지만 내 자신을 믿지는 않소.」

鄭人有欲買履者, 先自度其足, 而置之其坐. 至之市, 而忘操之. 已得履, 乃曰, 吾忘持度, 反歸取之. 及反, 市罷, 遂不得履. 人曰, 何不試之以足? 曰寧信度, 無自信也.

• 履(이) : 신.
• 度(탁) : 길이를 재는 것.
• 操(조) : 들고 다니는 것.

*이것도 법도에 얽매인 어리석은 자의 이야기이다. 사람이 있고 법이 있는 것이지, 법이 있은 뒤 사람이 있는 것은 아니다.

6.

중자(曾子)의 처가 시장을 가는데, 그의 아들이 따라오면서 울었다. 중자의 처가 말했다.

「돌아가거라. 갔다와서 너를 위해 돼지를 잡아줄 터이니.」

그리고 중자의 처가 시장엘 갔다오니, 중자는 돼지를 붙들어다가 죽이려 들었다. 중자의 처가 이를 말렸다.

「아이를 달래려고 거짓으로 한 말 아니에요?」

중자가 말하였다.

「아이는 함께 거짓을 할 대상이 아니요. 아이는 아는 것이 없어 부모들에게서 배우는 것이며, 부모의 가르침을 따르는 것이요. 지금 당신이 아이를 속이는 것은 자식에게 속임수를 가르치는 것이요. 어미가 자식을 속이어 자식이면서도 그의 어미를 믿지 않게 된다는 것은 가르침을 이루는 행동이 되지 못하오.」

그리고는 마침내 돼지를 잡아 삶았다.

曾子之妻之市, 其子隨之而泣. 其母曰, 女還, 顧反爲女殺彘. 妻適市來, 曾子欲捕彘殺之. 妻止之曰, 特與嬰兒戲耳. 曾子曰, 嬰兒非與戲也. 嬰兒非有知也, 待父母而學者也, 聽父母之敎. 今子欺之, 是敎子欺也. 母欺子, 而不信其母, 非所以成敎也. 遂烹彘也.

- 曾子(증자) : 증삼(曾參). 공자의 제자로서 특히 효도로 유명하다.
- 嬰兒(영아) : 어린아이.
- 烹(팽) : 잡아 삶는 것.

　*사람은 말에 신용이 있어야 한다. 특히 웃사람은 아랫사람에게 신용이 있어야 한다. 웃사람이 거짓말을 하면 아랫 사람들은 따르지 않는다는 이야기다.

7.
　초(楚)나라 여왕(厲王)에게 경고(警鼓)가 있어서 백성들에게 경계를 시켰다. 술을 마시다 너무 취하여 그 북을 치니 백성들은 크게 놀랐다. 사람을 시켜 이를 말리니 여왕은 말했다.

「내 취하여 시신(侍臣)들과 장난을 하느라 쳤지.」

백성들은 모두 흩어져 갔다.

그 후 몇 달 후에 급한 일이 생겨 북을 쳤으나, 백성들이 달려오지를 않았다. 이에 명령을 바꾸고 호령을 분명히 하자 그때서야 백성들이 그를 믿게 되었다.

楚屬王有警鼓, 與百姓爲戒. 飮酒, 醉過而擊之也, 民大驚. 使人止之曰, 吾醉而與左右戲, 而擊之也. 民皆罷. 居數月, 有警, 擊鼓而民不赴. 乃更令明號, 而民信之.

• 警鼓(경고) : 경보(警報)를 알리는 북.
• 赴(부) : 달려오는 것.

* 이 이야기도 앞의 증자의 처 얘기처럼 임금은 백성들이 믿고 따르게 되어야 한다는 것이다.

한비자

<u>제12권</u>

33. 외저설좌하편外儲說左下篇

이 편에서도 「전(傳)」에 들어 있는 얘기 몇 가지만을 보기로 번
역하겠다.

1.

제(齊)나라 환공(桓公)이 관중(管仲)을 재상에 임명하려고 여러 신하들에게 말했다.

「나는 관중을 재상에 임명하려 하오. 찬성하는 사람은 왼편 문으로 들어오고, 찬성치 않는 사람은 오른편 문으로 들어오오!」

그러나 동곽아(東郭牙)는 가운데 문에 서 있었다. 환공이 말했다.

「내 관중을 재상에 임명하려고 명령하기를 찬성하는 사람은 왼편, 찬성치 않는 사람은 오른편으로 들어오라 하였소. 그런데 그대는 어찌하여 가운데 문에 서 있는 거요?」

동곽아가 대답하였다.

「관중의 지혜로서 천하를 도모할 수 있다고 생각하십

니까?」

「할 수 있소.」

「그의 결단력은 큰일을 감행할 수 있다 생각하십니까?」

「감행할 수 있소.」

동곽아가 다시 말했다.

「임금님의 지혜는 천하를 도모할 수 있고, 결단력은 큰 일을 감행할 수 있습니다. 임금님께선 그래서 나라의 권세를 마음대로 하시게 된 것입니다. 관중과 같은 능력으로서 임금님의 권세를 갖고 제나라를 다스린다면 위태롭지 않겠습니까?」

환공은 「좋소.」 하고 대답하고는 곧 습붕(隰朋)으로 하여금 나라 안을 다스리게 하고, 관중은 나라 밖을 다스리면서 서로 참섭할 수 있게 하였다.

齊桓公將立管仲, 令羣臣曰, 寡人將立管仲爲仲父, 善者入門而左, 不善者入門而右. 東郭牙中門而立. 公曰, 寡人立管仲爲仲父, 令曰善者左, 不善者右. 今子何爲中門而立? 牙曰, 以管仲之智, 爲能謀天下乎? 公曰, 能. 以斷, 爲敢行大事乎? 公曰, 敢.

牙曰, 君知能謀天下, 斷敢行大事. 君因專屬之國柄
焉, 以管仲之能, 乘公之勢, 以治齊國, 得無危乎?
公曰, 善. 乃令隰朋治內, 管仲治外, 以相參.

- 仲父(중보) : 후세의「재상」자리에 해당하는 지위.
- 善者(선자) : 좋다고 하는 자, 찬성하는 자.
- 國柄(국병) : 나라의 권세.

* 임금이라도 신하에게 권세를 맡겨서는 안된다는 얘기임.

2.
　공자가 노(魯)나라 애공(哀公)을 모시고 앉아 있었는데,
애공이 공자에게 복숭아와 기장밥을 내려 주었다. 애공
이「드십시요.」하고 권하니, 공자는 먼저 기장밥을 먹은
뒤에 복숭아를 먹었다. 사람들은 모두 입을 가리고 웃었
다.
　이때 애공이 말하였다.
　「기장밥은 밥 삼아 먹는 게 아니라, 복숭아를 씻는 것
이요.」
　공자가 대답하였다.

「저도 알고는 있습니다. 그런데 기장은 다섯 가지 곡식(五穀) 가운데에서도 으뜸가는 것이어서 옛 임금님들을 제사 지냄에 있어서도 윗자리에 놓여집니다. 과일이나 오이에는 여섯 가지가 있지만 복숭아가 가장 하급이어서 옛 임금들을 제사 지낼 적에는 종묘에 들어갈 수도 없습니다. 제가 듣건대, 군자는 천한 것으로서 귀한 것을 씻는다 하였습니다. 귀한 것으로서 천한 것을 씻는다는 말은 들어보지도 못했습니다. 지금 다섯 가지 곡식의 우두머리로서 과일과 오이의 하급 것을 씻는다는 것은 상급의 것으로서 하급의 것을 씻는 게 됩니다. 저는 의로움에 거리낀다고 생각되었으므로 감히 종묘에서도 존경 받는 것보다 복숭아를 먼저 내세울 수 없었습니다.」

孔子待坐於魯哀公, 哀公賜之桃與黍. 哀公曰, 請用, 仲尼先飯黍而後啗桃. 左右皆揜口而笑. 哀公曰, 黍者非飯之也, 以雪桃也. 仲尼對曰, 丘知之矣. 夫黍者, 五穀之長也, 祭先王爲上盛. 果蓏有六而桃爲下, 祭先王不得入廟. 丘之聞也, 君子以賤雪貴, 不聞以貴雪賤. 今以五穀之長, 雪菓蓏之下, 是以上雪下也. 丘以爲妨義, 故不敢以先於宗廟之盛也.

- 啗(담) : 씹다, 먹다.
- 揜(엄) : 손으로 가리다.
- 雪(설) : 씻는 것.
- 丘(구) : 공자의 이름.
- 蓏(라) : 풀 열매. 「果」는 나무 열매.
- 妨義(방의) : 의로움에 해가 됨, 정의에 방해가 됨.

*공자의 이야기를 인용하여 예의와 질서를 설명해 주는 것이다.

3.

양호(陽虎)가 제(齊)나라를 떠나 조(趙)나라로 도망했다. 조나라 간주(簡主)가 그에게 물었다.

「내가 듣건대, 당신은 사람을 잘 심어 준다더군요.」

양호가 대답하였다.

「저는 노(魯)나라에 있을 때 세 사람을 추천하여 심었는데, 모두 고을의 수령이 되었었습니다. 그런데 제가 노나라에 죄를 짓자 이들은 모두 저를 잡으러 나섰었습니다. 저는 또 제(齊)나라에서도 세 사람을 천거하였는데, 한 사람은 임금을 가까이 모시게 되었고, 한 사람은 현령

(縣令)이 되었고, 한 사람은 낮은 관리가 되었습니다. 제가 죄를 짓게 되자 임금을 가까이 모시는 자는 저를 아는 체도 하지 않았고, 현령이 된 자는 저를 맞아 체포하려 들었고, 낮은 관리가 된 자는 저를 국경 가까이까지 추격하다 따르지 못하여 그만두었습니다. 저는 사람을 잘 심어 주지 못합니다.」 간주가 크게 웃으며 말하였다.

「사과나 배나 귤이나 유자를 심은 사람은 그것을 달게 먹게 될 것이고, 탱자나무나 가시나무를 심은 사람은 자란 뒤에 그 사람이 찔리게 될 것이요. 그러므로 군자는 심는 일을 신중히 하는 것이요.」

陽虎去齊走趙, 簡主問曰, 吾聞子善樹人. 虎曰, 臣居魯樹三人, 皆爲令伊. 及虎抵罪於魯, 皆搜索於虎也. 臣居齊薦三人, 一人得近王, 一人爲縣令, 一人爲候吏. 及臣得罪, 近王者不見臣, 縣令者迎臣執縛, 候吏者追臣至境上, 不及而止. 虎不善樹人. 主俛而笑曰, 夫樹枏梨橘柚者, 食之則甘, 樹枳棘者, 成而刺人. 故君子愼所樹.

• 陽虎(양호) : 춘추시대 노(魯)나라 사람으로, 자는 화(貨). 노

나라의 세도가 계손씨(季孫氏)의 가신(家臣)으로서 마침내는
자기 자신이 권력을 쥐고 노나라의 세도가인 계손씨와 함께
숙손씨(叔孫氏), 맹손씨(孟孫氏)를 제거하려 하였다. 뒤에 실
패하자 반란을 일으키고, 다시 실패하여 제(齊)나라로 도망
하였었다.

• 樹人(수인) : 사람을 추천하여 나무를 심듯 어떤 벼슬자리에
  앉히는 것.

• 令尹(영윤) : 재상. 여기서 세 사람이 모두 재상이 될 수는 없
  으므로, 고을 수령, 또는 현령(縣令)의 잘못일 것이다.

• 候吏(후리) : 잔일을 하는 낮은 관리.

• 執縛(집박) : 잡아 묶는 것.

• 俛而(면이) : 허리를 잡고 크게 웃는 모양.

• 柤(사) : 사과나무, 능금나무.

• 橘(귤) : 귤.

• 柚(유) : 유자.

• 枳(지) : 탱자나무.

• 棘(극) : 가시나무.

＊사람을 추천하기가 얼마나 어려운 일인가를 설명해 주는
이야기다. 사람을 잘못 추천하면 오히려 추천한 사람까지도
해를 입는 경우가 허다하다는 것이다.

한비자

제13권

34. 외저설우상편外儲說右上篇

이 편도 「전(傳)」에 해당하는 부분에서 몇 가지 재미있는 얘기
를 골라 번역한다.

1.

제(齊)나라 경공(景公)이 진(晉)나라로 가서 평공(平公)과 함께 술을 마셨다. 사광(師曠)도 자리를 함께 하였는데, 처음 앉을 적에 경공이 사광에게 정치하는 방법을 물었다.

「태사(太師)께서는 무엇으로서 저를 가르쳐 주시겠습니까?」

사광이 대답하였다.

「임금은 반드시 백성들에게 은혜를 베풀어야 할 따름입니다.」

자리를 함께 하고 술이 취하여 나가려 할 때에 또다시 사광에게 정치하는 방법을 물었다.

「태사께서는 무엇으로서 저를 가르쳐 주시겠습니까?」

「임금은 반드시 백성들에게 은혜로워야 할 따름입니

다.」

경공이 나와 숙소로 갈 때 사광이 그를 전송하였는데, 여기서 또 사광에게 정치하는 방법을 물었다. 사광은 또 대답하였다.

「임금은 반드시 백성들에게 은혜로워야 할 따름입니다.」

경공은 돌아와 제정신이 깨기도 전에 사광이 한 말이 기억났다.

공자미(公子尾)와 공자하(公子夏)는 경공의 두 아우인데 제나라에서 매우 민심(民心)을 얻고 있었다. 경공은 생각하였다.

「집안이 부귀한데다 백성들은 그를 좋아하니 임금 집안이나 비슷하다. 이것은 나의 지위를 위태롭게 하는 것이다. 오늘 나에게 백성들에게 은혜를 베풀라고 말한 것은 나로 하여금 두 아우와 백성들을 두고 다투라는 말이었나?」

그리하여 나라로 돌아가자, 나라 창고의 양식을 내어 여러 가난한 사람들에게 나누어 주고, 나라 창고의 나머지 재물들은 헐어서 고아와 과부 같은 사람들에게 나누어 주었다. 그래서 곡식 창고에는 묵은 식량이 없고 재물

창고에는 남는 재물이 없게 되었다. 궁녀들 가운데서 부리지 않는 자들은 내어 주어 시집 가게 하고 70살이 될 때까지 녹과 쌀을 받도록 하였다. 백성들에게 덕을 펴고 은혜를 베풀었던 것이다. 이처럼 두 아우들과 백성들을 두고 다투자, 2년 후에는 두 아우가 도망가 버리게 되었다. 공자하는 초(楚)나라로 도망가고, 공자미는 진(晉)나라로 도망갔다.

齊景公之晋, 從平公飮, 師曠侍坐. 始坐, 景公問政於師曠曰, 太師將奚以教寡人? 師曠曰, 君必惠民而已. 中坐, 酒酣將出, 又復問政於師曠曰, 太師奚以教寡人? 曰, 君必惠民而已矣. 景公出之舍, 師曠送之, 又問政於師曠, 師曠曰, 君必惠民而已矣. 景公歸思, 未醒而得師曠之所謂. 公子尾公子夏者, 景公之二弟也, 甚得齊民. 家富貴, 而民說之, 擬於公室. 此危吾位者也. 今謂我惠民者, 使我與二弟爭民邪? 於是反國, 發廩栗以賦衆貧, 散府餘財以賜孤寡, 倉無陳粟, 府無餘財, 官婦不御者出嫁之, 七十受祿米, 鬻德惠施於民也, 已與二弟爭民. 居二年, 二弟出走, 公子夏逃楚, 公子尾走晋.

- 師曠(사광) : 춘추시대의 유명한 악사(樂師)로서, 자는 자야 (子野). 그는 소리를 듣고 길흉(吉凶)을 알아맞혔다 한다.
- 太師(태사) : 악관(樂官)의 우두머리. 대사악(大司樂)이라고도 부른다.
- 酣(감) : 술에 얼근히 취하는 것.
- 廩(름) : 곡식 창고.
- 陳粟(진속) : 묵은 양곡.
- 府(부) : 재물을 넣어 두는 창고.
- 鬻德(육덕) : 덕을 베푸는 것.
- 惠施(혜시) : 「施惠」로 쓰는 것이 옳으며(韓非子集解) 「은혜 를 베푸는 것」.
- 公子尾走晉(공자미주진) : 공자하(公子夏)가 도망쳤다는 이야 기는 「좌전(左傳)」에도 보이지만, 공자미가 도망친 이야기는 딴 기록엔 보이지 않는다. 「좌전」에 의하면, 그의 아들 고강 (高彊)이 소공십년(昭公十年)에 노(魯)나라로 도망쳤다. 후에 다시 진나라로 돌아갔다.

*이 글에는 두 가지 교훈이 들어 있다. 첫째는 임금을 설 복시키려면 기회 있을 때마다 거듭 이야기해 주어야 한다는 것이고, 둘째는 백성들에게 은혜를 베푸는 사람이 민심을 얻 어, 그 나라의 권세를 잡게 된다는 것이다.

2.

당계공(堂谿公)이 소후(昭侯)에게 말했다.

「지금 천금(千金) 나가는 구슬잔이 있다 해도 밑바닥이 없다면 물을 담을 수가 있겠습니까?」

소후가 대답했다.

「안되지요.」

「질그릇이 있는데 새지 않는다면 술을 담을 수가 있겠습니까?」

「그럴 수 있지요.」

당계공이 말했다.

「질그릇이란 지극히 천한 것이지만 새지 않으면 술을 담을 수 있게 되고, 비록 천금 가는 구슬잔이 있다 하더라도 지극히 귀하기만 하였지 밑바닥이 없으므로 물을 담을 수가 없는데, 어떤 사람이 장(漿)을 붓겠습니까?

그런데 임금이 되어 가지고 그의 여러 신하들의 말을 새어나오게 한다면, 이것은 마치 밑바닥 없는 구슬잔과 같은 것입니다. 비록 성인의 지혜를 지니고 있다 하더라도 그의 술법을 다할 수가 없음은 그것이 새어버리기 때문인 것입니다.」

소후는 「그렇소!」 하고 동의하였다. 소후는 당계공의

말을 들은 다음부터는 천하의 큰 일을 수행할 때는 언제나 홀로 잤다. 혹 잠꼬대라도 하면 사람들이 자신의 계책을 알까 두려워서 그랬던 것이다.

堂谿公謂昭侯曰, 今有千金之玉卮而無當, 可以盛水乎? 昭侯曰, 不可. 有瓦器而不漏, 可以盛酒乎? 昭侯曰, 可. 對曰, 夫瓦器至賤也, 不漏可以盛酒, 雖有千金之玉卮, 至貴而無當, 漏不可盛水, 則人孰注漿哉? 今爲人主而漏其羣臣之語, 是猶無當之玉卮也. 雖有聖智, 莫盡其術, 爲其漏也. 昭侯曰, 然. 昭侯聞堂谿公之言, 自此之後, 欲發天下之大事, 未嘗不獨寢, 恐夢言而使人知其謀也.

• 卮(치) : 술잔.
• 當(당) : 그릇의 밑바닥.

* 신하가 나라의 기밀을 누설해도 안되지민, 임금도 여러 신하들의 말을 외부에 누설해서는 안된다는 이야기다.

3.

요(堯)임금이 천하를 순(舜)에게 물려 주려 하니, 곤(鯀)
이 말하였다.

「상서롭지 못합니다. 누가 천하를 필부(匹夫)에게 물
려준단 말입니까?」

요임금은 듣지 않고 군사를 일으키어 곤(鯀)을 우산(羽
山)의 교외(郊外)에서 죄를 따져 죽여 버렸다. 공공(共工)
이 또 간하였다.

「누가 천하를 필부에게 물려 준단 말입니까?」

요임금은 또 듣지 않고 군사를 일으키어 공공을 유주
(幽州) 땅의 고을로 귀양보냈다. 이리하려 온 세상에, 감
히 천하를 순에게 물려 주면 안된다고 말하는 사람이 없
게 되었다.

공자는 이 말을 듣고 이렇게 평하였다.

「요임금이 순의 현명함을 안다는 것은 어려운 일이 못
된다. 다만 간하는 자들을 처형하면서까지도 반드시 천
하를 순에게 물려주려 한 것이 바로 어려운 일이다.」

일설에는,

「그의 의심스러운 것으로서 그가 살피어 안 것을 그르
치지 않는 것이 곧 어려운 일이다.」

고 말하였다고도 한다.

堯欲傳天下於舜, 鯀諫曰, 不祥哉, 孰以天下而傳
之於匹夫乎! 堯不聽, 擧兵而誅殺鯀於羽山之郊.
共工又諫曰, 孰以天下而傳之於匹夫乎! 堯不聽, 又
擧兵而誅共工於幽州之都. 於是天下莫敢言無傳天
下於舜. 仲尼聞之曰, 堯之知舜之賢, 非其難者也.
夫至乎誅諫者, 必傳之舜, 乃其難也. 一曰, 不以其
所疑, 敗其所察, 則難也.

- 鯀(곤) : 치수(治水)에 공을 세워 하(夏)나라 첫째 임금이 된
  우(禹)의 아버지. 「서경」엔 곤이 물을 다스리는 데 실패하여
  순임금에게 벌을 받았다고 하였다.
- 羽山(우산) : 지금의 산동성(山東省)과 강소성(江蘇省) 접경에
  있는 산 이름.
- 共工(공공) : 본시 수관(水官)의 이름이었는데, 명령을 거역하
  여 처벌당하였다.
- 幽州(유주) : 기주(冀州)의 동북부, 곧 지금의 하북성(河北省)
  의 일부와 요녕성(遼寧省)에 해당하는 지역임.

*이 글은 정사(正史)의 기록과 다르므로 지어낸 것인 듯
하다. 올바른 자기의 신념을 위하여는 신하들의 처벌조차도

주저하지 않는다는 것이다. 이러한 행동은 공자가 평한 것처럼 보통 사람으로서는 하기 어려운 짓일 것이다.

4.

초(楚)나라 장왕(莊王)에겐 다음과 같은 「모문지법(茅門之法)」이 있었다.

「여러 신하와 대부들과 여러 공자(公子)들이 조정(朝廷)에 들어올 때, 말발굽이 지붕 밑 물받이 안을 밟는 자가 있으면, 이를 지키는 정리(廷理)는 그 수레채를 자르고 그 수레몰이를 죽인다.」

그런데 태자가 조정에 들어오자 그의 말발굽이 물받이를 밟았다. 정리는 그의 수레채를 자르고 그의 수레몰이를 죽였다. 태자는 화를 내면서 들어가 임금에게 울면서 말하였다.

「저를 위해 정리를 처형해 주십시오!」

임금이 말하였다.

「법이란 종묘(宗廟)를 공경하고 사직(社稷)을 존경하는 근거가 된다. 그러므로 법을 확립하고 명령을 따르며 사직을 존경하는 사람이란 바로 사직을 위하는 신하가 되는 것이다. 어떻게 그를 처형할 수 있겠나? 법을 범하고 명령을 어기며 사직을 존경하지 않는 자는 바로 신하로서 임금을 넘보고 신하로서 윗자리를 업신여기는 것이다. 신하가 임금을 넘보면, 곧 임금은 위세(威勢)를 잃게 되며, 신하가 윗사람을 업신여기면 곧 임금의 지위가 위태로워진다. 위세를 잃고 지위가 위태로워지면 사직을 지킬 수 없을 것이니, 나는 무엇을 자손들에게 남겨줄 수가 있겠느냐!」

이에 태자는 뛰어 돌아가 집을 나와 사흘 동안 밖에서 노숙(露宿)하면서 북쪽 임금 계신 곳을 향하여 두 번 절하면서 죽을 죄를 빌었다.

일설엔 다음과 같은 얘기를 싣고 있다. 초나라 임금이 다급히 태자를 불렀다. 초나라 법에 의하면 수레를 타고 묘문(茆門)을 지나갈 수 없게 되어 있었다. 마침 비가 와서 마당 한가운데에 빗물이 고여 있었다. 태자는 마침내 수레를 몰아 모문에까지 이르렀다. 정리(廷理)가 이를 보고 말하였다.

「수레를 몰고 모문까지 오시는 것은 법에 어긋납니다.」

태자가 대답하였다.

「임금님께서 부르심이 다급하여 빗물이 없어지기를 기다릴 수가 없었소.」

그리고는 수레를 몰았다. 정리는 창을 들어 그의 말을 찌르고 다시 그의 수레를 부쉈다. 태자는 들어가 임금에게 울면서 말하였다.

「마당 가운데 빗물이 많기에 수레를 몰고 모문까지 왔더니 정리가 법에 어긋난다고 말하면서 창으로 저의 말을 찌르고는 또 저의 수레까지 부쉈습니다. 임금님께선 꼭 그를 처형해주십시오.」

임금이 말하였다.

「앞에 늙은 임금이 있으되 그를 넘보지 아니하고 뒤에 태자가 있으되 아부하며 달라붙지 않았구나. 그는 정말로 나의 법을 지키는 신하로다.」라고 하였다.

그리고는 벼슬을 이급(二級)이나 높여 주고 뒷문을 열고 태자를 내보내면서 다시는 수레를 타고 모문을 지나지 말도록 하였다.

荊莊王, 有茅門之法. 曰, 羣臣大夫諸公子入朝, 馬蹏踐霤者, 廷理斬其輈, 戮其御. 於是太子入朝, 馬蹏踐霤, 廷理斬其輈, 戮其御. 太子怒, 入爲王泣

曰, 爲我誅戮廷理王曰, 法者所以敬宗廟, 尊社稷,
故能立法從令, 尊敬社稷者, 社稷之臣也. 焉可誅
也? 夫犯法廢令, 不尊敬社稷者, 是臣乘君, 而下尚
校也. 臣乘君, 則主失威, 下尚校, 則上位危. 威失位
危, 社稷不守, 吾將何以遺子孫? 於是, 太子乃還走,
避舍露宿三日, 北面再拜請死罪. 一曰, 楚王急召太
子. 楚國之法, 車不得至於茆門. 天雨, 廷中有潦, 太
子遂驅車至於茆門. 廷理曰, 車不得至茆門, 非法也.
太子曰, 王召急, 不得須無潦. 遂驅之. 廷理舉殳而
擊其馬, 敗其駕. 太子入爲王泣曰, 廷中多潦, 驅車
至茆門, 廷理曰, 非法也, 舉殳擊臣馬敗臣駕, 王必
誅之. 王曰, 前有老主而不踰, 後有儲主而不屬, 矜
矣. 是眞吾守法之臣也. 乃益爵二級, 而開後門出太
子, 勿復過.

- 茆門(모문) : 제후의 궁전에는 고문(庫門), 치문(雉門), 노문(路
  門)의 세 큰 문이 있있는데, 「치문」을 모문(茅門 또는 茆門)이
  라고도 부른다. 이 모문 밖이 외조(外朝)이다.
- 踰(제) : 蹄(제)와 통하는 자로서 「발굽.」
- 霤(류) : 지붕 처마 밑의 빗물을 받아 흘러가게 한 것.
- 廷理(정리) : 廷士(정사)라고도 부르며 외조(外朝)를 관장하는

관리.

- 輈(주) : 수레 앞 채.
- 戮(륙) : 죽이는 것.
- 下尙校(하상교) : 下校尙의 도문(倒文)으로 尙은 上과 통하여 「아래 신하가 위 임금을 업신여기는 것」(王先愼說).
- 茆門(모문) : 앞의 茅門(모문)과 같은 말.
- 潦(노) : 땅에 고인 빗물.
- 殳(수) : 창.
- 儲君(저군) : 「예비로 저축하고 있는 임금」이란 뜻으로, 「태자」를 가리킴.
- 不屬(불속) : 아첨하며 달라붙지 않는 것.

   *나라의 법에는 개인적인 친분에 따른 차별이나 개인의 신분에 따른 차이가 있어서는 안된다. 모든 사람에게 엄하게 지켜져야 하며, 법을 어기면은 누구를 막론하고 처벌을 받아야 한다는 것이다. 그 좋은 예로서 태자도 용서 않는 초나라 장왕의 얘기를 든 것이다.

5.

   위(衛)나라 사군(嗣君)이 박의(薄疑)에게 말하였다.「선생은 우리나라를 작게 평가하고 벼슬할만한 나라가 못된다고 생각하시오? 내 능력은 선생에게 벼슬을 줄 수 있으니 청컨대 선생에게 상경(上卿)의 벼슬을 맡기게 하여 주시오.」

그리고는 만경(頃)의 밭을 떼어 주었다.

박의가 말하였다.

「저의 어머니는 저를 사랑하시어 제가 만승(萬乘) 천자의 재상이 되고도 모자라지 않는 능력을 갖고 있다고 생각하고 계십니다. 그런데 저의 집에는 채구(蔡嫗)라는 무당이 있는데, 저의 어머니는 매우 그를 사랑하고 신임하여 집안 일을 모두 그에게 부탁하고 있습니다. 저의 지혜는 집안 일을 처리하기엔 충분하며 저의 어머님께서도 모두 저의 의견을 따르고 계십니다. 그런데 이미 저와 얘기한 것을 또 반드시 다시 채구에게 물어 결정을 내립니다. 그런데 저의 지혜와 능력으로 말하면은 저는 만승 천자의 재상이 되고도 모자라지 않는 능력을 갖고 있다고 생각하고 있고, 저와 어머니의 친분으로 말하면은 곧 모자지간(母子之間)입니다. 그런데도 채구에게 다시 의논함을 면치 못하고 있습니다. 지금 저와 임금님의 관계란 모자의 사랑이 있는 것도 아닌데 임금님께는 언제나 채구가 있습니다. 임금님의 채구란 반드시 권세가일 것이며,

권세가란 사사로운 행동을 할 수 있는 자들입니다. 사사
로운 행동을 하는 자는 법도 밖에 있고 저의 하는 말은
법도 안에 듭니다. 법도 밖과 법도 안이란 원수 사이이
니, 저는 받지 않겠습니다.」

　일설엔 다음과 같은 얘기가 있다. 위나라 임금이 진
(晉)나라로 가서 박의에게 말하였다.

　「나는 선생과 함께 돌아가고자 하오.」

　박의가 말하였다.

　「어머님께서 집안에 계시니, 청컨대 돌아가 어머님과
상의할 수 있게 하여 주십시오.」

　위나라 임금은 스스로 박의의 어머님께 물어보았다.
박의의 어머님이 말하였다.

　「박의는 임금님의 신하입니다. 임금님께 뜻이 있으시
다면 따라가는 것도 매우 좋은 일입니다.」

　위나라 임금이 말하였다.

　「내가 그 일로 어머님께 여쭈어보았더니 어머님께서
제게 허락하시었소!」

　박의는 돌아가 그 일을 어머님께 여쭈었다.

　「위나라 임금의 저에 대한 사랑이 어머님께 비하면 어
떻다고 생각하십니까?」

어머님이 말하였다.

「내가 자식을 사랑하는 것보다야 못하지.」

「위나라 임금이 저를 현명하다고 생각하는 정도와 어머님의 생각을 비하면 어떻다고 생각하십니까?」

「내가 자식을 현명하다고 생각하는 것만큼은 못하겠지.」

「어머님과 제가 집안 일을 의논하여 결정하고 난 뒤에도 다시 어머님은 점쟁이 채구에게 그 일을 결정해 주기를 청하십니다. 지금 위나라 임금이 저를 데리고 간다고는 하지만은 비록 저와 어떤 계책을 결정한다 하더라도 반드시 다른 채구가 그것을 파괴할 것입니다. 이렇게 되면은, 곧 저는 오래도록 신하 노릇을 할 수 없게 될 것입니다.」

衛嗣君謂薄疑曰, 子小寡人之國, 以爲不足仕邪?
則寡人力能仕子, 請進爵以子爲上卿. 乃進田萬頃.
薄子曰, 疑之母親疑, 以疑爲能相萬乘所不窕也. 然
疑家巫有蔡嫗者, 疑母甚愛信之, 屬之家事焉. 疑智
足以信言家事, 疑母盡以聽疑也. 然己與疑言者, 亦
必復決之於蔡嫗也, 故論疑之智能, 以疑爲能相萬乘

而不窕也, 論其親, 則子母之閒也. 然猶不免議之於
蔡嫗也. 今疑之於人主也, 非子母之親也, 而人主皆
有蔡嫗, 人主之蔡嫗, 必其重人也. 重人者, 能行私
者也. 夫行私者, 繩之外也, 而疑之所言, 法之内也.
繩之外, 與法之内, 讎也, 不相受也. 一曰, 衛君之晉,
謂薄疑曰, 吾欲與子皆行. 薄疑曰, 嫗也在中, 請歸與
嫗計之. 衛君自請薄嫗, 薄嫗曰, 疑, 君之臣也. 君有
意, 從之甚善. 衛君曰, 吾以請之嫗許我矣. 薄疑歸言
之嫗也曰, 衛君之愛疑, 奚與嫗? 嫗曰, 不如吾愛子
也. 衛君之賢疑, 奚與嫗也? 曰, 不如吾賢子也. 嫗與
疑計家事已決矣, 乃更請決之於卜者蔡嫗. 今衛君從
疑而行, 雖與疑決計, 必與他蔡嫗敗之. 如是則疑不
得長爲臣矣.

- 薄疑(박의) : 진(晉)나라의 어진 사람.
- 小(소) : 작게 여긴다, 경시하다.
- 頃(경) : 넓이를 나타내는 단위. 밭 백묘(百畝)가 일경(一頃)
  임.
- 不窕(불조) : 부족하게 되지 않다, 곧 능력이 남는다는 뜻.
- 巫(무) : 무당.
- 蔡嫗(채구) : 채씨 노파, 채씨 할멈의 뜻.

- 重人(중인) : 나라의 세도가(勢道家), 실력자(實力者).
- 繩(승) : 먹줄. 법도의 뜻.
- 皆行(개행) : 偕行(해행)의 뜻으로,「함께 위나라로 돌아가는 것.」
- 媼(온) : 여기선「노모(老母)」의 뜻.
- 在中(재중) : 집안에 있다.

  *임금이 권세가들에게 가리워서 마음대로 나랏일을 결정치 못하는 나라에서 벼슬한다는 것은 위태로운 일이라는 것이다. 따라서 임금은 자기의 권세를 신하들에게 맡기어서는 안되며 신하들을 술책으로서 잘 제어할 줄 알아야만 한다는 뜻도 포함되어 있다.

  6.

  무릇 노래를 가르치는 사람들은 배우려는 자에겐 먼저 소리를 내어 음성을 올렸다 내렸다 하게 한다. 그의 소리가 탁한 궁성(宮聲)으로부터 맑은 치성(徵聲)으로 변하여야만 그에게 노래를 가르친다.

  일설에는 말하기를, 노래를 가르치는 사람은 먼저 그의 목소리를 성율(聲律)에 따라 헤아려 보아, 빠른 소리를

내면은 궁성(宮聲)에 들어맞고, 더딘 소리를 내면은 치성
(徵聲)에 들어맞아야 가르친다 한다. 빠른 소리가 궁성에
들어맞지 않고 더딘 소리는 치성에 들어 맞지 않으면 가
르칠 수가 없다고 한다.

夫教歌者, 使先呼而詘之, 其聲反淸徵者, 乃教之.
一曰, 教歌者, 先揆以法, 疾呼中宮, 徐呼中徵. 疾不
中宮, 徐不中徵, 不可謂教.

- 呼(호) : 소리를 지르는 것.
- 詘(굴) : 소리를 높혔다 낮추었다 굴곡을 내는 것.
- 反淸徵(반청치) : 탁한 소리가 맑게 변하고 궁성(宮聲)이 치성
  (徵聲)으로 변하는 것(松皐圓 定本韓非子纂聞). 宮과 徵는 옛
  중국의 오음계(五音階)인 「궁(宮)·상(商)·각(角)·치(徵)·
  우(羽)」의 음계명임.
- 揆(규) : 헤아리는 것.
- 法(법) : 성율(聲律)을 뜻함.
- 謂教(위교) : 爲教와 통함.

＊노래를 가르치는 데에도 반드시 법도를 따졌다. 하물며
복잡한 나라를 다스림에 있어서 법을 소홀히 할 수가 있겠느
냐는 것이다.

7.

오기(吳起)는 위(衛)나라 좌씨(左氏) 땅 사람이다. 그의 처에게 인끈(印綬)을 짜게 하였는데 그 너비가 법도에 맞지않아 오기는 다시 만들게 하였다. 그의 처는 「그러지요.」 하고 대답하고 다시 만들었다. 다 된 뒤에 다시 재어보니 과연 법도에 맞지 않자 오기는 크게 성을 냈다. 그의 처가 말하였다.

「저는 인끈의 날줄(經)을 처음부터 그렇게 하였으니 다시 바꿀 수가 없습니다.」

오기는 그의 처를 내보내었다. 그의 처는 그의 오빠에게 부탁하여 다시 오기에게로 들어가기를 구하였다. 그의 오빠가 말하였다.

「오기는 법을 실천하는 사람이야. 그가 법을 실천하는 것은 만승천자를 위하여 공로를 이룩하려는 때문이니, 반드시 먼저 그것을 자기 처와 첩들에게 실천한 다음에야 그렇게 행하려는 것이다. 너는 들어갈 것을 바라지 마라!」

그 처의 동생이 또 위나라 임금의 신임을 받고 있었음으로, 이에 위나라 임금의 권세로서 오기에게 그 처를 받아들여줄 것을 청하였다. 오기는 듣지 않고 마침내는 위나라를 떠나서 초나라로 갔다.

일설에는 다음과 같이 얘기하고 있다. 오기가 그의 처에게 인끈을 내보이면서 말하였다.

「당신 인끈 하나 짜주겠소? 꼭 이와 같아야 하오.」

인끈을 다 만든 다음에 대어보니 그 인끈은 너무나 더 잘 만들어졌다. 오기가 말하였다.

「당신에게 인끈을 부탁하면서 꼭 이와 같아야 한다고 했는데, 지금 보니 너무나 더 잘 만들어졌소. 어찌된 일이오?」

그의 처가 말하였다.

「쓴 재료는 똑같지만 힘을 더 들여 잘 만든 겁니다.」

오기는 말했다.

「당치않는 말이오!」

그의 처에게 인끈을 갖고 친정으로 돌아가게 하였다. 그의 장인이 찾아가 화해할 것을 청하니, 오기는 말하기를 「집안을 건사함에 있어 헛된 말이 있을 수 없습니다.」

吳起, 衛左氏中人也. 使其妻織組, 而幅狹於度.
吳子使更之, 其妻曰, 諾. 及成, 復度之, 果不中度.
吳子大怒, 其妻對曰, 五始經之, 而不可更也. 吳子

出之, 其妻請其兄而索入. 其兄曰, 吳子爲法者也.
其爲法也, 且欲以與萬乘致功, 必先踐之妻妾, 然後
行之. 子毋幾索入矣. 其妻之弟, 又重於衛君. 乃因
以衛君之重, 請吳子. 吳子不聽, 遂去衛而入荊也.
一曰, 吳起示其妻以組曰, 子爲我織組, 令之如是.
組已就而效之, 其組異善. 起曰, 使子爲組, 令之如
是, 而今也異善, 何也? 其妻曰, 用財若一也, 加務
善之. 吳起曰, 非語也! 使之衣而歸. 其父往請之,
吳起曰, 起家無虛言.

- 左氏(좌씨) : 위나라 땅 이름.
- 組(조) : 여러 가닥의 실로 짜서 만든 인끈(印綬) 같은 것.
- 經(경) : 길쌈할 때의 날줄.
- 出之(출지) : 부인을 쫓아내는 것.
- 索入(색입) : 쫓겨난 부인이 다시 남편에게로 들어가기 바라
  는 것.
- 毋幾索(무기색) : …을 바라지 마라.
- 效(효) : 대어 보다.
- 財(재) : 材(재)와 통하여, 인끈을 짜는 재료.

*자기 부인에게도 용서 없이 법도에 엄한 오기의 얘기이
다. 한비는 이처럼 임금은 나라의 법령을 엄히 지켜야 되며,

한 번 내린 명령은 절대로 실천되도록 하여야 한다고 생각했
던 것이다. 오기는 손자(孫子)와 함께 「병가(兵家)」에 속하는
인물이다. 이들의 엄한 군령(軍令)에서 한비는 엄격한 법의
실천을 배운듯하다.

8.

진(晉)나라 문공(文公)이 호언(狐偃)에게 말하였다.

「나는 고기를 좋아하지만 두루 집안에 돌리고 술통과
고기 접시를 궁전에만 모이게 하지 않소. 병의 술이 맑게
가라앉을 사이 없이 여러 사람과 마시고 날고기는 마를
사이 없이 여러 사람과 먹소. 한 마리의 소를 잡아도 두
루 나라 안에 돌리고 일 년 중의 여자들의 노동은 사졸(士
卒)들을 입히기에 충분한 천을 짜내오. 그러면 백성들을
싸우게 할 수 있겠소?」

호언이 대답하였다.

「안됩니다.」

문공이 다시 물었다.

「내가 관문(關門)과 시장의 세금을 가벼이 하고 형벌을
늦추면 족히 백성들을 싸우게 할 수가 있겠소?」

호언이 대답하였다.

「안됩니다.」

문공이 다시 물었다.

「나의 백성들 중에 재물을 잃은 자가 있으면 나는 친히 낭중(郎中)으로 하여금 일을 돌보아 주게 하고, 죄가 있는 자들은 용서하고 가난하여 넉넉하지 못한 자들에겐 재물을 주려 하오. 그러면 백성들을 싸우게 할 수 있겠소?」

호언이 대답하였다.

「안됩니다. 이것은 모두 삶을 따르는 방법인데 그들을 싸우게 한다는 것은 그들을 죽이는 일입니다. 백성들이 임금님을 따르는 것은 삶을 순조롭게 하여 주기 때문입니다. 임금님께서 그런데도 반대로 그들을 죽게 하려 드신다면 임금님을 따르던 이유를 잃게 될 것입니다.」

「그렇다면 어떻게 하여야 백성들을 싸우게 할 수가 있겠소?」

호언이 대답하였다.

「싸우지 않을 수가 없게 만드십시오.」

문공이 물었다.

「싸우지 않을 수가 없게 만들려면 어찌하면 되겠소?」

호언이 대답했다.

「상은 신용있게 주고 벌은 반드시 가하면 싸우게 할 수 있게 될 것입니다.」

문공이 물었다.

「형벌의 궁극(窮極)은 어디까지 이르러야 하오?」

「천하고 귀한 사람들이라도 피하지 아니하고 사랑하는 사람들도 법대로 행해야 합니다.」

문공은 말하였다.

「좋은 말이오!」

다음날 문공은 포륙(圃陸)에서 사냥을 하게 하고는 정오(正午)를 기한으로 정하여 뒤처지는 자들에겐 군법(軍法)으로 처형하겠다고 명령을 내렸다. 이때 문공이 총애하는 사람 가운데 전힐(顚頡)이란 사람이 있었는데 정해진 기한에 뒤처졌다. 관리가 그의 죄를 벌하기를 요청하니, 문공은 눈물을 흘리면서 걱정하였다. 관리가 「처형하십시오.」 하고 아뢰자 마침내 전힐의 등을 잘랐다. 그것을 백성들에게 보여줌으로써 법에 신용이 있음을 밝히었다. 그런 뒤로는 백성들은 모두 두려워하면서 말하였다.

「임금님은 귀중하게 여기시던 전힐에게까지도 그처럼 엄하시었다. 그러니 임금님께서 법을 실행하실 적에 우리들 따위야 어겼다간 어떻게 될는지 모른다.」

　문공은 백성들이 싸우게 할 만하게 된 것을 알고는 이에 군사를 일으키어 원(原)땅을 정벌하여 이들을 무찌르고 위(衛)나라를 쳤는데, 위나라 백성들은 밭이랑을 동서(東西)쪽으로 내고 있어 오록(五鹿) 땅을 탈취하였다. 다시 양(陽)땅을 공격하고 괵(虢)나라와 싸워 이기고 조(曹)나라를 정벌하고 남쪽으로 정(鄭)나라를 포위하여 성곽(城廓)의 담을 무너뜨리었고, 송(宋)나라가 초(楚)나라에 포위당한 것을 풀어 주었다. 다시 초나라 사람들과 성복(城濮)에서 싸워 초나라 사람들을 크게 패배시켰다. 그리고 돌아와서는 제후(諸侯)들을 거느리어, 천토(踐土) 땅에서 연맹(連盟)을 서약하였고 주(周)나라 천자를 받들려는 뜻을 형옹(衡雍)땅에서 밝히었다. 한 번 일어나 여덟 가지 공로를 이룩했던 것이다. 이처럼 될 수 있었던 까닭은 다른 때문이 아니라 바로 호언의 계책을 따르고 전힐의 등을 잘랐기 때문이었다.

　晋文公問於孤偃曰, 寡人甘肥, 周於堂, 巵酒豆肉, 集於宮. 壺酒不清, 生肉不布, 殺一牛徧於國中, 一歲之功盡以衣士卒. 其足以戰民乎? 孤子曰, 不足.

文公曰, 吾弛關市之征, 而緩刑罰, 其足以戰民乎?
孤子曰, 不足. 文公曰, 吾民之有喪資者, 寡人親使郎
中視事. 有罪者, 赦之, 貧窮不足者, 與之. 其足以戰
民乎? 孤子對曰, 不足. 此皆所以慎產也. 而戰之者,
殺之也. 民之從公也, 爲慎產也, 公因而逆殺之, 失所
以爲從公矣. 曰, 然則何如足以戰民乎? 孤子對曰,
令無得不戰. 公曰, 無得不戰, 奈何? 孤子對曰, 信賞
必罰, 其足以戰. 公曰, 刑罰之極, 安至? 對曰, 不辟
親貴, 法行所愛. 文公曰, 善. 明日令田於圃陸, 期以
日中爲期, 後期者行軍法焉. 於是, 公有所愛者曰顚
頡, 後期. 吏請其罪, 文公隕涕而憂. 吏曰, 請用事焉.
遂斬顚頡之脊, 以徇百姓, 以明法之信也. 而後百姓
皆懼曰, 君於顚頡之貴重, 如彼甚也, 而君猶行法焉,
況於我則何有矣. 文公見民之可戰也, 於是遂興兵,
伐原克之, 伐衛東其畝, 取五鹿, 攻陽, 勝虢, 伐曹,
南圍鄭, 反之陶, 罷宋圍, 還與荊人戰城濮, 大敗荊
人. 返爲踐土之盟, 遂成衡雍之義. 一舉而八有功, 所
以然者, 無他故異物. 從孤偃之謀, 假顚頡之脊也.

• 狐偃(호언) : 윤동양(尹桐楊)은 「한자신석(韓子新釋)」에서 「구

범(쏨犯)」과 같은 인물이라 주장하였다.

- 甘肥(감비) : 기름기 있는 고기를 먹기 좋아함.
- 周於堂(주어당) : 집안에 고기를 두루 돌린다는 뜻.
- 巵(치) : 술잔, 술그릇.
- 豆(두) : 고기를 담는 발 달린 접시.
- 集於宮(집어궁) : 集자 앞에 不자가 붙어 있는게 옳을듯하며 (陳啓天說), 술과 고기 같은 음식을 자기 집에만 모이게 하여 놓고 혼자 즐기지 않았다는 뜻.
- 壺酒不淸(호주불청) : 병 술이 맑아지지 않았다. 병 술을 오래 두면 술이 가라앉아 맑아진다. 이 말은 자기 집에 술이 맑아지도록 술을 저장해 두는 일 없이 여러 사람들과 마셨다는 뜻.
- 生肉不布(생육불포) : 布는 希(희)의 잘못이며, 希는 「마른다」는 뜻. 「생고기를 마르도록 두지 않고 여러 사람들과 함께 먹고 즐겼다.」는 뜻.
- 功(공) : 女工(여공)의 뜻(王先愼說), 곧 여자들이 길쌈하는 것.
- 弛(이) : 늦추어 주는 것.
- 征(정) : 세금을 걷는 것.
- 郞中(낭중) : 임금의 명령을 전달하는 일을 하는 벼슬 이름.
- 愼産(신산) : 愼은 順(순), 産은 生(생)과 통하여 「順生」, 곧 「삶을 따름」, 「삶을 순조롭게 함」의 뜻. 뒤의 逆殺(역살)의 반대.
- 辟(피) : 避(피)와 통함.
- 田(전) : 전렵(田獵), 사냥.

- 圃陸(포류) : 땅 이름.

- 日中(일중) : 정오. 해가 하늘 가운데 와 있는 것.

- 期(기) : 기한, 시한.

- 隕涕(운체) : 눈물을 흘림.

- 用事(용사) : 처벌을 행함.

- 脊(척) : 등. 斬脊(참척)은 腰斬(요참), 곧 허리를 자르는 형벌과 같은 것임. 사람을 엎어 놓고 자르기 때문에「등을 자른다」고도 표현한다.

- 徇(순) : 보이는 것(陣啓天說).

- 東其畝(동기묘) : 위나라의 밭이랑을 모두 동쪽으로 향해 만들게 하여 진(晉)나라 군사가 진격하기 편하게 한 것.

- 反(반) : 둘러 엎다, 무너뜨리다(韓非子集解).

- 陴(비) : 성 위에 쌓은 담.

- 罷宋圍(파송위) : 송나라가 초나라에 포위당한 것을 구해 주었다는 뜻(松皐圓「韓非子纂聞」).

- 踐土(천토) : 땅 이름.

- 衡雍(형옹) : 땅 이름.「踐土之盟」이라「衡雍之義」는 진나라 문후가 여러 제후들을 이끌고 주(周)나라 황실을 떠받들기로 한 맹약을 뜻한다.

- 八有功(팔유공) : 여덟 가지 공로. 여덟 가지 공로란 앞에 든 전쟁들을 뜻한다.

- 假(가) : 차용(借用). 빌리다.

* 백성들에게는 사랑과 인의(仁義)로서 대하는 것보다 엄

한 형벌로 대하는 게 더욱 효과적이라는 얘기이다. 법과 형벌의 효용을 주장하는 일관된 한비의 사상이 엿보인다.

한비자

제14권

35. 외저설우하편外儲說右下篇

이 편에서도 「전(傳)」 가운데서 재미 있는 이야기 몇 가지를 골라 번역하기로 하겠다.

1.

간공(簡公)은 윗자리에 있으면서 형벌을 중히 하고 처벌을 엄히 하면서 세금을 많이 거둬들이고 백성들을 살육하였다. 전성항(田成恒)은 사랑을 베풀고 너그러움을 베풀었다.

제나라 백성들이 목마른 말이라 한다면, 간공은 백성들에게 은혜를 베풀어 주지 않았고, 전성항은 언제나 인후함으로써 연못이 되어 주었던 것이다.

한 번은 조보(造父)가 제(齊)나라 임금의 수레를 끄는 부마(副馬)를 목마르게 함으로 굴복시켜 길들인 일이 있었다. 백일 만에 길이 들자, 길든 말을 제나라 임금 앞에서 시범을 하기로 하였다. 임금은 채소밭으로 가서 시범으로 수레를 끌게 하였다. 조보가 수레를 몰고 채소밭으로 들어가자, 말은 채소밭 속의 연못을 보고는 달려갔다.

조보는 이것을 막을 수가 없었다. 조보는 오랫동안 목마름으로써 말을 길들여왔기 때문에 지금 말은 연못을 보자 사납게 달려갔던 것이다. 그래서 유명한 조보조차도 말을 다스릴 수가 없었던 것이다.

이와 같이 간공(簡公)의 금령(禁令)은 너무 오래 지속되어서 전성항(田成恒)이 그 이익을 보아왔다. 이것은 전성항이 연못을 기울이어 목마른 백성들에게 보여준 거나 같은 일이다.

簡公在上位, 罰重而誅嚴, 厚賦斂而殺戮民. 田成恆設慈愛, 明寬厚. 簡公以齊民爲渴馬, 不以恩加民, 而田成恆以仁厚, 爲囿池也. 一曰, 造父爲齊王駙駕, 以渴服馬. 百日而服成, 服成請效駕齊王. 王曰, 效駕於囿中. 造父驅車入囿, 馬見囿池而走, 造父不能禁. 造父以渴服馬久矣, 今馬見池, 駻而走, 雖造父不能治. 今簡公之法禁, 其衆久矣, 而田成恆利之, 是田成恆傾囿池而示渴民也.

- 賦斂(부렴) : 세금을 거둬들임.
- 駙駕(부가) : 수레를 끄는 부마(副馬).
- 服成(복성) : 수레를 끄는 부마로서 길들임이 완성되는 것.

- 效駕(효가) : 본보기로 수레를 달려 보는 것.
- 圃池(포지) : 밭 옆의 연못.
- 造父(조보) : 옛날의 유명한 수레몰이. 말을 귀신처럼 잘 다루었다.
- 騲(한) : 말이 사납게 날뛰는 것.

＊백성들의 욕망을 전혀 무시하고는 아무리 현명한 임금이라도 올바른 정치를 할 수 없다. 엄한 법과 무거운 형벌로 억압하면 그 당장은 말을 듣는 듯하지만 언제건 기회만 있으면 그 억압을 뒤엎어버린다.

2.

진(秦)나라에 큰 기근(饑饉)이 들었다. 응후(應侯)가 이에 권하였다.

「임금의 다섯 곳 정원엔 초목이 무성합니다. 그곳에 채소와 도토리·과일·대추·밤은 백성들을 살리기에 충분합니다. 청컨대, 그것들을 내어 주십시오.」

소양왕(昭襄王)은 대답하였다.

「우리 진나라 법에는 백성들에게 공이 있으면 상을 받고 죄가 있으면 처형을 받게 되어 있소. 지금 다섯 정원

의 채소와 과일을 내어 준다는 것은 백성들에게 공이 있
거나 공이 없거나 모두 상을 내리는 셈이오. 백성들에게
공이 있거나 없거나 모두에게 상을 준다는 것은 바로 어
지럽히는 도(道)요. 다섯 정원의 것을 내어 주어 혼란해
지는 것은 대추와 채소를 버리고 다스림만 못하오.」

일설에는,

「다섯 정원의 채소와 과일들을 내어 주어 백성들을 살
도록 할 수는 있을 것이지만, 그것은 백성들로 하여금 공
이 있는 자와 공이 없는 자가 서로 가지려고 다투게 만드
는 것이오. 무릇 살되 어지러운 것은 죽되 다스려지는 것
만 못하오. 대부(大夫)께선 그런 의견을 거두시오.」라고
말하였다고도 한다.

　秦大饑, 應侯請曰, 五苑之草著, 蔬菜橡果棗栗,
足以活民, 請發之. 昭襄王曰, 吾秦法, 使民有功而
受賞, 有罪而受誅. 今發五苑之蔬果者, 使民有功與
無功具賞也. 夫使民有功與無功俱賞者, 此亂之道
也. 夫發五苑而亂, 不如棄棗蔬而治. 一曰, 令發五
苑之蓏蔬棗栗, 足以活民, 是使民有功與無功爭取
也. 夫生而亂, 不如死而治, 大夫其釋之.

- 饑(기) : 굶주림. 기근(饑饉).
- 著(착) : 땅에 붙어 번성하는 것.
- 橡(상) : 상수리, 도토리.
- 棗(조) : 대추.
- 栗(율) : 밤.
- 蓏(라) : 풀열매.

　＊백성들이 어렵다고 해서 덮어놓고 재물을 나누어주면 안 된다. 그것은 백성들의 마음을 혼란시킬 것이기 때문이다. 언제나 법도에 의하여 백성들을 돕도록 하여야 된다는 이야기다.

　3.
　공의휴(公儀休)가 노(魯)나라의 재상이 되었다. 그는 물고기를 좋아하여 온 나라 사람들이 모두 앞을 다투며 생선을 사다가 그에게 바쳤다. 그러나 공의휴는 이를 받지 않으니, 그의 아우가 간(諫)하였다.
　「형님께선 생선을 좋아하시면서도 받으시지 않으니 어찌된 일입니까?」
　공의휴가 대답했다.

「오직 생선을 좋아하기 때문에 받지 않는 거야. 생선을 받는다면 곧 아랫사람들은 반드시 안색이 달라질 것이고, 아랫사람들의 안색이 달라지면 법을 어기게 될 것이고, 법을 어기면 재상 자리를 그만두어야 할 것이다. 비록 생선을 좋아한대도 이렇게 되면 자신이 자기가 먹을 생선을 공급할 수 없게 될른지도 모른다. 내가 또 생선을 스스로 공급할 수 없게 된다면, 곧 생선을 받을 수도 없게 된다. 그러나 재상 자리를 그만두지만 않으면 비록 생선을 좋아한다 하더라도 나는 언제나 스스로 생선을 공급할 수 있을 것이다.」

이것은 남을 믿는 것은 스스로를 믿는 것만 못함을 밝혀주는 것이다. 남이 자기를 위하여 하는 것은 자기가 스스로를 위하여 하는 것만 못함을 밝혀 주는 것이다.

公儀休相魯而嗜魚, 一國盡爭買魚而獻之. 公儀子不受. 其弟諫曰, 夫子嗜魚而不受者, 何也? 對曰, 夫唯嗜魚, 故不受也. 夫卽受魚, 必有下人之色, 有下人之色, 將枉於法. 枉於法則免於相, 雖嗜魚, 此不必能自給致我魚, 我又不能自給魚. 卽無受魚而不免於相, 雖嗜魚, 我能長自給魚. 此明夫恃人不如自

恃也, 明於人之爲己者, 不如己之自爲也.

- 嗜(기) : 기호. 특히 좋아함.
- 下人(하인) : 아랫사람. 생선을 바친 사람들을 뜻한다.
- 恃(시) : 믿는 것, 의지하는 것.

* 뇌물을 좋아하는 관리들에게 일침(一鍼)이 될 글이다. 남에게 기대어 자기의 욕망을 채우려는 것은 언제나 위험이 뒤따른다.

4.

제(齊)나라 환공(桓公)이 평복을 입고 민가(民家)들을 순찰하는 중에 한 사람이 나이가 늙었는 데도 스스로 일하여 밥벌이를 하고 있는 노인을 만났다. 환공이 그 까닭을 물으니, 노인이 대답하였다.

「제게는 아들 셋이 있는 데 집안이 가난하여 장가를 들이지 못하였습니다. 지금은 머슴살이를 나가 아직 돌아오지 못하였습니다.」

환공은 돌아와 이 사실을 관중(管仲)에게 전했다. 그러자 관중이 말했다.

「쌓아 놓았다가 썩여 버리는 재물들이 있으면 곧 사람들은 굶주리게 되고, 궁중에 원망하는 여자들이 있으면 곧 백성들은 처가 없게 됩니다.」

환공은 「좋은 말이오.」 하고 말하고는, 곧 명령을 내리어 궁중에 있는 여자들을 골라 이들에게 시집가도록 하였다. 그리고는 백성들에게 다음과 같은 명령을 내렸다.

「남자는 스무 살에 장가들고, 여자는 열다섯 살에 시집가야 한다.」

齊桓公微服以巡民家, 人有年老而自養者. 桓公問其故, 對曰, 臣有子三人, 家貧無以妻之, 傭未及反. 桓公歸以告管仲. 管仲曰, 畜積有腐棄之財, 則人飢餓. 宮中有怨女, 則民無妻. 桓公曰, 善. 乃論宮中有婦人而嫁之, 下令於民曰, 丈夫二十而室, 婦人十五而嫁.

- 微服(미복) : 보통 사람들이 입는 옷으로 변장을 하는 것.
- 自養(자양) : 자기의 힘으로 벌어 먹는 것.
- 傭(용) : 품팔이, 머슴살이.
- 怨女(원녀) : 원망하는 여자. 궁중에 들어와 임금의 얼굴도 못 보고 평생을 한탄하며 늙어가는 여자.

• 室(실) : 장가를 들어 가정을 이루는 것.

＊임금이 정치를 올바로 하여야만 백성들의 생활이 안정될
수 있다는 이야기다.

5.

연릉(延陵)의 탁자(卓子)가 푸른 빛의 좋은 말과 꿩깃
무늬 있는 명마가 끄는 수레를 타고 있는데, 가슴 큰 띠
의 장식이 앞에 있고 도금(渡金)한 쇠꼬챙이가 뒤에 달려
있었다. 말이 앞으로 나아가려 하면 곧 가슴 띠의 장식이
이를 막고, 뒤로 물러서려 하면 도금한 쇠꼬챙이가 말을
찔렀다. 그래서 말은 옆으로 삐져 나왔다. 조보(造父)가
지나가다가 이를 보고는 눈물을 흘리면서 말했다.

「옛날 사람들을 다스리던 사람들도 역시 이러했다. 상
을 준다는 것은 백성들을 독려하기 위한 것인데 훼방이
이에 따랐고, 형벌은 나쁜 짓을 금하기 위한 것이었는데
영예가 가해지기도 하였다. 그래서 백성들은 가운데 서
서 어찌할 바를 알지 못하였다. 이것이 또한 성인들이 울
었던 까닭인 것이다.」

延陵卓子乘蒼龍挑文之乘, 鉤飾在前, 錯錣在後.
馬欲進則鉤飾禁之, 欲退則錯錣貫之, 馬因旁出. 造
父過而爲之泣涕曰, 古之治人亦然矣. 夫賞所以勸之
而毀在焉, 罰所以禁之而譽加焉. 民中立而不知由,
此亦聖人之所爲泣也.

- 蒼龍(창용) : 푸른 빛 나는 털을 가진 크고 좋은 말.
- 挑文(도문) : 挑는 翟(적)의 가차자(假借字)로서「꿩깃 빛깔의
  무늬가 있는 말」(韓非子集解).
- 鉤(구) : 樊纓(번영)이라고도 하며(詩經 小雅 采薇 및 大雅 崧
  高시 毛傳), 말 가슴에 대어지는 큰 띠(大帶).
- 錯錣(착철) : 錯은 도금(渡金)한 장식, 錣(철)은 쇠꼬챙이, 말
  뒤에 달려 있다.
- 毀(훼) : 훼방, 비난.

*수레를 끄는 말에 너무 장식을 하면 말이 마음대로 수레
를 끌 수 없듯이 형벌과 상도 법도에 알맞아야지 너무 번거로
우면 오히려 혼란을 초래한다는 이야기다.

한비자

제15권

36. 난일편難一篇

　여기의 「난」이란 비난(非難) 또는 논란(論難)의 뜻이며, 이 「난」 편은 일(一)부터 사(四)까지 네 편이 있다. 서술한 방법을 보면 모두 일반적으로 좋은 일이라 생각되는 이야기를 먼저 한 다음 뒤에 「어떤 이가 말하기를(或曰)」 하고, 허두를 꺼내면서 그것의 불합리성(不合理性)이나 불완전함을 논한다. 여기에는 그 대표적인 것 몇 가지씩을 골라 번역하기로 하겠다.

1.

진(晉)나라 문공(文公)이 초(楚)나라 사람들과 싸우려 하면서 구범(舅犯)을 불러 이에 관하여 물었다.

「나는 초나라 사람들과 싸우려 하는데, 그들은 수가 많고 우리는 적으니 이를 어찌하면 좋겠소?」

구범이 대답하였다.

「신이 듣건대, 예의가 번거로운 군자들은 충성과 신의를 꺼리지 않고, 전진(戰陣) 사이에서는 속임수를 꺼리지 않는다 하였습니다. 임금님께서는 그들을 속이면 그뿐일 것입니다.」

문공은 구범과 헤어지고 나서는 옹계(雍季)를 불러 다시 물었다.

「나는 초나라 사람들과 싸우려 하는데, 그들은 수가 많고 우리는 적으니 이를 어찌하면 좋겠소?」

옹계가 대답하였다.

「숲을 태우면서 구차히 사냥을 하여 많은 짐승을 잡아 버리면 뒤에는 반드시 짐승이 없게 될 것입니다. 속임수로서 백성들을 대하여 일시적으로 구차히 이익을 본다면 뒤에는 반드시 올바로 되돌아가지 않게 될 것입니다.」

문공은 「좋은 말이오.」 하고는 옹계를 보내고는 구범의 계책으로서 초나라 사람들과 싸워 그들을 패배시켰다. 도리와 공에 따라 벼슬을 줄 때에 문공은 옹계를 앞서 주고 구범은 뒤로 하였다. 여러 신하들이 말하였다.

「성복(城濮)의 전쟁은 구범의 계책으로 이겼습니다. 그런데도 그의 말을 따르고 그 사람은 뒤로 미루어도 괜찮습니까?」 문공이 대답하였다.

「이것은 그대들은 모르는 일이다. 구범의 말은 일시적인 계책이었고 옹계의 말은 만세토록 이익을 줄 것이다.」

공자는 이 말을 듣고 말하였다.

「문공이 패자(覇者)가 된 것은 당연한 일이다. 이미 일시적인 계책을 알고 또 만세의 이익을 알고 있지 않았느냐!」

어떤 사람이 말하기를, 옹계의 대답은 문공의 물음에 합당하지 못하다고 하였다. 무릇 물음에 대답하는 사람은 그 요점이 있는 것이니, 요점의 크고 작은 것과 느슨하고 화급한 것에 따라 대답해야 하는 것이다. 묻는 것은 높고 큰 것인데, 낮고 좁은 것으로 대답한다면 밝은 임금은 받아들이지 않을 것이다.

지금 문공은 적은 수로써 많은 수에 대적하는 것을 물었는데, 대답하기를 「뒤에는 반드시 올바로 되돌아가지 못할것이다.」고 하였다. 이것은 대답의 요점을 잃은 것이다.

또한 문공은 일시적인 계책을 알지 못하고 또 만세의 이익도 알지 못하는 것이다. 싸워서 이기면 곧 나라가 편안해지고 자신도 안정되며, 군대는 강하여지고 위세가 세워진다. 비록 뒤에 올바름으로 되돌아가게 된다 하더라도 이보다 더 클 수는 없다. 만세의 이익이 어찌 돌아오지 않는다고 걱정하겠는가? 싸워서 이기지 못한다면 곧 나라는 망하고 군대는 약해지며 자신도 죽고 명성도 없어진다. 오늘의 죽음으로부터 벗어나는 것도 미칠 수 없게 될 것인데, 만세의 이익을 기다릴 틈이 어디 있겠는가? 만세의 이익을 기다린다는 것은 바로 오늘의 승리에 달려 있다. 오늘의 승리가 적을 속이는 데 있다면 적을 속이는 게 만세의 이익이 되는 것이다. 그러므로 옹계의 대답은 문공의 물음에 합당하지 못한 것이라는 것이다.

또한 문공은 구범의 말도 잘 이해하지 못하였다. 구범이 말한 속임수도 꺼리지 않는다는 것은 그의 백성들을 속인다는 말이 아니라, 그의 적을 속인다는 말이다. 적이란 정벌하는 나라이다. 뒤에 비록 올바로 되돌아가지 않는다 한들 무엇이 해가 되는가? 문공이 옹계를 상주는 데 앞세운 것이 그의 공로 때문이라면, 곧 초나라 군사를 깨치어 승리를 거두게 한 것은 구범의 계책이니 옳지 않다. 그의 훌륭한 말 때문이었다면, 곧 옹계는 곧 뒤에 올바름으로 돌아가지 않을 것을 말하였으니, 이것은 좋은 말이 되지 못한다. 구범은 곧 이러한 요건을 다 갖추고 있다. 구범이 말하기를,

「예의가 번다한 군자는 충성과 신의를 꺼리지 않는다.」고 하였다. 충성은 그의 신하들을 사랑하기 때문이고, 신의는 그의 백성들을 속이지 않는 근거가 되는 것이다. 백성들을 사랑하고 또 속이지 않는다면 이느 밀이 이보다 더 좋겠는가? 그런데 꼭 속임수로 나아가라고 말한 것은 군대의 계책이었던 것이다. 구범은 앞부분엔 좋은 말이 있고 뒤에는 싸워서 승리하는 방법을 말하고 있다. 그런데 구범은 이러한 두 가지 공로가 있는데도 논공(論

功)을 뒤로 미루고 옹계는 단 한 가지도 없는데도 먼저 상을 주었다. 「문공이 패자가 된 것은 또한 마땅한 것이 아니겠느냐?」고 말했던 공자도 상 주는 방법을 잘 알지 못하였기 때문인 것이다.

晉文公將與楚人戰, 召舅犯問之曰, 吾將與楚人戰, 彼衆我寡, 爲之奈何? 舅犯曰, 臣聞之, 繁禮君子, 不厭忠信. 戰陣之間, 不厭詐僞, 君其詐之而已矣, 文公辭舅犯, 因召雍季而問之曰, 我將與楚人戰, 彼衆我寡, 爲之奈何? 雍季對曰, 焚林而田, 偸取多獸, 後必無獸. 以詐遇民, 偸取一時, 後必無復. 文公曰, 善. 辭雍季, 以舅犯之謀與楚人戰以敗之. 歸而行爵, 先雍季而後舅犯. 羣臣曰, 城濮之事, 舅犯謀也. 夫用其言, 而後其身, 可乎? 文公曰, 此非君所知也. 夫舅犯言, 一時之權也, 雍季言, 萬世之利也. 仲尼聞之曰, 文公之霸也宜哉! 旣知一時之權, 又知萬世之利.

或曰, 雍季之對, 不當文公之問. 凡對問者有因, 因小大緩急而對也. 所問高大而對以卑狹, 則明主弗受也. 今文公問以少遇衆, 而曰後必無復, 此非所以

應也. 且文公不知一時之權, 又不知萬世之利. 戰而勝則國安而身定, 兵強而威立. 雖有後復, 莫大於此. 萬世之利, 奚患不至? 戰而不勝, 則國亡兵弱, 身死名息, 拔拂今日之死不及, 安暇待萬世之利? 待萬世之利, 在今日之勝, 今日之勝, 在詐於敵, 詐敵萬世之利而已. 故曰, 雍季之對不當文公之問. 且文公又不知舅犯之言. 舅犯所謂不厭詐僞者, 不謂詐其民, 謂詐其敵也. 敵者, 所伐之國也. 後雖無復, 何傷哉? 文公之所以先雍季者, 以其功耶? 則所以勝楚破軍者, 舅犯之謀也, 以其善言耶? 則雍季乃道其後之無復也, 此未有善言也. 舅犯則以兼之矣. 舅犯曰, 繁禮君子, 不厭忠信者, 忠所以愛其下也, 信所以不欺其民也. 夫旣以愛而不欺矣, 言孰善於此? 然必曰, 出於詐僞者, 軍旅之計也. 舅犯前有善言, 後有戰勝, 故舅犯有二功而後論, 雍季無一焉而先賞. 文公之霸也, 不亦宜乎? 仲尼不知善賞也.

- 厭(염) : 싫어함, 꺼림.
- 詐僞(사위) : 속임수, 거짓.
- 田(전) : 사냥. 「畋(전)」과 통함.
- 偸(투) : 구차히 함, 염치 없이 함.

- 行爵(행작) : 논공행상(論功行賞). 공에 따라 벼슬을 높여 주고 상을 주는 것.
- 權(권) : 권모(權謨), 계책.
- 復(복) : 속이는 습관으로부터 올바름으로 되돌아옴.
- 因(인) : 원인, 요점.
- 拔拂(발불) : 벗어나오는 것, 몸을 빼내는 것, 면하는 것.
- 安暇(안가) : 어찌 틈이 있겠는가?

* 진(晉)나라 문공이 전쟁하는 방법을 물었을 때 구범(舅犯)은 속임수를 써야 큰 적을 깨칠 수 있다고 말하고, 옹계(雍季)는 속임수를 써서는 안된다고 하였다. 진나라는 구범의 계책을 따라 자기네보다 수가 많은 초나라를 쳐부쉈다. 그런데도 문공과 공자는 옹계를 더 높이 평가하였다.

한비는 이러한 사실을 논란하고 있다. 싸움은 이기는 게 최선의 방법이라는 실질적인 이해를 바탕으로, 이러한 개념적인 선악관(善惡觀)을 공격한 것이다.

2.

역산(歷山)의 농사꾼은 지경을 침범하고 있었는데 순(舜)이 가서 밭갈이를 하니 일 년 만에 밭 사이의 도랑과 밭이랑이 반듯해졌다. 황하 가의 고기잡이들은 낚시터를 다투고 있었는데, 순이 가서 고기잡이를 하자 일 년 만에 나이 많은 분에게 사양하게 되었다. 동쪽 오랑캐 땅의 옹기장이들은 그릇을 이즈러지게 만들었는데 순이 가서 옹기를 만들자 일 년 만에 그릇이 튼튼해졌다. 공자가 탄식하며 말했다.

「농사꾼과 고기잡이, 옹기장이는 순의 직책이 아닌 데도 순이 가서 그런 일을 한 것은 잘못된 것을 구하기 위해서였다. 순이야말로 정말 어질도다. 몸소 괴로운 처지에 놓이니 백성들은 그를 따랐다. 그러므로 성인의 덕(德)은 교화(敎化)를 한다고 말하는 것인가!」

어떤 사람이 선비(儒者)에게 물었다.

「바로 그때에 요(堯)는 어디 있었소?」

그 사람이 대답했다.

「요는 천자시었지요.」

「그렇다면 공자가 요를 성인이라 한 것은 어찌된 일이오? 성인은 윗자리에서 밝게 살피며 온 천하에 간사함이 없도록 할 것이오. 지금 농사꾼과 고기잡이들이 다투지 않고 옹기그릇이 이그러지지 않았었다면 순은 또 무엇을 덕으로 교화시켰겠소? 순이 잘못된 것을 구했다는 것은 곧 요에게 과실이 있음을 뜻하는 것이오. 순을 현명하다 하려면, 곧 요의 명철(明哲)한 살핌이 사라지고, 요를 성인이라 하려면, 곧 순의 덕으로 교화했다는 일이 거짓이 되니, 이 둘은 양립(兩立)할 수가 없는 것이오.」

초(楚)나라에 방패와 창을 파는 사람이 있었소. 그의 물건을 자랑하여 말하기를,

『내 방패는 견고하여 어떤 물건으로도 뚫을 수가 없다.』

고 하고는, 또 그의 창을 자랑하여 말하기를,

『나의 창은 날카로워 어떤 물건이라도 뚫어지지 않는 게 없다.』

고 하였소. 어떤 사람이 있다가,

『당신의 창으로 당신의 방패를 뚫으면 어떻게 되오?』

하고 물으니, 그 사람은 대답을 할 수가 없었다는 것이오. 뚫을 수 없는 방패와 뚫리지 않는 게 없는 창은 같은 세상에 함께 존재할 수가 없는 것이오.

지금 요와 순을 둘 다 칭찬할 수 없다는 것도 이 창이나 방패와 같은 것이기 때문이오. 또한 순이 잘못된 것을 구하는 데 한 가지에 일 년이 걸리고, 세 가지에 삼 년이 걸렸소. 순은 목숨이 다할 때가 있을 터인데 천하의 잘못

은 끝이 없는 것이오. 다함이 있는 것으로 끝이 없는 것을 뒤좇아보았자 고쳐지는 것은 극히 적을 것이오.

상과 벌을 천하에 반드시 행하여지는 법령으로 정해놓고서 법도에 맞는 자는 상을 주고 법도에 맞지 않는 자는 처벌을 한다면, 명령이 아침에 내려지면 저녁엔 달라질 것이고 저녁에 내려지면 아침엔 달라질 것이오. 이렇게 열흘이면 온 세상 일이 다 될 것인데 어찌 일 년이나 기다리겠소? 순은 오히려 이처럼 요의 법령으로 자기를 따르라고 하지 않고 이에 친히 일하였는데, 또한 법술이 없었던 것도 아니지 않소?

또한 자신을 괴롭힌 뒤에야 백성들을 교화시키는 것은 요와 순도 어려웠던 일이고, 헛된 위세를 부리며 아랫사람들에게 교만히 구는 것은 용렬(庸劣)한 임금에게도 쉬운 일이오. 천하를 다스리려 하면서 용렬한 임금에게도 쉬운 방법은 버리고 요와 순도 어려워하던 방법을 따른다면 더불어 정치를 하는 수가 없을 것이오.』

歷山之農者, 侵畔, 舜往耕焉, 朞年甽畝正. 河濱之漁者爭抵, 舜往漁焉, 朞年而讓長. 東夷之陶者, 器苦窳, 舜往陶焉, 朞年而器牢. 仲尼歎曰, 耕漁與

陶, 非舜官也, 而舜往爲之者, 所以救敗也. 舜其信仁乎! 乃躬藉處苦, 而民從之. 故曰聖人之德化乎!

或問儒者曰, 方此時也, 堯安在? 其人曰, 堯爲天子, 然則仲尼之聖堯, 奈何? 聖人明察在上位, 將使天下無姦也. 今耕漁不爭, 陶器不窳, 舜又何德而化? 舜之救敗也, 則是堯有失也. 賢舜則去堯之明察, 聖堯則去舜之德化, 不可兩得也. 楚人有鬻楯與矛者, 譽之曰, 吾楯之堅, 物莫能陷也. 又譽其矛曰, 吾矛之利, 於物無不陷也. 或曰, 以子之矛, 陷子之楯, 何如? 其人弗能應也. 夫不可陷之楯, 與無不陷之矛, 不可同世而立. 今堯舜之不可兩譽, 矛楯之說也. 且舜救敗, 碁年已一過, 三年已三過. 舜有盡壽有盡, 天下過無已者. 以有盡逐無已, 所止者寡矣. 賞罰使天下必行之, 令曰, 中程者賞, 弗中程者誅. 令朝至暮變, 暮至朝變, 十日而海內畢矣. 奚待碁年? 舜猶不以此說堯令從己, 乃躬親, 不亦無術乎? 且夫以爲苦而後化民者, 堯舜之所難也, 處勢而驕下者, 庸主之所易也. 將治天下, 釋庸主之所易, 道堯舜之所難, 未可與爲政也.

- 歷山(역산) : 순이 농사를 지었다는 「역산」은 지금 산동성(山東省), 산서성(山西省) 등 여러 곳에 전설적으로 전하여지고 있어 확실한 곳을 알 수 없다.
- 畔(반) : 밭의 경계.
- 朞年(기년) : 한 돐, 일 년.
- 甽畝(견묘) : 밭 사이의 도랑과 둔덕, 밭의 경계를 뜻함.
- 抵(저) : 물가의 높은 땅으로 낚시하기 알맞은 곳. 낚시터.
- 苦窳(고유) : 그릇이 이그러지는 것.
- 牢(로) : 튼튼함, 견고함.
- 舜官(순관) : 순의 관직, 순의 직책.
- 躬藉(궁자) : 친히 몸을 두는 것.
- 敗(패) : 잘못된 것.
- 鬻(육) : 팔다, 장사하다.
- 楯(순) : 방패. 「盾(순)」으로 흔히 씀.
- 矛(모) : 창.
- 陷(함) : 구멍을 뚫는 것.
- 盡壽有盡(진수유진) : 앞의 「盡」자는 잘못 씌어진 것으로 「수명은 다함이 있다.」는 뜻.
- 無已(무이) : 끊임이 없다, 무궁하다.
- 中程(중정) : 법도에 들어맞음.
- 庸主(용주) : 용렬한 임금. 보통 이하의 임금.

＊여기에서 모순(矛盾)이란 말이 나왔다. 요임금이 성인이라면 이미 세상은 잘 다스려져 순이 덕을 더 이상 펼 필요가

없었을 것이다. 따라서 순이 덕을 폈다면 요는 성인이 못된다. 요와 순은 모순이 된다는 것이다.

이렇게 시작하여 한비는 요순의 덕치주의(德治主義)의 어리석음을 지적하면서 상벌에 의한 법치주의(法治主義)를 내세우고 있다. 유가(儒家)들처럼 덕으로 오랜 시간과 노력을 쓰면서 백성들을 교화시키려 애쓸 것 없이 엄한 명령으로 하루 아침에 뜻하는 방향으로 백성들을 이끄는 것이 편리하지 않느냐는 것이다.

3.

조(趙)나라의 양자(襄子)가 진양(晋陽) 성 안에 포위를 당하였었다. 포위를 뚫고 나와 공이 있는 사람들 다섯 명에게 상을 주었다. 고혁(高赫)이 우두머리로 상을 받았다. 장맹담(張孟談)이 물었다.

「진양의 전쟁에서 고혁은 별 큰 공로도 없었는 데 지금 우두머리로 상을 받게 된 것은 어찌된 일입니까?」

양자가 대답하였다.

「진양의 전쟁은 나의 국가가 위험했었고 사직(社稷)이 위태로웠었소. 나의 여러 신하들 중에는, 교만히 나를 업신여기는 뜻을 갖지 않은 자가 없었소. 다만 고혁만은 임금과 신하의 예를 잃지 않았었소. 그래서 그를 상 줌에 앞세운 것이오.」

공자는 이 말을 듣고 말했다.

「상을 잘 주었구나! 양자는 한 사람에게 상을 내림으로써 천하의 신하된 사람들이 감히 예의를 잃지 않도록 만들었다.」

어떤 사람이 말했다.

「공자는 잘 주는 상을 알지 못하는구나! 상과 벌을 잘 주면 여러 관리들은 감히 자기 직분을 떠나지 않으며, 여러 신하들은 감히 예의를 잃지 않는다. 위에서 그의 법을 제정하면 아랫사람들은 간사한 마음을 갖지 않는다. 이렇게 되어야만 상과 벌을 잘 주는 것이라 말할 수가 있을 것이다.

만약 양자가 진양에서 포위당했을 적에 명령이 시행되지 않고 금령(禁令)이 지켜지지 않았다면, 양자는 나라를 잃었고 진양은 임금을 잃었을 것이다. 그렇다면 누가 진양을 지키려 들었겠는가?

양자가 진양에 포위당했을 적에 지백(知伯)의 군대는 물로 공격하여 성 안은 절구통이나 아궁이에서도 개구리가 나올 정도였다. 그런데도 백성들은 반역할 마음이 없었다. 이것은 임금과 신하가 친하였기 때문이다. 양자는 이처럼 임금과 신하가 친근한 덕택이 있었고, 명령하면 시행되고 금하면 멎어지는 법을 쥐고 있었다. 그런데도 교만하게 업신여기는 신하가 있었다는 것은 양자가 처벌을 하지 않았기 때문이다. 신하된 사람들에게는 일에 대하여 공이 있으면 상을 주어야 한다. 그런데 지금 고혁은 다만 교만하고 업신여기지 않았다 해서 양자는 그에게 상을 주었으니, 이것은 상을 잘못 준 것이다. 명철한 임금은 상을 공 없는 사람에게 내리지 않고 벌을 죄 없는 사람에게 주지 않는다. 지금 양자는 자기에게 교만히 굴며 업신여긴 신하를 처벌하지는 않고 공 없는 고혁에게 상을 주었으니, 어찌 양자가 상을 잘 주었다고 할 수 있겠는가? 그러기에 공자는 상을 잘 주는 것을 알지 못한다고 말했던 것이다.」

襄子圍於晉陽中, 出圍, 賞有功者五人, 高赫爲賞首. 張孟談曰, 晉陽之事, 赫無大功, 今爲賞首, 何也? 襄子曰, 晉陽之事, 寡人國家危, 社稷殆矣. 吾羣臣無有不驕侮之意者, 惟赫不失君臣之禮, 是以先

之.

仲尼聞之曰, 善賞哉! 襄子賞一人, 而天下爲人
臣者莫敢失禮矣.

或曰, 仲尼不知善賞矣. 夫善賞罰者, 百官不敢侵
職, 羣臣不敢失禮. 上設其法而下無姦詐之心, 如此
則可謂善賞罰矣. 使襄子於晉陽也, 令不行, 禁不止,
是襄子無國, 晉陽無君也. 尙誰與守哉? 今襄子於晉
陽也, 知氏灌之, 臼竈生䵷, 而民無反心, 是君臣親
也. 襄子有君臣親之澤, 操令行禁止之法, 而猶有驕
侮之臣, 是襄子失罰也. 爲人臣者, 乘事而有功則賞.
今赫僅不驕侮, 而襄子賞之, 是失賞也. 明主賞不加
於無功, 罰不加於無罪. 今襄子不誅驕侮之臣, 而賞
無功之赫, 安在襄子之善賞也? 故曰仲尼不知善賞.

- 驕侮(교모) : 임금에게 교만히 굴며 업신여기는 것.
- 侵職(침직) : 자기 직분을 벗어나 남의 일을 간섭하는 것.
- 知氏(지씨) : 춘추시대 진(晉)나라의 지요(知瑤), 보통 지백(知
  伯)이라고 부른다.
- 灌(관) : 물을 몰아부어 수공(水功)을 하는 것.
- 臼(구) : 절구.
- 竈(조) : 아궁이.

- 黽(와) : 蛙(와)와 통하여「개구리」.
- 操(조) : 손에 쥐고 있는 것.

＊상과 벌을 옳게 주는 법을 해설한 글이다. 조나라 양자처럼 다만 자기를 업신여기지 않았다고 상을 준다는 것은, 곧 잘못이라는 것이다. 공자의 말을 슬쩍 인용해 놓고 그 말을 공격함으로써 유가들을 공격하는 수법은 앞에서도 이미 쓰고 있었다.

37. 난이편難二篇

1.

경공(景公)이 안영(晏嬰)의 집을 방문하였을 때 말하였다.

「당신 집은 작은 데다 시장에 가깝구료. 당신 집을 예장(豫章)의 들로 옮기기로 합시다.」

안영은 두 번 절하며 이를 사양하였다.

「저의 집은 가난하여 시장에 의지하여 먹고 살기 때문에 아침 저녁으로 다녀야 합니다. 멀리 가서는 안됩니다.」

경공이 웃으며 말했다.

「당신 집에서 시장에 익숙하다면 물건이 비싸고 싼 것을 아시오?」

이때 경공은 형벌을 번거로이 쓰고 있었다. 안영이 대답했다.

「나무다리는 비싸고 신은 쌉니다.」

경공이 물었다.

「어째서 그렇소?」

「형벌이 많아서 그렇습니다.」

경공은 갑자기 얼굴빛을 바꾸면서 말했다.

「내가 그처럼 포학했던가!」

이에 다섯 가지 형벌을 없애버렸다.

어떤 사람이 이렇게 말했다.

「안영이 나무다리가 비싸다고 한 것은 진실이 아니다. 편리한 말로서 많은 형벌을 중지시키려 한 것이다. 이것은 정치를 잘 살피지 않은 데서 오는 환난인 것이다. 형벌이 적절하기만 하면 많은 것이 문제되지 않으며, 형벌이 적절하지 않다면 적은 게 문제 되지 않는다. 형벌이 적절하지 않은 이야기는 들려 주지 않고서 너무 많은 것만 설득시킨 것은 술법(術法)이 없는 사람의 환난인 것이다. 전쟁에 패배한 군대의 처형은 천백으로 헤아릴 만큼 많이 하여도 또한 끝날 줄을 모르는 것이며, 어지러움을 다스리는 형벌은 이루 다할 수 없을 정도로 많이 행하여도 간악함은 여전히 다 없어지지 않는다. 지금 안영은 그것이 적절한가 아닌가는 살펴 보지 않고 너무 많다는 것만 문제를 삼았으니 또한 망령된 일이 아니겠는가?

잡초나 띠풀을 아끼는 사람은 벼이삭을 못 쓰게 만들고, 도적에게 은혜를 베푸는 자는 양민(良民)을 해치는 자이다. 지금 형벌을 늦추고 너그러운 은혜를 시행케 한 것은 간악한 자들을 이롭게 하고 착한 사람들을 해치는 것이다. 이것은 나라를 다스리는 방법이 되지 못한다.」

景公過晏子曰, 子宮小, 近市, 請徙子家豫章之圃. 晏子再拜而辭曰, 且嬰家貧, 待市食而朝暮趨之, 不可以遠. 景公笑曰, 子家習市, 識貴賤乎? 是時景公繁於刑. 晏子對曰, 踊貴而屨賤. 景公曰, 何故? 對曰, 刑多也. 景公造然變色曰, 寡人其暴乎! 於是損刑五. 或曰, 晏子之貴踊, 非其誠也, 欲便辭以止多刑也. 此不察治之患也. 夫刑當無多, 不當無少, 無以不當聞而以太多說, 無術之患也. 敗軍之誅, 以千百數, 猶且不止, 卽治亂之刑, 如恐不勝, 而姦尙不盡. 今晏子不察其當否, 而以太多爲說, 不亦妄乎? 夫惜草茅者, 耗禾穗, 惠盜賊者, 傷良民. 今緩刑罰, 行寬惠, 是利姦邪, 而害善人也. 此非所以爲治也.

- 景公(경공) : 제(齊)나라 제후.
- 過(과) : 집을 방문하는 것.
- 晏子(안자) : 안영(晏嬰). 춘추시대 제나라의 대부. 자는 중(仲), 안평중(晏平仲)이라고도 부른다. 검소한 생활과 노력으로 제나라를 위해 많은 업적을 쌓았다.
- 宮(궁) : 집.
- 豫章(예장) : 땅 이름.
- 圃(포) : 들.
- 且(차) : 臣(신)의 잘못(韓非子集解).
- 貴賤(귀천) : 값이 비싸고 싼 것.
- 踊(용) : 踊(용)과 같은 자로 나무다리. 의족(義足).
- 履(구) : 짚신이나 나막신 같은 신발.
- 造然(조연) : 갑자기.
- 妄(망) : 망령됨, 허망함.
- 草茅(초모) : 밭의 잡초들.
- 耗(모) : 소모, 해침.
- 禾穗(화수) : 벼이삭.

*제나라의 안영(晏嬰)은 경공을 간하여 번거롭던 형벌을 간략하게 하였는데 잘못이라는 것이다. 형벌은 적절히 쓰느냐 못 쓰느냐가 문제이지 많고 적은 게 문제가 아니다. 나라가 어지러울 적에는 형벌이 많아지는 수밖에 없다는 것이다.

2.

제(齊)나라 환공(桓公)이 술을 마시다 취하여 그의 관을 잃었다. 이를 부끄러이 여기고 사흘 동안 조회(朝會)를 보지 않았다. 관중이 말하였다.

「이건 나라를 다스리는 분의 치욕이 아닙니다. 임금님께서는 어찌하여 정치로서 설욕하지 않으십니까?」

환공은 「좋은 말이오.」 하고 말하고는, 창고를 열어 가난한 사람들에게 곡식을 나누어 주고 감옥에 갇힌 사람들을 심사하여 풀어 주거나 죄를 가벼이 하여 주었다. 사흘이 지나자, 백성들이 이런 노래를 했다.

「환공이여, 환공이여! 어찌 또다시 관을 잃어버리지 않으시나?」

어떤 사람이 말했다.

「관중은 소인(小人)에 대하여는 환공의 치욕을 씻어주면서 군자(君子)들에 대하여는 환공의 치욕을 늘여주었다. 환공으로 하여금 창고를 열어 가난한 사람들에게 곡식을 내어주고 감옥에 갇힌 사람들을 심사하여 풀어 주거나 죄를 가벼이 하여 주게 한 것이 의로운 짓이 못된다면 치욕을 씻고 의롭게 하여 줄 수가 없을 것이다. 환공이 본시 의로움을 지니고 있었다 한다면, 하필 관을 잃어

버린 다음에야 그렇게 행동하였다는 것은, 곧 환공이 의로움을 행한 것은 관을 잃었기 때문에 한 짓이 된다. 이것은 비록 관을 잃은 수치를 소인들에게 씻었다 하더라도, 또한 의로움을 잃은 수치를 군자들에게 산 것이 된다. 또한 창고를 열어 곡식을 가난한 사람들에게 나누어 준 것은 공 없는 사람들에게 상을 내린 셈이 된다. 감옥에 갇힌 사람들을 심사하여 풀어 주거나 죄를 가벼이 한 것은 곧 잘못을 처벌치 않은 셈이 된다. 대저 공 없는 사람에게 상을 주면 백성들은 구차히 요행을 바라면서 임금이 관을 잃기 바라게 된다. 잘못을 처벌하지 않으면, 곧 백성들은 징계를 모르고 그릇된 짓을 하기 쉽게 된다. 이것은 혼란의 근본이다. 어찌 수치를 씻을 수가 있겠는가?」

齊桓公飮酒醉, 遺其冠, 恥之, 三日不朝. 管仲曰, 此非有國之恥也, 公胡其不雪之以政? 公曰善. 因發倉囷賜貧窮, 論囹圄出薄罪. 處三日, 而民歌之曰, 公乎, 公乎! 胡不復遺冠乎? 或曰, 管仲雪桓公之恥於小人, 而生桓公之恥於君子矣. 使桓公發倉囷而賜貧窮, 論囹圄而出薄罪, 非義也, 不可以雪恥使之而義也. 桓公宿義, 須遺冠而後行之, 則是桓公行義非,

爲遺冠也. 是雖雪遺冠之恥於小人, 而亦遺義之恥於
君子矣. 且夫發困倉而賜貧窮者, 是賞無功也. 論圄
圄而出薄罪者, 是不誅過也. 夫賞無功, 則民偸幸而
望於上, 不誅過, 則民不懲而易爲非. 此亂之本也,
安可以雪恥哉?

- 遺(유) : 잃다, 유실(遺失).
- 朝(조) : 조정에서 조회(朝會)를 보는 것.
- 雪(설) : 씻다, 설욕(雪辱)하다.
- 困(균) : 둥근 창고.
- 圄圄(영어) : 감옥.
- 出薄罪(출박죄) : 죄인을 내보내거나 죄를 감하여 주는 것.
- 宿義(숙의) : 전부터 의로웠다는 뜻.
- 行義(행의) : 行은 遺의 잘못, 「遺義(유의)」는 「의로움을 잃는
  것」(顧廣圻說 韓非子集解). 그 밑의 「非」자는 잘못 붙여진
  것(盧文詔說 上仝).
- 偸幸(투행) : 구차하게 요행만 바라는 것.
- 望於上(망어상) : 임금에게 또 관을 잃는 것 같은 일이 일어나
  기를 바라는 것.
- 懲(징) : 징계(懲戒).

*환공이 관을 잃은 창피를 관중의 의견에 따라 백성들에
게 후한 인심을 씀으로써 씻으려던 행동을 비판한 것이다. 관

을 잃어 창피한 것을 감추기 위하여 백성들에게 인심을 쓴다는 것은 의롭지 못한 행동이고 정치가로서 할 짓이 못 된다는 것이다. 냉혹한 「법가」의 서슬이 느껴진다.

3.

제(齊)나라 환공 때 진(晉)나라로부터 손님이 왔다. 관원이 예우(禮遇)에 대하여 물으니, 환공은 「중보(仲父)에게 물어라.」고 대답하였다. 세 번 물음에 세 번 모두 대답이 같았다. 그러자 배우(俳優)가 웃으면서 말했다.

「임금 노릇하기는 정말 쉽군요. 첫째도 중보요, 둘째도 중보이니.」

환공이 대답했다.

「내가 듣건대, 임금된 사람은 사람을 구하는 데는 수고하지만, 사람을 부리는 데엔 편안하다 하였다. 내가 중보를 얻은 것은 매우 힘든 일이었다. 중보를 얻은 뒤에야 어찌하여 쉽지 않겠느냐?」

어떤 사람이 이렇게 말했다. 환공이 배우에게 대답한 말은 임금된 사람으로서 할 말이 아니다. 환공은 임금은 사람을 구하는 데 수고를 한다고 하였지만, 어찌하여 사람을 구하는데 수고로운가? 이윤(伊尹)은 스스로 요리사가 되어 탕(湯)임금에게 벼슬하려 들었고, 백리해(百里奚)는 스스로 노예가 되어 목공(穆公)에게 벼슬하려 하였다. 노예는 욕된 일이오, 요리인은 부끄러운 일이다. 부끄러움과 욕됨을 무릅쓰고서 임금과 접촉하려고 들었던 것은 현명한 사람들이 세상을 근심하는 마음이 다급하였기 때문이다. 그러니 임금된 사람은 현명한 사람을 거스리지 않도록 하기만 하면 그뿐인 것이다. 현명한 사람을 구하는 것은 임금에겐 어려움이 되지 않는다. 또한 관직은 현명한 사람을 임명하기 위한 것이고, 작위와 녹(祿)은 공로에 대하여 상 주기 위한 것이다. 관직을 마련하고 작위와 녹을 늘어 놓기만 하면 선비들은 스스로 찾아든다. 임금된 사람이 어찌 수고를 하겠는가?

사람을 부리는 것은 또 편안한 것은 아니다. 임금은 비록 사람을 부린다고는 하지만, 반드시 일정한 법도를 기준으로 하고 형벌과 명분을 참작해서 써야 한다. 하는 일이 법도에 맞으면 실행하고, 법도에 맞지 않으면 그만둔다. 공로는 그의 말과 합치되면 상을 내리고, 합치되지 않으면 처벌을 한다. 형벌과 명분으로서 신하들을 단속하고 일정한 법도로서 아랫사람들의 표준을 삼게 한다.

이것은 소홀히 할 수 없는 것이다. 임금된 사람이 어찌 편안할 것인가? 사람을 구하는 것은 수고롭지 않고 사람을 부리는 것은 편안하지 않다. 그런데도 환공이 사람을 구하는 데엔 수고를 하고, 사람을 부리는 데엔 편안하다고 말한 것은 옳지 않다.

齊桓公之時, 晋客至, 有司請禮. 桓公曰, 告仲父者三. 而優笑曰, 易哉爲君!　一曰仲父, 二曰仲父. 桓公曰, 吾聞, 君人者勞於索人, 佚於使人. 吾得仲父已難矣, 得仲父之後, 何爲不易乎哉?

或曰, 桓公之所應優, 非君人者之言也. 桓公以君人爲勞於索人, 何索人爲勞哉? 伊尹自以爲宰干湯, 百里奚自以爲虜干穆公. 虜所辱也, 宰所羞也, 蒙羞辱而接君上, 賢者之憂世急也. 然則君人者, 無逆賢而已矣, 索賢不爲人主難. 且官職所以任賢也, 爵祿所以賞功也. 設官職陳爵祿, 而士自至, 君人者奚其勞哉? 使人又非所佚也. 人主雖使人, 必以度量準之, 以刑名參之. 以事遇於法則行, 不遇於法則止. 功當其言則賞, 不當則誅. 以刑名收臣, 以度量準下, 此不可釋也, 君人者焉佚哉! 索人不勞, 使人不佚,

而桓公曰, 勞於索人, 佚於使人者, 不然.

- 有司(유사) : 일을 관장하는 관리.
- 仲父(중보) : 관중을 높혀 「중보」라 불렀다.
- 優(우) : 배우(俳優). 옛날 궁중에는 우스갯짓과 우스갯소리를 전문으로 하여 임금을 즐겁게 하는 배우들이 있었다.
- 索人(색인) : 훌륭한 사람을 찾아내는 것.
- 佚(일) : 안일(安逸). 편안함.
- 伊尹(이윤) : 상(商)나라 탕(湯)임금을 도와 천하를 통일케 한 명상(名相)임.
- 宰(재) : 음식 만드는 요리사.
- 干(간) : 임금을 접촉하여 벼슬하기를 구하는 것.
- 百里奚(백리해) : 춘추시대 우(虞)나라 사람, 자는 정백(井伯). 진(秦)나라 목공(穆公)의 재상이 되어 진나라를 패자(霸者)로 만든 명상(名相).
- 虜(로) : 진(晉)나라가 우나라를 멸할 때 스스로 포로가 되어 한동안 백리해는 노예생활을 하였다.
- 釋(석) : 풀어 놓다, 소홀히 하다.

*환공이, 임금은 어진 사람을 구하기가 어렵지 부리기는 쉽다고 한 말을 비평한 글이다. 한비에 의하면 그 정반대이다. 어진 사람도 벼슬 때문에 스스로 임금을 찾아오게 됨으로 사람을 구하기는 쉽다. 오히려 일정한 법도를 기준으로 하여

형벌과 명분을 참작하며 신하를 부리기가 어렵다는 것이다.
역시 법가사상을 드러내려는 글이라 하겠다.

4.

「또한 환공(桓公)이 관중(管仲)을 얻은 것은 어렵게 얻
은 게 아니었다. 관중은 그의 임금을 위하여 죽음을 바치
지 아니하고 환공에게로 돌아왔고, 포숙(鮑叔)은 벼슬을
가벼이 여기며 능력 있는 사람에게 사양하느라고 그를
임용하였다. 환공이 관중을 어렵지 않게 얻었음은 분명
한 일이다.

관중을 얻은 뒤에는 어찌 갑자기 부리기 쉬워졌겠는
가? 관중은 주공단(周公旦) 같은 사람이 아니다. 주공단은
천자를 대신하여 7년 동안 섭정(攝政)을 하다가 성왕(成
王)이 장성하자 그에게 정사(政事)를 되돌려 주었는데, 그
것은 천하를 위한 계책에서가 아니라 그의 직책이 그러
했기 때문이었다. 어린 임금의 자리를 뺏지 않고 천하를
다스린 사람은 반드시 배반하지 않고 임금을 위하여 죽
음을 무릅쓰지 그의 원수를 섬기지는 않을 것이다. 그러
나 임금을 배반하고 그의 원수를 섬기는 자는 반드시 쉽

사리 어린 임금의 자리를 뺏고 천하를 다스릴 것이다. 쉽사리 어린 임금의 자리를 뺏고 천하를 다스리는 자는 반드시 쉽사리 그의 임금의 나라를 탈취할 것이다.

관중은 공자규(公子糾)의 신하로서 환공을 죽이려 모의하다 뜻을 이루지 못하였으며, 그의 임금이 죽자 환공의 신하가 되었던 것이다. 관중의 취사선택(取捨選擇)이 주공단과 달랐다는 것은 또한 분명한 일이다.

그러나 그가 현명한지 현명하지 않은지는 알 수가 없는 일이다. 만약 관중이 크게 현명한 사람이었고, 또한 탕(湯)임금이나 무왕(武王)이 되었다 하자. 탕임금과 무왕은 걸(桀)왕과 주(紂)왕의 신하로서 걸왕과 주왕이 어지러운 짓을 하자 탕임금과 주왕은 그들의 나라를 빼앗아버렸었다. 지금 환공은 그의 임금 자리를 안이하게 지키고 있었으니, 이것은 걸왕이나 주왕 같은 행동을 하면서 탕임금이나 무왕 윗자리에 있는 것이므로 환공은 위태롭게 된다. 만약 관중이 못난 사람이었고 또한 전상(田常)이 되었다 하자. 전상은 제(齊)나라 간공(簡公)의 신하로서 그의 임금을 죽였다. 지금 환공은 그의 임금 자리를 안이하게 지키고 있었으니, 이것은 간공과 같은 안이함으로써 전상의 윗자리에 있는 것이므로 환공은 또 위태롭게 된다. 관중이 주공단 같은 사람이 아닌 것은 분명하지만 그러나 탕임금이나 무왕 같은 사람인지 또는 전상 같은 사람인지는 알 수가 없다. 탕임금이나 무왕 같은 사람이었다면 걸왕과 주왕 같은 위태로움이 있었을 것이고, 전상 같은 사람이었다면 간공과 같은 혼란이 있었을 것이다. 관중을 얻고 난 뒤에 환공이 어찌 갑자기 부리기 쉬워졌었는가? 만약 환공이 관중을 임명함에 있어서 반드시 자기를 속이지는 않을 것으로 알았다면, 그것은 자기를 속이지 않는 신하를 알아본 셈이 된다. 그러나 자기를 속이지 않는 신하를 알아보았다 하지만, 환공이 관중을 임용하던 권력을 수조(豎刁)와 역아(易牙) 같은 간신에게 빌어주어 시체에서 벌레들이 기어나와도 장사 지내지 않는 환난을 초래케 하였던 것이다. 환공이 임금을 속이는 자와 임금을 속이지 않는 자를 알아보지 못하였음이 이미 분명해졌다. 신하를 임용하여 그처럼 권력을 맡겼으니, 그러므로 환공은 우매(愚昧)한 임금이라 말하는 것이다.」

且桓公得管仲又不難. 管仲不死其君, 而歸桓公, 鮑叔輕官讓能而任之. 桓公得管仲又不難, 明矣. 已得管仲之後, 奚遽易哉? 管仲非周公旦. 周公旦假爲

天子七年, 成王壯, 授之以政, 非爲天下計也, 爲其職也. 夫不奪子而行天下者, 必不背死君而事其讎. 背死君而事其讎者, 必不難奪子而行天下, 不難奪子而行天下者, 必不難奪其君國矣. 管仲, 公子糾之臣也, 謀殺桓公以不能, 其君死而臣桓公. 管仲之取舍, 非周公旦, 亦以明矣. 然其賢與不賢, 未可知也. 若使管仲大賢也, 且爲湯武. 湯武桀紂之臣也. 桀紂作亂, 湯武奪之. 今桓公以易居其上, 是以桀紂之行, 居湯武之上, 桓公危矣. 若使管仲不肖人也, 且爲田常. 田常, 簡公之臣也, 而弑其君. 今桓公以易居其上, 是以簡公之易, 居田常之上也, 桓公又危矣. 管仲非周公旦以明矣, 然爲湯武與田常, 未可知也. 爲湯武, 有桀紂之危, 爲田常, 有簡公之亂也. 已得仲父之後, 桓公奚遽易哉? 若使桓公之任管仲, 必知不欺己也, 是知不欺主之臣也. 然雖知不欺主之臣, 今桓公以任管仲之專, 借竪刁易牙, 蟲流出戶而不葬. 桓公不知臣欺主與不欺主, 已明矣, 而任臣如彼其專也, 故曰桓公闇主.

• 鮑叔(포숙) : 관중(管仲)의 어려서부터 친한 친구. 관중이 공

자규(公子糾)를 섬기다 공자규가 죽은 뒤 잡혀 옥에 갇혔었다. 포숙아는 관중을 환공에게 천거하여 제(齊)나라 재상이 되게 하였었다.

- 奚遽(해거) : 어찌, 갑자기.

- 周公旦(주공단) : 주(周)나라 무왕(武王)의 아우. 무왕이 죽은 뒤 어린 조카 성왕(成王)이 즉위하자 그를 대신하여 나라를 다스리어 주나라의 기틀을 마련하였다.

- 假爲天子(가위천자) : 「천자 노릇을 대신하였다.」는 뜻.

- 奪子(탈자) : 자식 같은 어린 임금의 자리를 탈취하는 것.

- 易居其上(이거기상) : 그의 임금 자리를 안이한 태로도 지키고 있는 것.

- 田常(전상) : 제(齊)나라 간공(簡公)의 신하로서 뒤에 간공을 죽이고 자기 자신이 임금이 되었었다.

- 豎刁(수조) : 환공의 시인(侍人)으로서 역아(易牙)와 함께 임금의 총애를 받고 있었다. 환공이 늙자 이들은 임금의 총애를 빌어 임금과 여러 신하들을 죽였다. 그 결과 제나라는 크게 혼란해졌다.

- 蟲流出戶(충류출호) : 「시체에서 벌레들이 문 밖으로 기어 나왔다.」 수조와 역아가 환공을 궁전 수위실에서 죽게 한 뒤 그 시체를 버려 두어 벌레가 생기어 문 밖에까지 기어 나왔었다 한다.

- 闇主(암주) : 어두운 임금, 우매한 임금.

* 앞단에서 제나라 환공이 「사람을 구하는 데는 수고를 하

지만 사람을 부리는 일은 편히 한다.」고 한 말을 실증을 들어
반박한 것이다. 곧 이 말은 앞단 「어떤 사람의 말」의 계속이
다. 우선 환공으로 하여금 패업(覇業)을 이루게 한 관중도 알
고 보면 그를 구하는 데엔 아무런 수고도 하지 않았다는 것이
다. 그리고 관중을 등용한 다음 그에게 큰 권세를 맡겼던
일은 매우 위태로웠던 일이라는 것이다. 다행히 관중 자
신이 환공의 임금 자리를 뺏거나 제나라를 어지럽히지
는 않았지만, 뒤에 수조와 역아 두 간신이 제나라를 큰
혼란에 빠뜨렸던 사실은 환공의 신하를 쉽게 부리려는
태도가 잘못임을 증명한다는 것이다. 이것은 나라를 다
스리는 임금은 신하를 제어할 「술(術)」이 없으면 안된다
는 한비의 지론을 부연하는 것이다.

5.

이극(李克)이 중산(中山) 땅을 다스리고 있을 적에 고경
(苦陘) 땅의 수령(守令)이 거두어 바치는 전곡(錢穀)의 수
입이 많았다. 그러나 이극은 말하였다.

「말이 사리가 밝고 논조가 분명하다 하더라도 의(義)
로움에 합당하지 않으면 그것은 헛된 말이라 한다. 산과
숲과 못과 골짜기에서 나는 이익이 없는데도 수입이 많

으면 그것을 헛된 재물이라 한다. 군자란 헛된 말을 듣지
않고 헛된 재물을 받지 않는 법이다. 그대는 잠시 벼슬자
리를 그만두게나.」

어떤 사람이 말하였다.

이극은 말하기를,『말이 사리가 밝고 논조가 분명하다
하더라도 의로움에 합당하지 않으면 그것은 헛된 말이라
한다.』하였다. 말의 사리는 말하는 데 달린 것이고, 분명
한 논조는 듣는 데 달린 것이다. 말하는 것은 듣는 것이
아니고 사리가 밝은 것은 논조가 분명하다는 것은 아니
다. 이른바『의로움에 합당하지 않다.』는 것은 듣는 사람
을 말하는 것이 아니고 반드시 듣는 것을 말하는 것일 것
이다. 듣는 사람은 소인이 아니면, 곧 군자일 것이다. 의
로움이 없기 때문에 반드시 의로움에 합당할 수 없을 것이
다. 군자는 의로움에 합당하다 하더라도 반드시 얘기
하려 들지 않을 것이다. 대체로『말이 사리가 밝고 논조
가 분명하더라도 의로움에 합당하지 않다.』는 것은 반드
시 성실하지 않은 말일 것이다.

수입이 많다 하더라도 그것이 헛된 재물이면 오래 행
하여질 수가 없을 것이다. 이극이 간사함을 일찍이 금하
지 않고 계책대로 되어 나가게 했다면 그것은 잘못을 저

지르는 것이다. 그런데 술책(術)도 없이 수입이 많다는 것을 안들 비록 잘못된 수입이라 하더라도 그것을 어찌할 것인가!

수입이 많다는 것은 풍부하다는 뜻이다. 일을 하는 것이 음과 양의 조화를 따르고 씨 뿌리고 심는 것이 사철의 변화에 알맞아 이르고 늦은 잘못이나 추위와 더위의 재난이 없다면, 곧 수입이 많아질 것이다. 작은 일로서 큰 일을 방해하지 않고 사사로운 욕심으로서 여러 사람들에 관한 일을 해치지 아니하며, 대장부들은 농사일에 힘쓰고 부인들은 길쌈에 힘쓴다면, 곧 수입이 많아질 것이다. 기르고 보양(保養)하는 원리에 힘쓰며 토지에 합당한 방법을 살피어 여러 가축들을 잘 키우며 오곡(五穀)을 풍성케 하면은, 곧 수입이 많아진다. 저울질과 계산에 밝고 지형(地形)과 배와 수레와 기계의 이용법에 자세하고 힘은 적게 쓰고 공로는 크게 이룩하면, 곧 수입이 많아진다. 시장의 상업과 관문(關門)과 교량(橋梁)의 통행을 편리하게 하여 있는 물건을 없는 곳에 보낼 수 있게 되면 외지의 상인들도 모여들고 외국의 재물들도 모여들게 될 것이며, 재물의 사용을 검소하게 하고 음식을 절약하며 사는 집과 기구들을 사용에 편토록 대비하며 좋아하는 장난을 일삼지 아니하면, 곧 수입이 많아질 것이다.

수입이 많아지는 것은 모두 인위적(人爲的)인 것이다. 그런데 하늘의 변화와 바람과 비가 철에 알맞고 추위와 더위가 적절하면 땅이 더 커지지 않아도 풍년이 들게 되며, 곧 수입이 많아진다. 사람들이 하는 일과 하늘의 조화, 이 두 가지가 모두 수입을 많게 하는 것이니, 이것은 산과 숲과 못과 골짜기에서 나는 이익이 아닌 것이다. 산과 숲과 못과 골짜기에서 나는 이익이 없어도 수입이 많아지는데 그것을 가지고 헛된 재물이라 말한 것은 술책(術)을 지니지 못한 말인 것이다.

李克治中山, 苦陘令上計而入多. 李克曰, 言語辨, 聽之說, 不度於義, 謂之窕言. 無山林澤谷之利, 而入多者, 謂之窕貨. 君子不聽窕言, 不受窕貨, 子姑免矣.

或曰, 李子設辭曰, 夫言語辨, 聽之說, 不度於義者, 謂之窕言. 辯在言者, 說在聽者, 言非聽者也, 則辨非說者也. 所謂不度於義, 非謂聽者, 必謂所聽也. 聽者非小人則君子也. 小人無義, 必不能度之義也, 君子度之義, 必不肯說也. 夫曰, 言語辨, 聽之說, 不

度於義者, 必不誠之言也. 入多之爲寃貨也, 未可遠
行也. 李子之姦弗蚤禁, 使至於計, 是遂過也. 無術
以知而入多, 入多者, 穰也. 雖倍入將奈何? 擧事愼
陰陽之和, 種樹節四時之適無早晩之失, 寒溫之災,
則入多. 不以小功妨大務, 不以私欲害人事, 丈夫盡
於耕農, 婦人力於織紝, 則入多. 務於畜養之理, 察
於土地之宜, 六畜遂, 五穀殖, 則入多. 明於權計, 審
於地形, 舟車機械之利, 用力少, 致功大, 則入多. 利
商市關梁之行, 能以所有致所無, 客商歸之, 外貨留
之, 儉於財用, 節於衣食, 宮室器械, 周於資用, 不事
玩好, 則入多. 入多皆人爲也. 若天事風雨時, 寒溫
適, 土地不加大, 而有豊年之功, 則入多. 人事天功
二物者, 皆入多, 非山林澤谷之利也. 夫無山林澤谷
之利入多, 因謂之寃貨者, 無術之言也.

- 李克(이극) : 「한서(漢書)」 예문지(禮文志) 유가(儒家)에는 「이
  극(李克)」 칠편(七篇)이 기록되어 있으니, 그가 유가에 속하
  는 학자임은 알 수 있으나 자세한 생평에 대하여는 기록이
  없다. 어떤 책에는 李兌(이태)로 되어 있는 것도 있으나 잘못
  이다.
- 苦陘(고경) : 현(縣) 이름.

- 令(령) : 현령(縣令), 수령(守令).
- 上計(상계) : 집집에서 세금으로 거두어들이는 돈과 곡식(顔師古說).
- 入多(입다) : 수입이 많은 것.
- 言語辨(언어변) : 말을 사리 밝게 하는 것. 辨은 분별하다. 분명히 하다로 辨(변)·辯(변)과 둘다 同字이다.
- 聽之說(청지설) : 알아 듣기 좋게 조리 있는 얘기를 하는 것.
- 疣言(조언) : 헛되고 그릇된 말(孫楷第 讀韓非札迻).
- 免(면) : 免官(면관). 벼슬을 그만둠.
- 遠行(원행) : 久行(구행)의 뜻. 오랜 동안 행하여지는 것(陳啓天說).
- 穰(양) : 풍성한 것.
- 雖倍入將奈何(수배입장내하) : 倍는 悖(패)와 통하여 「비록 그릇되게 수입된다 하더라도 그것을 어찌할 것인가!」의 뜻. 이 구절은 「入多者穰也」 구절 앞에 들어감이 옳다(陳啓天說).
- 愼(신) : 順(순)과 통하여 음양의 조화를 「따르는 것」.
- 種樹(종수) : 씨 뿌리고 심고 하는 것.
- 織紝(직임) : 길쌈하는 것.
- 權計(권계) : 저울질과 계산.

*여기에선 유가에 속하는 이극의 말을 반박하고 있다. 이극은 이유 없이 많은 수입을 가져 온다 하여 고경의 현령을 파면 시켰는데, 그것은 잘못이라는 것이다. 수입이란 사람의 술책 여하에 따라 같은 조건 아래에서도 많아질 수도 있고 적

어질 수도 있다는 것이다. 그러니 사람들이 잘 살아가려면 무엇보다도 한비가 주장하는 술(術)의 응용이 중요하다는 것이다. 그의 술책이 이처럼 경제정책에까지 응용된다는 것은 재미있는 일이다.

6.

조(趙)나라 간자(簡子)가 위(衛)나라의 성곽(城廓)을 포위했을 때, 물소 가죽 방패, 물소 가죽 큰 방패들을 화살이나 돌이 미치지 못하는 곳에 세워놓고 진군(進軍)하라는 북을 쳤으나 군사들이 일어나지 않았다. 간자는 북채를 내던지면서 말하였다.

「아아, 나의 군사들이 너무나 지쳤구나!」

행인 촉과(燭過)가 투구를 벗으면서 그에게 말하였다.

「제가 듣건대, 역시 임금이 무능한 경우는 있어도 군사들이 지쳐서 전쟁을 못한 일은 없다 했습니다. 옛날 저희들 선왕(先王)이신 진(晋)나라 헌공(獻公)께서는 17나라를 병합시키고 38나라를 복종시키고 12번 싸워서 모두 이겼는데, 이것은 백성들을 잘 쓴 때문이었습니다. 헌공께서 돌아가시자 혜공(惠公)이 즉위하셨는데 음난한 짓과 난폭한 짓을 일삼고 아름다운 여자들을 좋아하였습니다. 그때 진(秦)나라 군사가 침입해 와서 도읍지인 강(絳) 땅 십칠리(十七里)되는 곳까지 육박했던 일이 있는데, 이것은 사람들을 잘못 쓴 때문입니다. 혜공이 돌아가시자 문공(文公)이 왕위를 이어받아 위(衛)나라를 포위하여 업(鄴)땅을 빼앗았고 성복(城濮)의 싸움에선 다섯 번이나 초(楚)나라 군사들을 패배시켜 천하에 존귀한 이름을 떨치었는데, 이것 역시 사람을 잘 쓴 때문입니다. 그러니 임금이 무능했던 일은 있어도 군사들이 지쳐서 전쟁을 못했던 일은 없습니다.」

간자는 이 방패와 큰 방패를 버리고 화살과 돌이 미치는 곳에 서서 그들에게 진군하자는 북을 치니 군사들은 이를 따라 싸워서 크게 이겼다. 간자는 말하였다.

「나는 전차(戰車) 천 대를 얻는 것보다도 행인 촉과의 말 한 마디를 듣는 게 더 유익했다.」

어떤 사람이 말하였다.

「행인은 말을 근거 있게 하지 못한 것이다. 그가 말하기를, 혜공은 사람들을 썼으나 패하고 문공은 사람들을 써서 패자(覇者)가 되었다고 하였는데 사람들을 쓰는 방법은 얘기하지 않고 있다. 그러니 간자는 방패와 큰 방패를 그처럼 빨리 치워서는 안될 일이었다.

자기 아버지가 포위를 당하고 있다면 화살이나 돌을 가벼이 무릅쓰게 될 것인데, 이것은 효자가 부모를 사랑하기 때문인 것이다. 그런데 부모를 사랑하는 효자는 백 사람에 하나 정도이다. 지금 그는 자신을 위태로운 처지에 놓음으로써 사람들이 싸울 수 있게 된다고 생각하였는데, 이것은 여러 백성들의 자식들이 임금에게 대하여 모두 효자가 부모를 사랑하는 것처럼 대할 것이라 여긴거나 같은 것이니, 이것은 행인이 속인 것이다.

이익을 좋아하고 해를 싫어하는 것은 모든 사람들이 갖고 있는 감정이다. 상을 두터이 신용 있게 주면 사람들은 적을 가벼이 여길 것이며, 형벌을 무겁게 반드시 가하면 사람들은 배반하지 않을 것이다. 뛰어난 행동으로 임금을 따르는 사람의 수는 백 명에 한 사람도 되지 못하고, 이익을 좋아하며 죄를 두려워하는 것은 모든 사람들이 그러하다. 여러 사람들을 거느리는 사람이 모두가 그러한 방법을 써서 나아가지 아니하고 백 명에 한 사람도 없는 행동을 실행하였으니, 행인은 여러 사람들을 쓰는 길을 알지 못하였던 것이다.」

趙簡子圍衛之郛郭，犀楯犀櫓，立於矢石之所不及．鼓之而士不起，簡子投枹曰，烏乎！吾之士數弊也．行人燭過，免冑而對曰，臣聞之，亦有君之不能耳，士無弊者．昔者，吾先君獻公，并國十七，服國三十八，戰十有二勝，是民之用也．獻公沒，惠公即位，淫衍暴亂，身好玉女，秦人恣侵，去絳十七里，亦是人之用也．惠公沒，文公受之，圍衛取鄴，濮城之戰，五敗荊人，取尊名於天下，亦此人之用也．亦有君不能耳，士無弊也．簡子乃去楯櫓，立矢石之所及，鼓之而士乘之，戰大勝．簡子曰，與吾得革車千乘，不如聞行人燭過之一言也．或曰，行人未有以說也．乃道惠公以此人是敗，文公以此人是霸，未見所以用人也．簡子未可以速去楯櫓也．嚴親在圍，輕犯矢石，孝子之所愛親也．孝子愛親，百數之一也．今以為身處危而人尚可戰，是以百族之子於上，皆若孝子之愛親也，是行人之誣也．好利惡害，夫人之所有也．賞厚而信，人輕敵矣．刑重而必，失人不比矣．長行徇上，數百不一失，喜利畏罪，人莫不然．將眾者不出乎莫不然之數，而道乎百無人一之行，行人未知用眾之道也．

- 簡(간) : 簡과 동자(同字).
- 郛郭(부곽) : 郛은 附(부)와 통하여, 도시 부근의 바깥 성(郭).
- 犀(서) : 물소. 犀楯(서순)은 질긴 물소 가죽으로 만든 방패.
- 櫓(노) : 楯보다 큰 방패.
- 鼓(고) : 옛날 군대에선 진격의 신호로서 장군이 북을 쳤다.
- 枹(부) : 북채.
- 烏乎(오호) : 嗚呼(오호)와 같은 감탄사. 아아.
- 數弊(삭폐) : 매우 지쳤다.
- 燭過(촉과) : 사람 이름.
- 免冑(면주) : 군례(軍禮)로서 윗사람을 뵈일 적에는 투구를 벗었다.
- 淫衍(음연) : 음난(淫亂)과 같은 말.
- 玉女(옥녀) : 미녀(美女), 미인.

*조(趙)나라 간자(簡者)가 행인의 말을 듣고 몸소 위험을 무릅씀으로써 부하들을 격려하여 싸움에 이겼던 일을 비평한 것이다. 한비의 견해에 의하면, 전쟁을 할 적에 임금이 몸소 위험을 무릅쓸 필요까지는 없다는 것이다. 그것은 백분의 일의 확률도 안되는 가능성을 믿는 어리석은 짓이다. 부하를 다스리는 사람은 엄한 형벌과 후한 상으로서 군사들을 움직이게 하면 된다. 형벌이 엄하면 군사들은 죄가 두려워 영을 어기지 못하고, 상이 후하면 군사들은 이익을 위하여 위험을 무릅쓰고 나갈 것이라는 것이다.

한비자
제16권

38. 난삼편難三篇

1.

노(魯)나라 목공(穆公)이 자사(子思)에게 물었다.

「내가 듣건대, 방한씨(龐欄氏)네 아들이 불효하다고 하던데 그의 행동이 어떻소?」

자사가 대답했다.

「군자는 현명함을 존경하고 덕을 숭상하며, 선함을 들어 백성들에게 보여주는 것입니다. 잘못된 행동 같은 것은 잔 사람들이나 아는 일입니다. 저는 알지 못합니다.」

자사가 나가자 자복려백(子服厲伯)이 들어왔다. 방한씨네 아들에 관하여 물으니, 자복려백이 대답하였다.

「그의 잘못에 세 가지가 있는데, 모두 임금님께서 들은 일이 없으신 일입니다.」

이 뒤로부터 임금은 자사를 귀히 여기면서 자복려백은 천하게 여겼다.

어떤 사람이 말하였다. 「노나라의 왕실은 삼대를 두고 계씨(季氏)에게 협박을 당하였는데, 마땅한 일이 아니겠는가? 밝은 임금은 선함을 찾아 그에게 상을 주고 간악함을 찾아서 그를 처벌하는데, 그 효과는 한가지인 것이다. 그러므로 선한 이야기를 들려주는 사람은 선함을 좋아하는 것이 임금과 같은 사람이 된다. 간악한 이야기를 들려주는 사람은 간악함을 미워하는 짓이 임금과 같은 사람이 된다. 이들은 마땅히 상을 주어야 할 사람들이다. 간사한 이야기를 들려주지 않는 것은 임금과는 취향을 달리 하면서 아래로 간악한 자들과 친하게 지내려 하는 것이다. 이들은 마땅히 형벌이 가해져야 할 사람들이다.

지금 자사는 잘못한 이야기를 들려주지 않았다. 그래서 목공(穆公)은 귀하게 여겼다. 여백은 간악함을 이야기하여 들려 주었으나 목공은 그를 천하게 여겼다. 사람들의 감정이란 모두 귀한 것을 기뻐하고 천한 것을 싫어한다. 그래서 계씨(季氏)의 난이 이루어졌는데도 임금에게 전하지 않았었다. 이것이 노나라 임금이 협박을 받은 까닭이며, 또한 이것은 망하는 임금의 습속(習俗)이라 할 것이다. 노나라 백성들이 스스로 아름답다고 보는 것을 취하여 가지고 목공은 홀로 이를 귀하게 여겼으니, 또한 정반대가 아니겠는가?」

魯穆公問於子思曰, 吾聞龐橺氏之子不孝, 其行奚如? 子思對曰, 君子尊賢以崇德, 擧善以觀民. 若夫過行, 是細人之所識也, 臣不知也. 子思出, 子服厲伯入見, 問龐橺氏子. 子服厲伯對曰, 其過三, 皆君之所未嘗聞. 自是之後, 君貴子思, 而賤子服厲伯也.

或曰, 魯之公室, 三世劫於季氏, 不亦宜乎! 明君求善而賞之, 求姦而誅之, 其得之一也. 故以善聞之者, 以說善同於上者也, 以姦聞之者, 以惡姦同於上者也. 此宜賞譽之所及也. 不以姦聞, 是異於上, 而下比周於姦者也, 此宜毁罰之所及也. 今子思不以過聞, 而穆公貴之, 厲伯而姦聞, 而穆公賤之. 人情皆喜貴而惡賤, 故季氏亂成, 而不上聞, 此魯君之所以劫也. 且此亡王之俗, 鄒魯之民所以自美, 而穆公獨貴之, 不亦倒乎!

- 龐橺氏(방한씨) : 㵎(한)으로도 쓰며, 노나라 사람.
- 子思(자사) : 공급(孔伋), 공자의 손자. 자사는 그의 자임. 증자(曾子)에게 배웠고 노나라 목공(穆公)의 스승 노릇을 하였다.

- 觀民(관민) : 백성들에게 보여 주다, 觀은 示(시)와 같은 뜻.
- 細人(세인) : 잔 사람. 자잘한 사람. 소인(小人).
- 季氏(계씨) : 계손씨(季孫氏)라고도 하며, 유명한 노나라의 권세가였다.
- 說善(열선) : 선을 좋아함.
- 倒(도) : 거꾸로 됨, 정반대.

  *보통 남의 말을 하는 것은 나쁘다고 생각되어 오고 있다. 그러나 신하는 임금에게 좋은 말이든 나쁜 말이든 모두 사실대로 고해야만 한다. 나쁜 일이라 해서 사실대로 고하지 않으면 나라에 큰 해가 온다는 것이다.

  2.

  섭(葉)나라 임금 자고(子高)가 공자에게 정치에 관하여 물으니, 공자가 대답했다.

  「정치는 가까운 사람들을 기쁘게 해주고 먼 곳의 사람들을 달래는 데 달렸습니다.」

  노(魯)나라 애공(哀公)이 공자에게 정치에 관하여 물으니, 공자가 대답했다.

  「정치란 현명한 사람을 골라 쓰는 데 달렸습니다.」

제(齊)나라 경공(景公)이 공자에게 정치에 관하여 물으니, 공자가 대답했다.

「정치는 재물을 절약하는 데 달렸습니다.」

세 임금이 나가자, 자공(子貢)이 물었다.

「세 임금이 선생님께 물은 것은 똑같이 정치였는데, 이들에 대한 선생님의 대답은 같지 않았으니 어찌된 일입니까?」

공자가 대답했다.

「섭나라는 도읍은 큰데 나라가 작아서 백성들이 배반할 마음들을 가지고 있다. 그래서 정치는 가까운 사람들을 기쁘게 해 주고, 먼 곳의 사람들을 달래는 데 달렸다고 한 것이지. 노나라 애공에게는 대신(大臣) 세 사람이 있어 밖으로는 제후들과 사방 이웃 나라의 선비들을 가로막고, 안으로는 서로 어울리어 그의 임금을 어리석게 만들고 있다. 앞으로 종묘(宗廟)를 소제하지 않고 사직(社稷)이 제물을 받아먹지 못하도록 만들 자란 반드시 이 세 사람의 신하일 것이다. 그래서 정치는 현명한 사람을 골라 쓰는 데 달렸다고 한 것이다. 제나라 경공은 옹문(雍門)을 세우고 자기가 거처할 궁전을 세우면서 삼백 승(乘)의 수레가 있는 땅을 하루 아침에 세 사람에게나 내려 주었다. 그래서 정치는 재물을 절약하는 데 달려 있다고 말한 것이다.」

어떤 사람이 말했다. 공자의 대답은 나라를 망치는 말이다. 섭나라 백성들에게 배반할 마음이 있는데, 그에게 「가까운 사람들은 기뻐하게 하고 먼 곳의 사람들은 달래도록 하라.」고 설복시켰다. 곧 이것은 백성들에게 은혜를 생각하도록 가르치는 것이다. 은혜로서 하는 정치는 공이 없는 자도 상을 받게 되고, 또 죄 있는 자들도 처벌을 면하게 된다. 이것은 법이 무너지는 원인이 된다. 법이 무너지면 정치가 어지러워진다. 어지러운 정치로서 무너진 법을 다스려 보았자 백성들은 제대로 되지 않을 것이다. 또한 백성들에게 배반할 마음이 있는 것은 임금의 명철함이 미치지 못하는 점이 있기 때문인 것이다. 섭나라 임금의 명철함은 밝히지 아니하고 그로 하여금 가까운 사람들은 기뻐하게 하고 먼 곳 사람들은 달래도록 하라고 하였다.

이것은 나의 권세로서 금지시킬 수 있는 것을 버리어 제대로 부리지 못하고 은혜로서 백성들과 다투는 것이니 권세를 지탱할 수 있는 방법이 되지 못한다.」

葉公子高問政於仲尼, 仲尼曰, 政在悅近而來遠.
哀公問政於仲尼, 仲尼曰, 政在選賢. 齊景公問政於
仲尼, 仲尼曰, 政在節財. 三公出, 子貢問曰, 三公問
夫子政一也, 夫子對之不同, 何也? 仲尼曰, 葉都大
而國小, 民有背心, 故曰政在悅近而來遠. 魯哀公有
大臣三人, 外障距諸侯四鄰之士, 内比周而以愚其
君, 使宗廟不掃除, 社稷不血食者, 必是三臣也, 故
曰政在選賢. 齊景公築雍門爲路寢, 一朝而以三百乘
之家賜者三, 故曰政在節財.

或曰, 仲尼之對, 亡國之言也. 葉民有倍心, 而說
之悅近而來遠, 則是敎民懷惠. 惠之爲政, 無功者受
賞, 而有罪者免, 此法之所以敗也. 法敗而政亂, 以
亂政治敗民, 未見其可也. 且民有倍心者, 君上之明
有所不及也. 不紹葉公之明, 而使之悅近而來遠, 是
舍吾勢之所能禁, 而使與下行惠以爭民, 非能持勢者
也.

- 葉(섭) : 초(楚)나라 땅 안에 있는 조그만 나라 이름. 지금의
  하남성(河南省) 섭현(葉縣) 땅.
- 來遠(내원) : 먼 곳 사람을 달래어 따르도록 하는 것.
- 血食(혈식) : 올바로 제물을 받아 먹는 것.

- 雍門(옹문) : 제나라 도성의 문.
- 路寢(노침) : 임금이 거처하는 궁전.
- 三百乘(삼백승) : 채읍(采邑) 사방 십 리에 수레 백승을 내었으니 「삼백승」은 사방 삼십 리의 채읍을 뜻한다.
- 倍(배) : 背(배)와 통하여 「배반」의 뜻.
- 紹(소) : 詔(조)로 씀이 옳으며, 말하여 밝혀주는 것.

*공자의 말을 공격하는 것은, 곧 유가에 대한 공격이 될 것이다. 노나라 애공에게 「어진 사람을 골라 쓰라.」고 하였는데, 어진 사람들이란, 스스로 찾아오게 마련이니 쓸데 없는 충고라는 것이다. 그리고 제나라 경공에게 「재물을 절약하라.」고 한 말도 정치의 근본적인 문제와는 관계가 없다는 것이다. 그러면서 상과 벌을 분명히 할 것을 계속 주장한다.

3.

관중이 말하기를,

「방에서 말하면 방에 가득 차고 대청에서 말하면 대청에 가득 차면, 이것을 일컬어 천하의 왕자라 한다.」

하였다.

어떤 사람이 말하였다. 관중이 말한 「방에서 말하면

방에 가득 차고 대청에서 말하면 대청에 가득 찬다.」는
것은 놀고 장난치며 먹고 마시는 일만을 가지고 한 말은
아니다. 반드시 더 큰 물건을 두고 말한 것일 것이다. 임
금에게 있어서 큰 물건이란 법(法)이 아니면 술(術)인 것
이다. 법이란 문서로서 기록 편찬하여 관청에 보관하고
서 백성들에게 공포한 것이다. 술(術)이란 가슴속에 숨겨
두고 있다가 여러 가지 일의 발단(發端)에 맞추어서 슬며
시 여러 신하들을 제어(制御)하는 것이다. 그러므로 법은
뚜렷할수록 좋고, 술은 드러내지 않아야만 한다. 그러므
로 명철한 임금이 법을 말하면, 곧 나라 안의 낮고 천한
사람들까지도 들어 알지 않는 이가 없게 된다. 방 안에
차는 데만 그치는 게 아니다. 술(術)을 쓰는 것은, 곧 친애
하며 가까이 허물없이 지내는 사람이라 하더라도 들을
수가 없다. 대청에 차는 수가 없는 것이다. 그런데도 관
중은 「방에서 말하면 방에 가득 차고, 대청에서 말하면
대청에 가득 찬다.」고 말하고 있으니, 법술(法術)에 관한
말이 못 되는 것이다.

管子曰, 言於室, 滿於室, 言於堂, 滿於堂, 是謂天
下王. 或曰, 管仲之所謂言室滿室, 言堂滿堂者, 非

特謂遊戲飮食之言也. 必謂大物也. 人主之大物, 非
法則術也. 法者, 編著之圖籍, 設之於官府, 而布之
於百姓者也. 術者, 藏之於胸中, 以偶衆端, 而潛御
羣臣者也. 故法莫如顯, 而術不欲見. 是以明主言法,
則境內卑賤莫不聞知也, 不獨滿於堂. 用術則親愛近
習莫之得聞也, 不得滿室. 而管子猶曰, 言於室滿室,
言於堂滿堂, 非法術之言也.

- 衆端(중단) : 여러 가지 일의 발단(發端).
- 見(현) : 드러내는 것.
- 境內(경내) : 국경 안, 나라 안.

*관중의 말을 인용 비평하면서 한비가 늘 내세우는 법술
(法術)을 논하고 있다. 임금은 법을 분명히 하고 술(術)로써 신
하들을 다스려야 한다는 것이다.

39. 난사편難四篇

1.

노(魯)나라 양호(陽虎)가 삼환(三桓)을 공격하려다 성공하지 못하고 제(齊)나라로 도망하였다. 경공이 그를 예우(禮遇)하니 포문자(鮑文子)가 간하였다.

「안됩니다. 양호는 계씨(季氏)에게 총애가 있었는데, 계씨 집안을 치려 한 것은 그의 부를 탐내었기 때문입니다. 지금 임금께서는 계손씨보다도 부하고 제나라는 노나라보다 크니 양호가 속임수를 다할 대상이 됩니다.」

경공은 이에 양호를 잡아 가두었다.

어떤 사람이 말하였다. 천금이 있는 부잣집에서 그 자식이 어질지 않으면 사람들이 이익을 추구하는 게 심해진다. 환공은 오백(五伯) 가운데에서도 상급에 속한다. 나라를 갖고 다투다가 그의 형을 죽인 것은 그 이익이 크기 때문이다. 신하와 임금의 사이는 형제처럼 친한 것도 아니고, 협박하고 죽이는 공로는 만승(萬乘)의 나라를 제압하여 큰 이익을 누릴 수가 있는 것이니, 곧 여러 신하들은 누구인들 양호 같지 않겠는가? 일이란 미세(微細)하고 교묘함으로써 이루어지고 성글고 졸렬함으로써 실패한다. 여러 신하들이 어려움을 일으키지 않았을 때에는 그러한 조건들이 갖추어지지 않는 것이다. 여러 신하들이 모두 양호와 같은 마음이 있는데, 임금이 알지 못하는 것은 미세하고 교묘하기 때문인 것이다. 양호가 천하를 탐내어 욕망을 따라 윗사람을 공격한 것은 성글고도 졸렬한 짓이다. 경공으로 하여금 제나라의 교묘한 신하들은 처벌케 하지 않고 졸렬한 양호만을 처벌케 한 것은 포문자의 설이 잘못된 것이다. 신하가 충성되고 거짓됨은 임금이 행동하는 데 달려 있다. 임금이 밝고 엄하면 곧 여러 신하들은 충성스러워지고, 임금이 나약하고 몽매하면 여러 신하들은 속임수를 쓰게 된다. 미세한 일을 아는 것을 밝다고 말하며, 용서 없는 것을 엄하다고 말한다. 제나라의 교묘한 신하들은 알지 못하고서 노나라의 혼란을 일으킨 것만을 처벌한 것은 또한 허망된 게 아니겠느냐!

魯陽虎欲攻三桓, 不尅而犇齊, 景公禮之. 鮑文子
諫曰, 不可. 陽虎有寵於季氏, 而欲伐於季孫, 貪其
富也. 今君富於季孫, 而齊大於魯, 陽虎所以盡詐也.
景公乃囚陽虎. 或曰, 千金之家, 其子不仁, 人之急
利甚也. 桓公五伯之上也, 爭國而殺其兄, 其利大也.
臣主之閒, 非兄弟之親也, 劫殺之功, 制萬乘而享大
利, 則羣臣孰非陽虎也? 事以微巧成, 以疏拙敗. 羣
臣之未起亂也, 其備未具也. 羣臣皆有陽虎之心, 而
君上不知, 是微而巧也. 陽虎貪於天下, 以欲攻上,
是疏而拙也. 不使景公加誅於拙虎, 是鮑文子之說反
也. 臣之忠詐, 在君所行也. 君明而嚴, 則羣臣忠, 君
懦而闇, 則羣臣詐. 知微之謂明, 無救赦之謂嚴. 不
知齊之巧臣, 而誅魯之成亂, 不亦妄乎!

• 三桓(삼환) : 노나라의 권세가인 맹손(孟孫), 숙손(叔孫), 계손
  (季孫), 세 집안. 이들은 환공(桓公)에게서부터 나왔기 때문에
  「삼환」이라 부른다.
• 尅(극) : 이김, 성공함.
• 犇(분) : 달아나다. 奔(분)의 古字.
• 囚(수) : 잡아 가두는 것.
• 五伯(오백) : 오패(五霸)라고도 하며 제나라 환공, 진(晋)나라

문공(文公), 진(秦)나라 목공(穆公), 송(宋)나라 양공(襄公), 초
(楚)나라 장공(莊公) 등 다섯 임금(孟子 趙岐注), 춘추시대의
대표적인 패자들임.

• 其備(기비) : 미세하고 교묘하거나 성글고 졸렬한 여러 가지
조건들.

• 加誅於拙虎(가주어졸호) : 誅자 아래 틀림 없이 빠진 글이 있
다.「경공으로 하여금 제나라의 교묘한 신하에게 처벌을 가
하게 하지 않고, 졸렬한 양호에게만 처벌을 가하게 하다.」
(不使景公加誅於齊之巧臣, 而使加誅於拙虎)의 뜻이어야 한
다(顧廣圻說 韓非子集解).

• 懦(유) : 나약한 것, 만만한 것.

• 闇(암) : 어두움, 몽매함.

＊여기엔 뒤에 다시「어떤 사람이 말했다(或曰)」고 하면서,
제나라 경공이 양호를 처벌한 것은 잘한 일이라고 하였다. 죄
를 지은 자는 어떤 형식으로든지 벌을 가해야만 신하들이 복
종한다는 것이다. 이「난사편(難四篇)」엔 모든 얘기를 이처럼
「或曰」을 두 개 붙여 한 번 뒤엎었다 다시 제쳐놓고 있다.

한비자

제17권

40. 난세편難勢篇

　　이 편에선 법가(法家)의 선구적(先驅的)인 사상가 신도(愼到)의 「勢(세)」에 대한 의론을 먼저 들고 다음엔 그 반론(反論)을 소개한 뒤에 다시 이 반론을 비평하며 뒤엎음으로써 신도의 설을 더욱 절실히 논증하고 있다.

1.

신자(愼子)가 말했다. 나는 용은 구름을 타고 하늘에 나는 등뱀은 안갯속을 노닌다. 구름 걷히고 안개 개이면 용과 등뱀은 지렁이나 개미와 같게 된다. 곧 그들이 타는 것을 잃기 때문인 것이다. 현명한 사람이면서도 못난 자에게 굴복하는 것은, 곧 권세가 가볍고 지위가 낮기 때문인 것이다. 못났으면서도 현명한 사람을 복종시킬 수 있는 것은, 곧 그의 권세가 무겁고 지위가 높기 때문인 것이다. 요(堯)라 하더라도 보통 남자였다면 세 사람도 다스릴 수 없었을 것이며, 걸(桀)이 천자가 되자 온 천하를 어지럽힐 수가 있었던 것이다. 나는 이런 것으로서 권세와 지위는 의지할 만한 것이로되 현명하고 지혜로운 것은 부러워할 만한 게 못된다는 것을 알게 되었다.

활은 약한데도 화살이 높이 올라갔다면 바람에 날리

었기 때문이다. 자신은 못났는데도 명령이 시행되고 있는 것은 많은 사람의 도움을 얻기 때문이다. 요도 노예의 무리에 속해 있었다면 백성들이 따르지 않았을 것이며, 남쪽을 향해 앉아 천하를 다스리자 명령하면 행하여지고 금하면 멎어졌던 것이다. 이로써 본다면 현명하고 지혜로운 것이 여러 사람들을 복종시키기에 불충분하며, 권세와 지위는 현명한 사람을 굴복시키기에 충분한 것이다.

愼子曰, 飛龍乘雲, 騰蛇遊霧. 雲罷霧霽, 而龍蛇與蚓螘同矣, 則失其所乘也. 賢人而詘於不肖者, 則權輕位卑也. 不肖而能服於賢者, 則權重位尊也, 堯爲匹夫, 不能治三人, 而桀爲天子, 能亂天下. 吾以此知勢位之足恃, 而賢智之不足慕也. 夫弩弱而矢高者, 激於風也. 身不肖而令行者, 得助於衆也. 堯敎於隷屬, 而民不聽. 至於南面, 而王天下, 令則行, 禁則止. 由此觀之, 賢智未足以服衆, 而勢位足以缶賢者也.

• 愼子(신자) : 이름은 도(到), 조(趙)나라 사람으로 법가에 속하

는 사상가. 그의 생애는 자세히 알려지지 않으며 「신자(愼子)」 42권의 저술이 있었다 한다.

- 騰蛇(등사) : 하늘을 나는 등뱀. 용의 일종, 騰은 螣(등)으로도 쓴다.
- 雲罷(운파) : 구름이 걷히는 것.
- 霧霽(무제) : 안개가 걷히는 것.
- 蚓螘(인의) : 지렁이와 개미. 蚓은 蚓(인), 螘는 蟻(의)와 통하는 글자.
- 弩(노) : 중간에 대가 달린 활. 소뇌.
- 隸屬(예속) : 노예의 무리.
- 南面(남면) : 임금이 조회(朝會)를 할 적에 남쪽을 향해 앉아 신하들을 대하는 것.
- 缶(부) : 詘(굴)자가 한 옆이 떨어져 나가 잘못 적힌 것. 「굴복시킴」(兪樾說 韓非子集解).

*사람이란 권세와 지위가 있으면 못났건 잘났건 행세를 하게 되고, 반대로 권세와 지위가 없으면 아무리 잘났어도 남에게 굴복당한다는 것이다. 이것이 신도(愼到)의 세론(勢論)의 요점이다.

2.

이러한 신자(愼子)의 말에 대하여 말하였다. 나는 용은 구름을 타고 하늘을 나는 뱀은 안갯속에 노닌다. 나도 용과 뱀이 구름과 안개의 형세(勢)에 의탁하지 않았다고 여기지는 않는다. 그렇지만 현명함은 버리고 오로지 형세에만 맡겨 두면 정치가 될 수가 있을까? 그런 일은 나는 아직 보지 못했다.

구름과 안개의 형세가 있다 하더라도 그것을 타고 노닐 수가 있는 것은 용과 뱀의 재질이 아름답기 때문이다. 지금 구름이 성하다 하여도 지렁이는 타지를 못한다. 안개가 짙다 하더라도 개미는 노닐 수가 없다. 대저 성한 구름과 짙은 안개의 형세가 있는데도 이를 타고 놀지 못하는 것은 지렁이와 개미의 재질이 얇기 때문이다.

지금 걸왕(桀王)과 주왕(紂王)을 보면 남쪽을 향해 앉아 천하를 다스렸다. 천자의 위세를 가지고 구름과 안개를 삼았는데도 천하가 크게 혼란해짐을 면치 못했던 것은 걸왕과 주왕의 재질이 얇기 때문이다. 또한 어떤 사람이 요임금의 권세로서 천하를 다스렸다면 그 권세는 천하를 어지럽혔던 걸왕의 권세와 아무것도 다를 게 없을 것이다.

그런데 권세란 것은 반드시 현명한 사람에게만 사용하게 하고 못난 자는 사용하지 못하게 할 수 있는 것이 아니다. 현명한 사람이 권세를 쓰면 천하가 다스려지고 못난 자가 그것을 쓰면 천하가 어지러워진다. 사람들의 정성(情性)을 보면 현명한 사람은 적고 못난 자가 많다. 그런데 위세의 편리함으로써 세상을 어지럽히는 못난 사람을 돕게 됨으로, 곧 권세로서 천하를 어지럽히는 자가 많게 되고, 권세로서 천하를 다스리는 자가 적게 되는 것이다.

應慎子曰, 飛龍乘雲, 騰蛇遊霧, 吾不以龍蛇爲不託於雲霧之勢也. 雖然, 夫釋賢而專任勢, 足以爲治乎? 則吾未得見也. 夫有雲霧之勢, 而能乘遊之者, 龍蛇之材美之也. 今雲盛而螾弗能乘也, 霧釀而螘不能遊也. 夫有盛雲釀霧之勢, 而不能乘遊者, 螾螘之材薄也. 今桀紂南面而王天下, 以天子之威, 爲之雲霧, 而天下不免乎大亂者, 桀紂之材薄也. 且其人以堯之勢, 以治天下也, 其勢何以異桀之勢, 以亂天下者也? 夫勢者, 非能必使賢者用己, 而不肖者不用己也. 賢者用之則天下治, 不肖者用之則天下亂. 人之情性, 賢者寡而不肖者衆. 而以威勢之利, 濟亂世之不肖人, 則是以勢亂天下者多矣, 以勢治天下者寡

矣.

- 釋(석) : 버리는 것.
- 其人(기인) : 어떤 사람.
- 濟(제) : 돕는 것.

* 신도의 세론에 대한 비평이다. 권세가 중요하다고는 하지만, 그 권세를 쥐는 사람의 자질에 의하여 결과는 크게 달라진다. 따라서 권세보다도 현명한 사람의 재질이 더욱 중요하다는 것이다.

3.

세(勢)라는 것은 다스림에 편하고 어지러움에 이로운 것이다.「주서(周書)」에 말하기를,

「호랑이에게 날개를 붙여 주지 말아라. 장차 고을로 날아 들어가서 사람들을 골라 잡아먹을 것이다.」

고 하였다. 못난 자를 권세 위에 태워놓는 것은 바로 호랑이에게 날개를 붙여 주는 것이다. 걸왕과 주왕이 높은 누대(樓臺)와 깊은 연못을 파서 백성들의 힘을 다하게 하고, 불에 지지는 형벌을 시행함으로써 백성들의 성정(性

情)을 해쳤다. 걸왕과 주왕이 권세를 타고서 제멋대로 행동한 것은 남쪽을 향해 앉은 천자의 위세가 그의 날개가 되었기 때문이었다. 만약 걸왕과 주왕이 보통 남자로 그쳤더라면 한 가지도 행하기 전에 그들 자신이 처형을 당했을 것이다. 권세란 호랑이와 이리 같은 마음을 길러 주고 난폭한 일을 저지르게 하는 것이다. 이것이 천하의 큰 환난인 것이다. 권세가 다스려지고 어지러워지는 관계는 본시 일정한 자리가 없는 것이다. 그런데도 오로지 권세로서 충분히 천하를 다스릴 수 있다고 말하는 사람은, 곧 그의 지혜의 정도가 얕기 때문인 것이다.

좋은 말이 끄는 튼튼한 수레라 하더라도 노예로 하여금 수레를 몰게 하면, 곧 사람들의 웃음거리가 된다. 왕량(王良) 같은 이가 그것을 몰아야만 하루에 천리를 가게 된다. 수레와 말은 다르지 않은데 어떤 사람은 천리를 가고, 어떤 사람은 사람들의 웃음거리가 된다. 그러니 교묘함과 졸렬함의 거리는 먼 것이다. 지금 나라를 수레로 보고 권세를 말로 보고 명령을 고삐로 보고 형벌을 채찍으로 보기로 하자. 만약 요임금이나 순임금이 이를 몰면 곧 천하가 다스려질 것이고, 걸왕이나 주왕이 이를 몰면 곧 천하가 어지러워질 것이다. 그러니 현명함과 못남의 거리는 먼 것이다.

빨리 달려서 멀리 가려 하는 사람이 왕량에게 수레를 맡길 줄 모르며, 이익을 가져오고 해로움을 없애려 하면서 현명하고 능력 있는 사람을 임용(任用)할 줄 모른다면 이것은 곧 유별(類別)을 알지 못하는 환난인 것이다. 저 요임금과 순임금은 또한 백성을 다스리는 왕량이었던 것이다.

夫勢者, 便治而利亂者也. 故周書曰, 毋爲虎傳翼, 將飛入邑, 擇人而食之. 夫乘不肖人於勢, 是爲虎傳翼也. 桀紂爲高臺深池. 以盡民力, 爲炮烙, 以傷民性. 桀紂得乘四行者, 南面之威爲之翼也. 使桀紂爲匹夫, 未始行一而身在刑戮矣. 勢者, 養虎狼之心, 而成暴亂之事者也. 此天下之大患也. 勢之於治亂, 本末有位也. 而語專言勢之足以治天下者, 則其智之所至者淺矣. 夫良馬固車, 使臧獲御之, 則爲人笑, 王良御之, 而日取千里. 車馬非異也, 或至乎千里, 或爲人笑, 則巧拙相去遠矣. 今以國位爲車, 以勢爲馬, 以號令爲轡, 以刑罰爲鞭策, 使堯舜御之, 則天下治, 桀紂御之, 則天下亂. 則賢不肖相去遠矣. 夫

欲追速致遠, 不知任王良, 欲進利除害, 不知任賢能,
此則不知類之患也. 夫堯舜, 亦治民之王良也.

- 周書(주서) : 여기에 인용된 글은 진(晉)대에 와서 발견된 「급
  총주서(汲冢周書)」 오경편(寤儆篇)에 보이는 글임.
- 傅(부) : 붙임.
- 炮烙(포락) : 죄인을 기름 바른 쇠기둥에 오르게 하고, 밑에
  는 숯불을 피워 놓고 기둥에 오르다 불에 떨어져 죽는 꼴을
  보고 즐겼다는 형벌.
- 乘四行(승사행) : 乘자 밑엔 勢(세)자가 빠졌고, 四자는 肆(사)
  로 씀이 옳다(王先慎說). 따라서 「乘勢肆行」은 「세를 타고
  멋대로 행동함」의 뜻.
- 本末有位(본말유위) : 末은 未(미)의 잘못(顧廣圻說), 따라서
  「본시 일정한 위치가 있지 않다.」는 뜻.
- 臧獲(장획) : 노예, 천한 인부.
- 鞭箠(편책) : 鞭策(편책)과 같은 말로 「채찍」.
- 王良(왕량) : 造父(조보)와 같은 옛날의 유명한 수레몰이.

*여기에서는 권세도 중요하지만, 권세를 쥐고 있는 사람
의 재질이 더욱 중요함을 논하고 있다. 똑같은 권세라 하더라
도 요순(堯舜)이 쥐고 있으면 천하가 잘 다스려지고, 걸주(桀
紂)가 쥐고 있으면 천하가 어지러워진다.

4.

다시 이상의 논설에 대하여 말했다. 신도(愼到)는 권세야말로 믿을 만한 것이며, 관리들을 다스릴 수 있는 것이라 하였다. 그런데 손님께서는 반드시 현명한 사람이 있어야만 곧 다스려진다고 하였다. 그러나 그렇지 않을 것이다. 세(勢)란 것은 이름은 하나이지만, 그 변화는 무수한 것이다. 세가 반드시 자연에 대한 것뿐이라면, 곧 세에 대하여 얘기할 게 없게 된다. 내가 말하고 있는 세라는 것은 사람들이 만들어 놓은 권세를 뜻한다.

지금 「요임금과 순임금이 권세를 얻으면 다스려지고 걸왕과 주왕이 권세를 얻으면 어지러워진다.」고 당신은 말하였다. 나도 요임금과 순임금이 그렇게 하지 못한다고 생각하지는 않는다. 그렇지만 권세란 한 사람이 만들어 놓을 수는 없는 것이다. 요임금과 순임금이 나면서 임금 자리에 있었다면 비록 열 사람의 걸왕이나 주왕이 있었다 하더라도 어지럽힐 수가 없었을 것이라는 것은 권세가 다스려졌었기 때문이다. 걸왕과 주왕도 역시 나면서 임금 자리에 있었다면 비록 열 사람의 요임금이나 순임금이 있었다 하더라도 역시 다스려질 수가 없었을 것이라는 것은 권세가 어지럽기 때문이다. 그러므로 「권세가 다스려져 있으면 어지럽힐 수가 없고, 권세가 어지러워져 있으면 다스려질 수가 없다.」고 말하는 것이다. 이것은 자연의 추세(趨勢)이지 사람들이 만들 수 있는 것이 아니다. 내가 말하려는 것은 사람들이 만들 수 있는 것이다. 내가 말하려는 것은 사람들이 얻는 권세를 뜻할 따름이다. 현명한 게 무슨 소용이 있겠는가?

무엇으로서 그 사실을 밝힐 수가 있을까? 다음과 같은 얘기가 있다. 전에 창과 방패를 파는 사람이 있었다. 그는 방패의 견고함을 자랑하여 「어떤 물건으로도 뚫을 수가 없다.」고 하고는 조금 있다가 그의 창을 자랑하였다.

「내 창은 날카로워서 뚫지 못하는 물건이란 없소.」

어떤 사람이 이 말에 응수하였다.

「당신의 창으로 당신의 방패를 뚫으면 어떻게 되오?」

그 사람은 대답할 말이 없었다. 아무것으로도 뚫을 수 없는 방패와 뚫을 수 없는 물건이란 없는 창은 그 이름이 양립(兩立)되는 수가 없는 것이기 때문이다.

현명함의 도리는 권세로서도 금할 수가 없고, 권세의 도리는 금치 못하는 게 없다. 금할 수가 없는 현명함으로써 금치 못하는 게 없는 권세를 차지하게 한다. 이것은 창과 방패 같은 모순된 설인 것이다. 현명함과 권세가 서로 용납될 수 없는 것임은 또한 분명한 것이다.

　復應之曰, 其人以勢爲足恃以治官, 客曰, 必待賢乃治, 則不然矣. 夫勢者, 名一而變無數者也. 勢必於自然, 則無爲言於勢矣. 吾所爲言勢者, 言人之所設也. 今曰, 堯舜得勢而治桀紂得勢而亂, 吾非以堯舜爲不然也. 雖然非人之所得設也. 夫堯舜生而在上位, 雖有十桀紂, 不能亂者, 則勢治也. 桀紂亦生而在上位, 雖有十堯舜, 而亦不能治者, 則勢亂也. 故曰, 勢治者則不可亂, 而勢亂者則不可治也. 此自然之勢也, 非人之所得設也. 若吾所言, 謂人之所得設也. 若吾所言, 謂人之所得設也而已矣. 賢何事焉? 何以明其然也? 客曰, 人有鬻矛與楯者, 譽其楯之堅, 物莫能陷也. 俄而又譽其矛曰, 吾矛之利, 物無不陷也. 人應之曰, 以子之矛, 陷子之楯, 何如? 其人弗能應也. 以爲不可陷之楯, 與無不陷之矛, 爲名不可兩立也. 夫賢之爲勢不可禁, 而勢之爲道也無不禁, 以不可禁之賢與無不禁之勢, 此矛楯之說也. 夫賢勢之不相容, 亦明矣.

- 復應之(부응지) : 다시 신도(愼到)에 대한 반론에 대하여 말한 다는 뜻.
- 其人(기인) : 신도를 가리킴. 따라서 아래의 「客(객)」은 반론 을 편 사람.
- 鬻(육) : 팔다.
- 俄而(아이) : 조금 있다, 갑자기.
- 賢之爲勢(현지위세) : 「賢之爲道, 勢」로 됨이 옳다(陳奇猷說).

*신도의 세론(勢論)에 대한 반론(反論)을 반박한다. 그 첫 단계로서, 여기서는 사람의 현명함과 권세는 아무것으로도 금 할 수 없고 무엇이든 금하여지지 않을 게 없는 「모순(矛盾)」된 것임을 말하고 있다.

5.

요·순이나 걸·주 같은 사람들은 천세(千世)에 한 사 람이 난다 하더라도 어깨를 나란히 하고 뒷꿈치를 쫓아 가듯 연이어 나타나는 셈일 것이다. 세상을 다스리는 사 람들은 중간치 사람들로 끊이지 않는다. 내가 권세를 얘 기하는 근거는 중간치 사람들에게 있다. 중간치 사람들 이란, 위로는 요·순에 미치지 못하고 아래로는 또한 걸·주가 되지도 못한다. 법을 가지고 권세를 차지하고 있으면 곧 다스려지고, 법을 어기고 권세를 떠나면 어지러워진다. 지금 권세를 버리고 법을 어기면서 요·순을 기다린다면, 요·순이 와서 다스리는 것은 바로 천세(千世)동안 어지럽다가 일세(一世)만이 다스려지는 것이 된다. 법을 지니고 권세를 차지하고서 걸·주를 기다린다면, 걸·주가 와서 어지럽히는 것은 천세동안 다스려지다가 일세 만이 어지럽게 되는 것이 된다. 또한 그것은 천세가 다스려지고 일세가 어지러워지는 것과 일세가 다스려지고 천세가 어지러워지는 것이어서 마치 좋은 말을 타고 각기 반대 방향으로 달리는 것과 같다. 이들의 거리는 또한 먼 것이다.

대는 나무로 굽은 나무를 바로잡는 법을 버리고 재고 헤아리는 기준을 떠난다면 해중(奚仲) 같은 명공(名工)에게 수레를 만들게 하여도 수레바퀴 한 개를 만들지 못할 것이다. 상을 통한 독려와 형벌에 의한 위압이 없고 권세를 잃고 법을 버린다면 요·순이 집집마다 찾아다니며 설복하고 한 사람 한 사람에게 얘기한다 하더라도 세 집을 다스리지도 못할 것이다. 권세가 충분히 쓸만한 것임은 또한 분명한 것이다. 그런데도 반드시 현명한 사람이 있어야 한다는 것은 역시 잘못인 것이다.

또한 백일 동안을 먹지 않고 좋은 기장과 고기를 기다리며 굶주리는 자는 살지를 못한다. 지금 요·순 같은 현명한 사람을 기다리며 지금 세상 사람들을 다스리려 한다는 것은 마치 좋은 기장과 고기를 기다리며 굶주림을 면하려는 것과 같은 이야기이다.

또 말하기를, 「좋은 말에 견고한 수레가 있어도 노예가 그것을 몰면 사람들의 웃음거리가 되고, 왕량(王良)이 그것을 몰면 곧 하루에 천리를 달릴 수 있다.」고 하였는데, 나는 그렇게 생각하지 않는다. 남쪽 월(越)나라의 바다에서 헤엄을 잘 치는 사람을 불러다가 북쪽 중원(中原) 땅의 물에 빠진 사람을 구하려 한다면 월나라 사람이 아무리 헤엄을 잘 친다 하더라도 물에 빠진 사람은 구제되지 못할 것이다. 옛날의 왕량을 모셔다가 지금의 말을 몰려고 하는 것은 월나라 사람을 데려다가 물에 빠진 사람을 구하겠다는 이야기와 같은 것이다. 그러므로 될 수 없는 것임이 또한 분명할 것이다.

좋은 말이 끄는 견고한 수레를 50리마다 하나씩 놓고서 보통 수레몰이에게 몰도록 한다면 빨리 달려서 멀리 가는 일이 거의 가능할 것이다. 그리고 천 리 길도 하루

에 갈 수 있을 것이다. 꼭 옛날의 왕량을 기다릴 필요가
어디 있겠는가?

또한 수레를 모는데 있어서 왕량이 아니면 곧 노예들
에게 꼭 수레를 맡기려 함으로써 실패하게 하고 있고, 정
치에 있어서는 요·순이 아니면 곧 걸·주에게 꼭 나라
를 맡기려 함으로써 어지럽히고 있다. 이것은 맛으로 말
하면 엿이나 꿀이 아니면 반드시 씀바귀나 쓴 나물을 말
하는 것과 같다. 이러면 곧 웅변을 토하고 많은 말을 한
다 하더라도 이치에서 떨어지고 술법도 잃게 되어 양편
극단(極端)만을 논하는 게 된다. 그러하니 어찌 저 도리에
맞는 말을 비난할 수가 있겠는가? 앞 손님의 의론은 이러
한 논리에 따르지 못하는 것이다.

且夫堯舜桀紂, 千世而一出, 是比肩隨踵而生也.
世之治者, 不絶於中, 吾所以爲言勢者, 中也. 中者
上不及堯舜, 而下亦不爲桀紂, 抱法處勢則治, 背法
去勢則亂. 今廢勢背法而待堯舜, 堯舜至乃治, 是千
世亂而一治也. 抱法處勢而待桀紂, 桀紂至乃亂, 是
千世治而一亂也. 且夫治千而亂一, 與治一而亂千
也, 是猶乘驥駬而分馳也, 相去亦遠矣. 夫棄隱栝之

法, 去度量之數, 使奚仲爲車, 不能成一輪, 無慶賞
之勸, 刑罰之威, 釋勢委法, 堯舜戶說而人辯之, 不
能治三家. 夫勢之足用, 亦明矣. 而曰, 必待賢, 則亦
不然矣. 且夫百日不食, 以待梁肉, 餓者不活. 今待
堯舜之賢, 乃治當世之民, 是猶待梁肉而救餓之說
也. 夫曰, 良馬固車, 臧獲御之, 則爲人笑, 王良御
之, 則日取乎千里, 吾不以爲然. 夫待越人之善海遊
者, 以救中國之溺人, 越人善遊矣而溺者不濟矣. 夫
待古之王良, 以馭今之馬, 亦猶越人救溺之說也, 不
可亦明矣. 夫良馬固車, 五十里而一置, 使中手御之,
追速致遠, 可以及也, 而千里可日至也. 何必待古之
王良乎! 且御, 非使王良也, 則必使臧獲敗之, 治非
使堯舜也, 則必使桀紂亂之, 此味非飴蜜也, 必苦菜
亭歷也. 此則積辯累辭, 離理失術, 兩未之議也, 奚
可以難夫道理之言乎哉? 客議未及此論也.

- 比肩隨踵(비견수종) : 어깨를 나란히 하고 발뒤꿈치를 연이어
  많이 나타나는 것.
- 中(중) : 중간치의 보통 임금.
- 驥駬(기이) : 준마(駿馬), 좋은 말.
- 分馳(분치) : 갈라서서 정반대 쪽으로 달리는 것.

- 隱栝(은괄) : 굽은 나무를 바로잡기 위해 대는 나무.
- 奚仲(해중) : 옛날의 유명한 목수.
- 梁肉(양육) : 기장과 고기. 좋은 음식을 뜻함.
- 飴(이) : 엿.
- 蜜(밀) : 꿀.
- 苦菜(고채) : 씀바귀. 쓴 나물.
- 亭歷(정력) : 쓴 나물의 일종.
- 兩未(양미) : 未는「末(말)」의 잘못(盧文弨說), 따라서「양 극단(極端)」.

*신도의 세론을 결정적으로 지지한다. 권세보다 사람이 더 중요하다고 신도에 대한 반론을 폈던 사람은 다만 요·순과 걸·주 같은 극단적인 예를 들었기 때문에 논리가 성립할 수 있었다. 요·순 같은 성군이나 걸·주 같은 폭군이란 몇천 년에 한 사람 정도 나올 만한 특수한 인물들이다. 따라서 이런 사람들을 예로 들어 반론을 편 것은 그 자체가 잘못이다. 보통 사람들을 놓고 볼 때엔 무엇보다도 권세가 중요하다는 것이다.

41. 문변편問辯篇

당시 성행하던 변론(辯論)이 어디에서 생겨났는가를 논한 편.
짧기는 하지만, 한비의 사상의 일면이 잘 나타나 있는 글의 하나
이다.

1.

어떤 사람이 물었다.

「변론은 어째서 생겨났을까요?」

「임금이 명철하지 않은 데서 생겨났지요.」

그는 다시 물었다.

「임금이 명철하지 않으면 변론이 생겨나는 것은 어째서 일까요?」

「명철한 임금의 나라에 있어서 명령이란 말 가운데서 가장 귀한 것이고, 법이란 일을 하는 데 가장 적합한 것이다. 말은 다른 두 가지가 다 귀할 수 없고, 법은 다른 두 가지 일에 다 적합할 수 없다. 그러므로 말과 행동이 법에 맞지 않으면 다스리는 사람은 반드시 이를 금한다. 그 중에 법령에 없어서 사악한 짓도 하며 임기응변(臨機應變)할 수 있고 일을 요량하여 이익을 볼 수 있는 것은 임금은 반드시 그에 관한 말을 취하여 그 내용을 추궁할 것이다. 말과 들어맞으면 곧 큰 이익이 있겠지만, 들어맞지 않으면 무거운 죄를 지게 된다. 그래서 어리석은 자들은 죄가 두려워서 감히 말을 못하고, 지혜 있는 사람들도 할 말이 없어진다. 이것이 변론이 없게 되는 까닭인 것이다. 어지러운 세상엔 그렇지 않다. 임금에게 법령이 있다 해도 백성들은 그들의 글공부로서 이를 비난한다. 관청에 법이 있다 하더라도 백성들은 사사로운 행동으로서 이를 어긴다. 임금은 그러한 법령을 경시하고 학자들의 지혜와 행동을 존중하게 된다. 이것이 세상에 글공부가 많아진 까닭인 것이다. 말과 행동이란 것은 그 공용(功用)이 표적과 활시위를 당기는 것과 같은 것이다. 숫돌에 간 사냥하는 화살을 함부로 쏘아도 그 끝이 짐승의 잔털에 맞지 않는 적이 없을 것이다. 그런데도 잘 쏘는 사람이라고 할 수 없는 것은 일정한 표준이 되는 표적이 없었기 때문이다. 다섯 치의 표적을 만들어 놓고 열 발자국 멀리 물러나서 예(羿)나 봉몽(逢蒙) 같은 명궁(名弓)이 아니면 꼭 맞출 수가 없는 것이 일정한 표준이 있는 것이다. 그러므로 일정한 표준이 있다면, 곧 예나 봉몽처럼 다섯 치의 표적이라 하더라도 교묘한 게 된다. 일정한 표준이 없다

면 곧 함부로 쏘아 잔털을 맞췄다 하더라도 졸렬한 게 된
다. 지금 말을 들어보고 행동을 관찰하건대 그 공용을 표
적과 활시위 당기는 것 같이 여기지 않는다. 말이 비록
지극히 살펴졌고 행동은 비록 지극히 굳다 하더라도 곧
함부로 쏘았다는 말이다. 그리하여 어지러운 세상의 말
을 들음에 있어서는 알기 어려운 것을 가지고 살폈다 하
고 널리 글공부한 것을 말 잘한다 한다. 그 행동을 관찰
함에 있어서는 무리를 떠나는 것을 현명하다 하고 윗자
리를 범하는 것을 높다고 한다. 임금된 사람은 말 잘하고
잘 살핀 말을 하는 것과 현명하고 높은 행동을 존경한다.
그리하여 올바로 되어가지 않는다. 그리하여 유복(儒服)
을 입은 자와 칼을 찬 사람들은 많고, 밭 갈며 전쟁하는
사람은 적어진다. 그리고 「굳은 돌은 돌이 아니고 흰 말
은 말이 아니라」든가, 「하늘과 임금들도 백성들을 후하
게 대하지 않는다.」는 궤변(詭辯)이 드러나고 일정한 표
준이 되는 법도는 없어지고 있다. 그러므로 임금이 명철
하지 않으면 곧 변론이 생긴다고 말했던 것이다.」

  或問曰, 辯安生乎? 對曰, 生於上之不明也. 問者
曰, 上之不明, 因生辯也, 何哉? 對曰, 明主之國, 令

者, 言最貴者也, 法者, 事最適者也. 言無二貴, 法不兩適, 故言行而不軌於法令者, 必禁. 若其無法令, 而可以接詐應變, 生利揣事者, 上必采其言而責其實. 言當則有大利, 不當則有重罪. 是以愚者畏罪而不敢言, 智者無以訟, 此所以無辯之故也. 亂世則不然. 主上有令, 而民以文學非之, 官府有法, 民以私行矯之. 人主顧漸其法令, 而尊學者之智行, 此世之所以多文學也.

夫言行者, 以功用爲之的彀者也. 夫砥礪殺矢, 而以妄發, 其端未嘗不中秋毫也. 然而不可謂善射者, 無常儀的也. 設五寸之的, 引十步之遠, 非羿逄蒙不能必中者, 有常也. 故有常則羿逄蒙以五寸的爲巧, 無常則以妄發之中秋毫爲拙. 今聽言觀行, 不以公用爲之的彀, 言雖至察, 行雖至堅, 則妄發之說也. 是以亂世之聽言也, 以難知爲察, 以博文爲辯, 其觀行也, 以離羣爲賢, 以犯上爲抗. 人主者, 說辯察之言, 尊賢抗之行. 故夫作法術之人, 立取舍之行, 別辭爭之論, 而莫爲之正. 是以儒服帶劍者衆, 而耕戰之士寡, 堅白無厚之詞章, 而憲令之法息. 故曰, 上不明則辯生焉.

- 軌(궤) : 쫓다, 들어맞다.
- 揣(취) : 헤아림, 요량함.
- 訟(송) : 誦(송)과 통하여 「말하는 것」.
- 文學(문학) : 지금의 문학이란 말과는 뜻이 전혀 다르며, 넓은 의미의 글공부를 뜻한다.
- 矯(교) : 어김, 속임.
- 漸(점) : 沒(몰)의 뜻으로(趙用賢說) 「경시하는 것」, 「가벼이 봄.」
- 的(적) : 표적, 과녁.
- 彀(구) : 활 시위를 잔뜩 당기는 것.
- 砥礪(지려) : 숫돌에 가는 것.
- 殺矢(살시) : 사냥할 때 쓰는 화살(王先愼說).
- 妄發(망발) : 함부로 쏘는 것, 아무렇게나 쏘는 것.
- 秋毫(추호) : 가을에 돋아나는 짐승의 잔털.
- 常儀(상의) : 일정한 표준.
- 羿(예) : 요임금 때의 활 잘 쏘던 사람, 그 집안은 대대로 궁술을 물려 받아 모두 「예」라 불렸다.
- 逢蒙(봉몽) : 옛날의 명궁(名弓). 예에게서 활쏘기를 배웠다 한다.
- 博文(박문) : 널리 공부한 것을 늘어 놓는 것.
- 抗(항) : 높음.
- 故夫作……辭爭之論 : ─이 17자는 張榜本에는 들어 있지 않는데, 없는 편이 오히려 말이 잘 통한다.
- 堅白(견백) : 「순자」와 「장자」에도 보이며, 「굳은 돌은 돌이

아니고, 흰 말은 말이 아니다.」라는 공손룡(公孫龍)의 궤변 (詭辯).

• 無厚(무후) : 하늘과 임금도 백성들에게 후하지 않고, 요·순 도 임금 자리를 남에게 넘겨 주었으니, 자식에게 후하지 않 았다는 「등석자(鄧析子)」 무후편(無厚篇)의 궤변.

*전국시대처럼 궤변과 공론을 일삼는 변론이 성행한 것은 임금이 명철하지 못하기 때문이다. 임금이 법도를 존중하면 쓸데 없는 논설을 하다가는 처형을 받게 될 것이므로 변론이 없어진다는 것이다.

42. 문전편問田篇

이 편의 이름은 「서거가 전구에게 물었다(徐渠問田鳩)」는 첫 구절에서 두 자를 딴 것이다. 이처럼 그 편의 첫 구절에서 두세 자를 따서 그 편의 이름으로 삼는 것은 「시경」을 비롯하여 「논어」, 「장자」 등 중국의 고전에선 흔히 볼 수 있는 현상이다.

이 편은 전반부는 서거와 전구의 대화이고, 후반부는 당계공(堂谿公)과 한비의 대화로 이루어져 있다. 그중 후반부가 중요하므로, 여기엔 전반부의 번역은 생략키로 한다.

1.

당계공(堂谿公)이 한비에게 말했다.

「제가 듣건대, 예의를 따르고 사양하는 것은 온전히 처신하는 술법이고, 행실을 닦고 지혜로이 물러나 있는 것은 목숨을 다하는 길이라 하였습니다. 지금 선생님은 술법을 세우고 일정한 법도를 주장하고 계십니다. 저는 속으로 자신에게 위험하고 몸에도 위태로운 것이라 여기고 있는데, 어떻게 실천하시려는 겁니까? 듣건대 선생님의 술법에서 말씀하시기를, 『초(楚)나라는 오기(吳起)를 등용하지 않음으로써 나라 땅을 일부 잃고 어지러워졌고, 진(秦)나라는 상앙(商鞅)을 씀으로써 부강해졌다. 두 사람의 말은 모두 합당했다. 그러나 오기는 사지를 찢기고 상앙은 수레에 몸이 매어 찢기었던 것은 세상을 잘못 타고 나고 임금을 잘못 만난 환난이다. 타고 나고 만나고 하는 것은 꼭 그렇게 할 수 없고, 환난은 물리칠 수가 없는 것이다.』고 하였다 합니다. 몸을 온전히 하고 목숨을 다하는 길을 버리고 위태로운 행동을 하고 계신데, 선생께서 그러시지 않았으면 하고 바라고 있습니다.」

한비가 대답하였다.

「저도 선생의 말씀을 잘 압니다. 천하를 다스리는 표준과 백성들을 건사하는 법도는 매우 처신하기가 쉽지 않습니다. 그러나 선왕의 가르침을 버리고 제가 취한 행동을 하는 까닭은 속으로 법술(法術)을 세우고 법도를 제정하는 것이 백성들을 이롭게 하고 인류를 편케 하는 근거가 되는 길이라 여겼기 때문입니다. 그러므로 어지러운 임금과 몽매한 왕의 환난을 꺼리지 않고서 반드시 백성들을 건사할 바탕과 잇점을 생각하는 것은 어질고 지혜로운 행동입니다. 어지러운 임금과 몽매한 왕의 환난을 꺼리고서 죽고 망하게 될 해를 피하여 지혜는 밝으면서도 백성들의 바탕과 잇점을 돌보지 않으려 하는 것은 탐욕하고도 천한 행동입니다. 저는 차마 이 탐욕하고 천한 행동으로 나아가지 못하고, 감히 어질고 지혜 있는 행동을 상케 하지 못하고 있습니다. 선생께서는 저를 행복되게 할 뜻이 있습니다만, 그러나 실제로는 저를 크게 해칠 생각을 지닌 거나 같습니다.」

堂谿公謂韓子曰, 臣聞, 服禮辭讓, 全之術也, 修
行退智, 遂之道也. 今先生立法術, 設度數, 臣竊以
爲危於身, 而殆於軀, 何以效之? 所聞先生術曰, 楚
不用吳起而削亂, 秦行商君而富疆. 二子之言已當
矣, 然而吳起支解, 而商君車裂者, 不逢世遇主之患
也. 逢遇不可必也, 患禍不可斥也, 夫舍乎全遂之道,
而肆乎危殆之行, 竊爲先生無取焉. 韓子曰, 臣明先
生之言矣. 夫治天下之柄, 齊民萌之度, 甚未易處也.
然所以廢先王之敎, 而行賤臣之所取者, 竊以爲立法
術, 設度數, 所以利民萌, 便衆庶之道也. 故不憚亂
主闇上之患禍, 而必思以齊民萌之資利者, 仁智之行
也. 憚亂主闇上之患禍, 而避乎死亡之害, 知明夫身,
而不見民萌之資利者, 貪鄙之爲也. 臣不忍嚮貪鄙之
爲, 不敢傷仁智之行. 先王有幸臣之意, 然有大傷臣
之實.

- 全(전) : 몸을 온전히 보전하는 것.
- 遂(수) : 자기의 수명을 다하는 것.
- 度數(도수) : 일정한 법도.

- 商君(상군) : 상앙(商鞅). 오기(吳起)와 함께 앞에 여러 번 보임.
- 舍(사) :「捨」와 통하여「버림」.
- 肆(사) : 벌이다. 실행함.
- 民萌(민맹) : 백성들.
- 憚(탄) : 꺼림.
- 知明夫身(지명부신) : ―「夫身」두 자는 없는 게 옳다(盧文弨說).
- 嚮(향) : 향하다, 나아가다.
- 先王(선왕) : ―「王」은 「生」자의 잘못(兪樾說). 당계공을 가리킨다.

　＊어지러운 세상에 위험을 무릅쓰고 법술(法術)을 설교하는 한비의 신념이 잘 표현된 글이다. 자기의 몸은 위태로운 처지에 놓인다 하더라도 백성들을 구하기 위하여는 어쩔 수 없는 일이다. 그것은 자기가 주장하는 법술만이 세상을 바로잡을 수 있는 방법이기 때문이란 것이다.

43. 정법편定法篇

이 편에선 법가의 선구자인 신불해(申不害)와 상앙(商鞅)의 사상과 업적을 통하여 「법술」을 논한 것이다. 편명인 「정법」이란 「법술 또는 법가사상을 안정시킨다.」란 뜻일 것이다. 전체가 문답 형식으로 되어있는데, 맨 끝 대목 한 가지만은 별로 중요치 않기에 번역을 생략한다.

어떤 사람이 질문을 하였다.

「신불해(申不害)와 상앙(商鞅) 두 사람의 말은 어느 편이 나라를 위하여 절실합니까?」

이에 대하여 나는 이렇게 대답하였다.

「그것은 헤아릴 수 없는 일입니다. 사람은 열흘 동안 아무것도 먹지 않으면 죽고 큰 추위가 대단할 때 옷을 입지 않아도 죽습니다. 그런데 옷과 먹을 것 어느 것이 사람에게 더 절실한가고 묻는다면, 곧 그것들은 한 가지라도 없어서는 안된다고 대답할 것입니다. 모두 삶을 지탱하는 데 쓰이는 물건이기 때문입니다.

지금 이 신불해는 「술(術)」을 강조하였고, 상앙은 법을 강조하였습니다. 「술」이란 책임을 따져서 벼슬을 주고 명분을 좇아서 내용을 추구하며, 사람을 죽이고 살리는 권한을 쥐고서 여러 신하들의 능력을 시험하는 것입니다. 이것은 임금이 잡고 있어야만 할 것입니다.

「법」이란 관청에 갖추어져 있는 법과 법령이며, 백성들의 마음에 반드시 있는 형벌입니다. 상은 법을 삼가는 이에게 주며, 벌은 법령을 범하는 자에게 가하여집니다. 이것은 신하들이 스승으로 삼아야만 할 것입니다. 임금이 「술」이 없다면 곧 윗자리에 가리워져 있게 되며, 신하가 「법」이 없다면 아래에서 혼란을 일으키게 될 것입니다. 그리하여 이것들은 한 가지라도 없어서는 안될 것이며 모두 제왕이 쓰는 기구(器具)인 것입니다.」

질문하던 사람이 다시 물었다.

「다만 「술」만 있고 「법」이 없거나 「법」만 있고 「술」이 없다면 안된다는 것은 어째서입니까?」

이에 다음과 같이 대답하였다.

「신불해는 한(韓)나라 소후(昭侯)의 보필자(輔弼者)였습니다. 한나라는 진(晋)나라에서 갈라진 나라지요. 진나라의 옛 법이 없어지지도 않았는데, 한나라의 새 법이 또 생겼고, 먼저 임금의 법령이 거두어들여지지도 않았는데 뒤 임금의 법령이 또 내려졌습니다. 신불해는 그 법을 통합하지 않고 그 법령을 통일하지 않았기 때문에 간사한 자들이 많았습니다. 그러므로 간사한 자들은 옛 법과 전

법령이 이로우면 곧 이를 따르고, 세 법과 뒤 법령이 이
로우면 곧 이를 따랐지요. 옛 법과 세 법은 서로 반대되
고 먼저 법령과 뒤의 법령은 서로 어긋나서, 신불해가 비
록 소후로 하여금 열 번이나 「술」을 쓰게 한다 하더라도
간신들은 여전히 속일 그들의 말이 있었던 것입니다. 그
러므로 만승(萬乘)이나 되는 강한 한나라에 몸을 담고 있
으면서 17년이 지나도 패왕(霸王)이 되지 못하였던 것은
비록 임금은 「술」을 썼다 하더라도 「법」이 관청에서 잘
지켜지지 않은 데서 온 환난인 것입니다.

　　상앙은 진나라를 다스릴 적에 밀고(密告)와 연좌(連坐)
제도를 만들고 그 내용을 추구하였으며, 열 집이나 다섯
집을 한 조로 하여 다 같이 그 속의 죄를 책임지게 하였
습니다. 상은 두터이 신용 있게 주어졌고 벌은 무겁게 반
드시 내려졌습니다. 그리하여 진나라 백성들은 능력을
다하여 쉬지 않고 노동하며, 적에게 몰리어 위태로워도
물러설 줄 모르게 되었습니다. 그러므로, 그 나라는 부하
여지고 군사는 강하여진 거지요. 그렇지만 간악함을 알
아내는 「술」이 없었기 때문에 곧 그 부강함은 신하들의
사용물이 되었을 따름입니다.」

問者曰, 申不害公孫鞅, 此二家之言, 孰急於國?
應之曰, 是不可程也. 人不食十日則死, 大寒之隆,
不衣亦死. 謂之衣食孰急於人, 則是不可一無也, 皆
養生之具也. 今申不害言術, 而公孫鞅爲法. 術者因
任而授官, 循名而責實, 操殺生之柄, 課羣臣之能者
也. 此人主之所執也. 法者, 憲令著於官府, 刑罰必
於民心, 賞存乎愼法, 而罰加乎姦令者也. 此臣之所
師也. 君無術則弊於上, 臣無法則亂於下, 此不可一
無, 皆帝王之具也.

問者曰, 徒術而無法, 徒法而無術, 其不可, 何哉?
對曰, 申不害, 韓昭侯之佐也. 韓者, 晋之別國也. 晋
之故法未息, 而韓之新法又生, 先君之令未收, 而後
君之令又下. 申不害不擅其法, 不一其憲令, 則姦多.
故利在故法前令, 則道之, 利在新法後令, 則道之.
利在故新相反, 前後相悖, 則申不害雖十使昭侯用
術, 而姦臣猶有所譎其辭矣. 故託萬乘之勁韓, 七十
年而不至於霸王者, 雖用術於上, 法不勤飾於官之患
也. 公孫鞅之治秦也, 設告相坐而責其實, 連什伍而
同其罪, 賞厚而信, 刑重而必, 是以其民用力勞而不
休, 逐敵危而不却. 故其國富而兵强, 然而無術以知

姦, 則以其富强也, 資人臣而已矣.

- 申不害(신불해) : 전국시대 한(韓)나라 사람. 한나라 소후(昭侯)의 재상 노릇을 15년이나 하여 한나라를 부강하게 하였다. 그의 학문은 노자(老子) 사상을 바탕으로 하고 형명(刑名)을 주장하여 「법가」의 선구자로 알려져 있다. 저서에 「신자(申子)」 두 편이 있다.
- 公孫鞅(공손앙) : 전국시대 위(衛)나라 사람. 형명과 법술로서 진(秦)나라 효공(孝公)을 섬기어 그 공로로 상(商) 땅에 봉하여졌음으로, 상군(商君) 또는 상앙(商鞅)이라고도 부른다.
- 程(정) : 헤아리다, 재다, 견주다.
- 隆(융) : 융성함, 한창.
- 課(과) : 시험하다, 일을 맡기다.
- 姦令(간령) : 법령을 간사하게 어기는 것.
- 徒(도) : 다만……만 있고(하고).
- 佐(좌) : 보좌(輔佐), 보필(輔弼).
- 擅(천) : 오로지 하다, 통합하다.
- 利在故新相反(이재고신상반) : 利在 두자는 잘못 붙은 것(盧文弨說). 故新은 故法과 新法.
- 悖(패) : 서로 어긋나는 것.
- 譎(휼) : 속임.
- 七十年(칠십년) : 十七年의 잘못(顧廣圻說).
- 勤飾(근식) : 부지런히 꾸미다, 곧 법을 잘 지켜 나가는 것.
- 告(고) : 밀고(密告) 제도.

- 相坐(상좌) : 죄에 대한 연좌(連坐) 제도.
- 連什伍(연십오) : 열 집 또는 다섯 집을 한 조로 묶어, 그 속에서 일어나는 범죄에 대하여는 그 조의 사람들이 연대책임을 지도록 한 것.
- 却(각) : 물리치다. 물러나다. 卻은 본자(本字)이다.
- 資人臣(자인신) : 신하들의 이용물이 됨.

*앞의 문답에선 「법술」의 「법」과 「술」을 따로 떼어 설명했다. 「술」이란 임금이 신하들을 다루는 술책 같은 것이고, 「법」이란 신하들이 꼭 지켜야만 할 표준이 되는 것이라는 것이다.

둘째 문답에선 신불해와 상앙의 경우를 인용하여 나라를 다스리기 위하여는 「법」과 「술」이 모두 갖추어져 있어야 함을 설명한다. 신불해는 「술」에는 밝았으나, 「법」이 혼란했기 때문에 한나라를 패자로 만들지 못하였다. 또 상앙은 법에는 밝았으나, 「술」에 어두웠기 때문에 부강한 진나라를 신하들 손에서 놀아나도록 만들었다는 것이다. 「법」과 「술」이 다 갖추어져 있어야만 나라는 올바로 될 수 있다는 것이다.

44. 설의편說疑篇

「疑(의)」는 「擬(의)」와 통하여 「비슷한 것」, 따라서 「설의」는 「비슷하면서도 옳지 않은 여러 가지 문제들을 논설한다.」는 뜻.

그 내용은 유가에서 주장하는 「인(仁) · 의(義) · 예(禮) · 지(智)」 같은 것은 「임금을 비천하게 하고 나라를 위태롭게 하는 것」이라 극언(極言)하면서 임금은 법만을 근거로 삼아야지 그럴싸 하다 해서 인의(仁義)의 길을 따르면 안된다 하였다. 그리고 옛일을 인용하면서 자기들이 바라는 대로 정치 방향을 돌린 옛 신하들 여섯 명, 나라의 법령도 아랑곳 없이 숨어 산 열두 명의 신하들, 지나치게 간함으로써 임금을 꺾으려던 신하들 여섯 명, 친한 자들끼리 무리를 이루어 개인적인 이익을 추구한 자들 아홉 명 등, 여러 가지의 그럴싸하면서도 사실은 임금에게 올바른 신하 노릇을 못한 여러 사람들의 보기를 들고 있다. 그리고 끝으로는 적자(嫡子)와 비슷한 첩의 자식, 본처와 비슷한 첩, 재상과 비슷한 신하, 임금을 업은 총신(寵臣) 등 비슷하면서도 실은 옳지 않은 여러 가지 예를 들고 있다. 이러한 그럴싸 하면서도 옳지 않은 여러 가지 일들을 없애지 않으면, 나라가 올바로 되기는 어렵다는 것이다.

그러나 내용은 「간겁시신편(姦劫弑臣篇)」 등과 비슷한 게 많아서 여기엔 번역을 생략하였다.

45. 궤사편詭使篇

「궤사」란 「서로 어긋나게 사용된다.」는 뜻, 임금은 나라의 정치를 올바로 하려고 해도 신하들의 행동이나 실제의 여러 가지 사정은 임금의 뜻과 어긋나는 경우가 많다. 이것은 「법술」을 지닌 사람들이 실제 정치사회에서는 환영받지 못하고 있다는 현실에 대한 한비의 울분의 토로라고도 볼 수 있을 것이다. 여기엔 그 중 중요한 대목만을 골라 번역하기로 한다.

1.

성인이 정치를 하는 근거가 되는 도(道)에 세 가지가 있는데, 첫째는 이익이요, 둘째는 위세요, 셋째는 명분이다. 이익이란 민심을 얻는 근거가 되는 것이다. 위세란 법령을 시행하는 근거가 된다. 명분이란 위아래가 다같이 따라야 할 길이다. 이 세 가지가 없다 해도 다급하지 않은 경우도 있다. 이익이 없는 것도 아니지만 백성들은 임금에게 교화되지 아니하고 위세가 존재하지 않는 것도 아니지만 신하들이 말을 듣지 아니하고, 관청에는 법이 없는 것도 아니지만 다스림이 명분에 합당하지 않은 것이다. 이 세 가지가 존재하지 않는 것은 아닌데, 세상은 다스려지기도 하고 어지러워지기도 하는 것은 어째서인가? 그것은 임금이 귀히 여기는 것과 그가 정치를 하는 근거가 정반대되기 때문인 것이다.

대저 명호(名號)를 세우는 것은 높여 주는 근거가 되는 것인데, 지금은 명칭을 천히 여기고 내용을 가벼이 여기는 자를 세상에서는 고상하다고 말한다. 작위를 마련한 것은 귀천(貴賤)의 바탕을 삼기 위한 것인데도 임금을 간단히 알고 나타나기를 바라지 않는 자들을 세상에서는 현명하다고 말한다. 위세와 이익은 명령을 시행하는 기본이 되는데, 이익을 무시하고 위세를 가벼이 아는 자를 세상에서는 중후(重厚)하다고 한다. 법령이란 정치를 하는 근거인데도 법령을 따르지 않고 사사로이 착한 일을 하는 자를 세상에서는 충성되다고 말한다. 벼슬과 작위는 백성들을 독려하기 위한 것인데 명의(名義)를 좋아하며 벼슬하지 않는 자를 세상에서는 열사(烈士)라고 말한다. 형벌은 위세를 발휘하기 위한 것인데, 법을 가벼이 여기며, 처형당하여 죽는 죄를 꺼리지 않는 자를 세상에서는 용사(勇士)라고 말한다.

백성들의 명분에 다급함이 그들의 이익 추구보다 더 심하다. 이렇다면 굶주리고 가난한 선비들이야 어찌 바위 굴에 살며 자신을 괴롭힘으로써 천하에 이름을 다투지 않을 수가 있겠는가? 그러므로 세상이 다스려지지 않는 까닭은 아랫사람들의 죄가 아니라, 임금이 그의 도를 잃었기 때문인 것이다. 언제나 어지러워질 일을 귀히 여기고 다스려질 일은 천하게 여긴다. 그러므로 아랫사람들이 바라는 것은 언제나 임금의 다스리는 일과 서로 어긋나게 되는 것이다.

聖人之所以爲治道者三, 一曰利, 二曰威, 三曰名. 夫利者, 所以得民也. 威者, 所以行令也. 名者, 上下之所同道也. 非此三者, 雖有, 不急矣. 今利非無有也, 而民不化上, 威非不存也, 而下不聽從, 官非無法也, 而治不當名. 三者, 非不存也, 而世一治一亂者, 何也? 夫上之所貴, 常與其所以爲治, 相反也. 夫立名號, 所以爲尊也. 今有賤名輕實者, 世謂之高. 設爵位, 所以爲賤貴其也, 而簡上不求見者, 世謂之賢. 威利, 所以行令也, 而無利輕威者, 世謂之重. 法令, 所以爲治也, 而不從法令, 爲私善者, 世謂之忠. 官爵, 所以勸民也, 而好名義, 不進仕者, 世謂之烈士. 刑罰, 所以擅威也, 而輕法, 不避刑戮死亡之罪者, 世謂之勇夫, 民之急名也, 甚其求利也如此, 則士之飢餓乏絶者, 焉得無巖居苦身, 以爭名於天下哉? 故世之所以不治者, 非下之罪, 上失其道也. 常

貴其所以亂, 而賤其所以治, 是故下之所欲, 常與上
之所以爲治, 相詭也.

- 擅威(천위) : 위세를 발휘하는 것.
- 巖居(암거) : 암혈(岩穴) 속에 숨어 사는 것.
- 詭(궤) : 어그러짐, 어긋남.

＊여기서는 임금의 뜻과 백성들의 취향의 어긋남과 이에
따른 신하들의 행동의 어긋남을 논하고 있다. 이것은 모두 임
금이 올바른 도리를 지키지 못하였기 때문에 생기는 현상이
라는 것이다.

2.

대저 법령을 확립하는 것은 사사로움을 폐하기 위한
것이다. 법령이 시행되면 사사로운 길이 폐지된다. 사사
로움이란 것은 법을 어지럽히는 근거가 되는 것이다. 그
런데 선비에게 두 가지 마음과 사사로운 배움이 있다면
암혈에 숨어 살며, 구덩이 길을 몰래 다니며 엎드려 숨어
서 깊은 생각을 하게 된다. 그리하여 큰 자는 세상을 비
난하고 가는 자는 아랫사람들을 미혹케 한다. 임금은 이

를 금하지도 않고 오히려 이들을 명분으로서 존경하고 사실로서 이들을 교화시킨다. 이래서 공 없이도 드러나게 되고 수고하지 않고도 부하게 된다. 이렇게 되면 곧 선비들 가운데 두 가지 마음과 사사로운 배움이 있는 자들이 어찌 깊히 생각하며 지혜로운 속임수에 힘쓰지 않을 수가 있겠는가? 이들은 법령을 비방함으로써 세상과 정반대가 되기를 바라는 자들인 것이다.

모든 세상을 어지럽히고 임금을 반대하는 자들이란 언제나 두 가지 마음과 사사로운 배움이 있는 선비인 것이다. 그러므로 「본언(本言)」에 말하기를, 「다스리는 근거가 되는 것은 법이고, 어지러움의 근거가 되는 것은 사사로움이다.」고 말했던 것이다. 법이 확립되면 사사로운 짓을 할 수가 없게 된다. 그러므로,

「사사로운 길을 따르는 자는 어지러워지고 법의 길을 따르는 자는 다스려진다.」

고 말했던 것이다. 임금에게 올바른 도가 없으면 곧 지혜 있는 자들에겐 사사로운 말이 있게 되며, 현명한 자들에겐 사사로운 뜻이 있게 된다. 임금에게 사사로운 은혜가 있으면 백성들에겐 사사로운 욕망이 있게 된다. 성인답고 지혜 있는 사람들이 무리를 이루어 말을 만들고 지어

내어 옳지 않은 법을 위에 올려 놓으면 임금은 이를 금하여 막지 아니하고 또 이를 따라 존중한다. 이것은 아랫사람들로 하여금 임금의 말을 듣지 않고 법을 따르지 말라고 가르치는 것이다. 그리하여 현명한 사람은 명성을 드러내며 살아가고 간사한 사람들은 상 덕분에 부하게 된다. 현명한 사람은 명성을 드러내며 살아가고 간사한 사람들은 상 덕분에 부자가 되니, 이 때문에 임금이 신하를 이기지 못하게 되는 것이다.

夫立法令者, 以廢私也. 法令行, 而私道廢矣. 私者, 所以亂法也. 而士有二心私學, 巖居窞路, 託伏深慮. 大者非世, 細者惑下, 上不禁, 又從而尊之以名, 化之以實. 是無功而顯, 無勞而富也. 如此則士之有二心私學者, 焉得無深慮, 勉知詐, 與誹謗法令, 以求索與世相反者也? 凡亂上反世者, 常士有二心私學者也. 故本言曰, 所以治者法也, 所以亂者私也. 法立則莫得爲私矣. 故曰, 道私者亂, 道法者治. 上無其道, 則智者有私詞, 賢者有私意. 上有私惠, 下有私欲. 聖智成羣, 造言作辭, 以非法措於上. 上不禁塞, 又從而尊之, 是敎下不聽上, 不從法也. 是以

賢者顯名而居, 姦人賴賞而富. 賢者顯名而居, 姦人
賴賞而富, 是以上不勝下也.

- 私學(사학) : 사사로운 학문. 한비로서는 법가 이외의 모든
  사상을 통틀어 말한 것일 것이다.
- 窈路(담로) : 구덩이처럼 패인 길로 남몰래 다니는 것.
- 誹謗(비방) : 훼방. 비난하는 비평을 하는 것.
- 求索(구색) : 찾다, 바라다.
- 本言(본언) : 한비가 본 옛 책 이름. 지금은 전하여지지 않는
  다.

*임금의 뜻과 신하 또는 백성들의 행동이 어긋나는 것은
법을 소홀히 하기 때문이다. 법이 확립되면 사사로운 마음이
나 행동이 제거되고, 사사로움이 제거되면 임금과 아랫사람이
다스림에 어긋나는 일이 없게 될 것이다. 임금이 법을 따르지
못하고 사사로운 행동을 용납하다 보면 임금이 오히려 신하
들에게 눌리게 된다는 것이다.

한비자

제18권

46. 육반편六反篇

　「육반」이란 여섯 가지의 명분이 사실과는 반대되는 사람들을 뜻한다. 내용을 보면 잘못된 성격의 사람들인데도 세상에서는 존중해 주는 여섯 부류의 사람들과, 성실하고 훌륭한 사람들인데도 세상에서는 경시하는 여섯 부류의 사람들을 들고 있다. 그리고 뒤에는 여러 가지 잡다한 이야기들이 「육반」과는 직접 관계 없이 붙여져있다. 여기엔 맨 앞부분 「육반」에 대한 설명을 하고 있는 중심 대목과 중요한 부분만을 번역하기로 한다.

1.

죽음을 두려워하고 어려움을 멀리하는 것은 패배주의 (敗北主義)적인 백성들인데도 세상에서는 이들을 존경하여 삶을 귀하게 여기는 선비라 말한다.

도(道)를 배우며 다른 방법을 내세우는 것은 법을 떠난 백성들인데도, 세상에서는 이들을 존경하여 공부를 많이 한 선비라고 말한다.

놀고 먹으면서 보양(保養)을 잘하는 것은 먹기만 많이 하는 백성들인데도 세상에서는 이들을 존경하며 능력 있는 선비라 말한다.

말은 바르지 않지만 아는 것이 많은 것은 거짓되고 속임수 잘 쓰는 백성들인데도 세상에서는 이들을 존경하여 말 잘하고 지혜 있는 선비라고 말한다.

칼을 차고 다니며 사람을 치고 죽이고 하는 것은 포악

한 백성들인데도 세상에서는 이들을 존경하여 굳세고 용감한 선비라고 말한다.

드러내 놓고 도둑질하며 뒤로는 간사한 짓을 하는 것은 죽어 마땅한 백성들인데도 세상에서는 이들을 존경하여 의협심(義俠心) 많은 선비라 말한다.

이 여섯 가지 백성들은 세상에서 칭찬해 주는 사람들인 것이다.

위험한 곳으로 나아가며 진실을 위하여 죽는 것은 죽음으로 절조(節操)를 지키는 백성들인데도 세상에서는 이들을 경시하여 계획을 잘못한 사람들이라고 말한다.

듣는 것은 적어도 명령을 따르는 것은 법을 온전히 잘 지키는 백성들인데도 세상에서는 이들을 경시하여 고루한 사람들이라고 말한다.

노동을 하여 먹고 사는 것은 이익을 생산하는 백성들인데도 세상에서는 이들을 경시하여 능력이 부족한 사람들이라고 말한다.

착실하고 순수한 것은 바르고 착한 백성들인데도 세상에서는 이들을 경시하여 이들을 어리석고 고지식한 백성들이라고 말한다.

명령을 중히 여기며 일을 두려워하는 것은 임금을 존

중하는 백성들인데도 세상에서는 이들을 경시하여 비겁한 사람들이라고 말한다.

도적을 무찌르고 간사함을 막는 것은 임금을 받들어 밝히는 백성들인데도 세상에서는 이들을 경시하여 아첨하며 남을 모해(謀害)하는 사람들이라 말한다.

이들 여섯 부류의 백성들은 세상에서 나쁘게 말하는 사람들인 것이다. 간사하고 거짓되어 무익한 백성들이 여섯 가지 있는데, 세상에서는 그처럼 칭찬해 주고 있다. 밭 갈고 전쟁하는 유익한 백성들이 여섯 부류 있는데, 세상에서는 이처럼 나쁘게 말하고 있다. 이것을 일컬어 「육반(六反)」이라 한다.

畏死遠難, 降北之民也, 而世尊之曰貴生之士. 學道立方, 離法之民也, 而世尊之曰文學之士. 遊居厚養, 牟食之民也, 而世尊之曰有能之士. 語曲牟知, 僞詐之民也, 而世尊之曰辯智之士. 行劍攻殺, 暴傲之民也, 而世尊之曰礩勇之士. 活賊匿姦, 當死之民也, 而世尊之曰任譽之士. 此六民者, 世之所譽也, 赴險殉誠, 死節之民也, 而世少之曰失計之民也. 寡聞從令, 全法之民也, 而世少之曰樸陋之民也. 力作

而食, 生利之民也, 而世少之曰寡能之民也. 嘉厚純
粹, 整穀之民也, 而世少之曰愚戇之民也. 重命畏事,
尊上之民也, 而世少之曰怯懦之民也. 挫賊遏姦, 明
上之民也, 而世少之曰讇讒之民也. 此六民者, 世之
所毀也. 姦僞無益之民六, 而世譽之如彼. 耕戰有益
之民六, 而世毀之如此, 此之謂六反.

- 降北(항배) : 항복하고 잘 패배함, 곧 패배주의.
- 學道(학도) : 법가의 학문이 아닌 이단적인 도를 배우는 것.
- 牟(모) : 많은 것.
- 行劍(행검) : 칼을 차고 다니는 것.
- 暴傲(폭오) : 난폭하고 오만한 것. 傲는 慠(요)로 된 판본이 많
  으나 잘못이다(王先愼說).
- 磏勇(염용) : 굳세고 용감한 것.
- 活賊(활적) : 드러내놓고 도적질하는 것.
- 匿姦(익간) : 남몰래 간사한 짓을 하는 것.
- 任譽(임예) : 譽는 俠(협)의 잘못인 듯하다(盧文弨說). 따라서
  「의협(義俠)」의 뜻.
- 殉誠(순성) : 진실되게 일하다 죽는 것.
- 死節(사절) : 절조(節操)를 죽음으로 지키는 것.
- 樸陋(박루) : 야하고 고루한 것, 막되고 고루한 것.
- 力作(역작) : 자기 힘으로 노동을 하는 것.
- 嘉厚(가후) : 훌륭하고 돈후(敦厚)한 것.

- 整穀(정곡) : 整은 正(정), 穀은 善(선)의 뜻으로 「바르고 착한 것(王先謙說).」
- 戇(당) : 고지식한 것.
- 戇愚(당우) : 정직은 하나 어리석음.
- 怯慴(겁섭) : 겁내고 두려워함, 비겁함.
- 挫賊(좌적) : 도적들을 무찌름.
- 遏姦(알간) : 간악한 행동을 막음.
- 諂讒(첨참) : 아첨하고 남을 모해(謀害)하는 것.

＊세상엔 이처럼 어떤 명분만을 좇아서 사실을 잘못 판단하는 경우가 많다. 세상의 이러한 판단을 따라서 사람들은 그릇된 사람을 칭찬하고, 임금은 이에 따른 헛된 명성으로 말미암아 이들을 예우(禮遇)하기 쉽다. 반대로 올바른 사람들을 꾸짖고 이들을 천대하기 쉽다. 이렇게 되면 나라가 부강하게 된다는 일은 바라기 어려운 일이라는 것이다.

2.

지금 집안 사람들이 가산(家産)을 다스림에 있어서, 굶주림과 헐벗음을 서로 참고 견디며, 노고(勞苦)를 서로 애써 하면 비록 군대가 범하는 환난과 기근(饑饉)의 재난을 당한다 하더라도 반드시 집안에선 따뜻이 입고 잘 먹을 수 있게 될 것이다. 반대로 서로 동정하면서 입혀 주고 먹여 주고 서로 은혜를 베풀면서 안락하게 지내면, 기근이 들고 흉년이 들었을 때 반드시 그 집안에선 자기 처를 남에게 내어 주고 자식을 팔게 될 것이다.

그러므로 법의 도리는 처음엔 고생하지만, 나중에 가서 영원한 이익을 누리게 되는 것이며, 인(仁)의 도리는 처음엔 즐겁지만 나중에 가서 궁하여지는 것이다. 성인들은 그 가볍고 무거움을 재어 큰 이익을 내게 한다. 그러므로 법은 서로 참는 방법을 쓰며 어진 사람(仁人)의 서로 동정하는 방법을 버리는 것이다.

학자들의 말을 들어보면 모두 형벌을 가벼이 하여야 한다고 하는데, 이것은 혼란해지고 멸망하게 되는 술법인 것이다.

무릇 상과 벌을 반드시 주어야 한다는 것은 독려하고 금하고 하기 위한 것이다. 상이 두터우면 곧 바라는 것을 얻는 게 빨라지며, 형벌이 무거우면 곧 싫어하는 것을 금하는 게 확실해진다.

모든 이익을 얻고자 하는 사람은 반드시 해로움을 싫어한다. 해란 이익의 반대이다. 바라는 것에 반한다면 어찌 싫어함이 없을 수가 있겠는가? 다스리려는 사람은 반

드시 어지러움을 싫어한다. 어지러움이란 다스림의 반대
이다. 그러므로 다스림을 심히 바라는 사람은 그의 상을
반드시 두터이 한다. 어지러움을 심히 싫어하는 사람은
그의 형벌을 반드시 무겁게 한다. 지금 가벼운 형벌을 사
용하는 사람은 어지러움을 싫어함이 심하지 않기 때문이
며, 그의 다스림을 바라는 것이 또한 심하지 않기 때문인
것이다. 이것은 술법이 없는 것일 뿐만 아니라, 또한 곧
행동이 없는 것이 된다. 그러므로 현명함과 못남 및 어리
석음과 지혜로운 계책의 결정은 상과 벌이 가볍고 무거
운 데서 내려지는 것이다.

今家人之治産也, 相忍以餓寒, 相强以勞苦, 雖犯
軍旅之難, 饑饉之患, 溫衣美食者, 必是家也. 相憐
以衣食, 相惠以佚樂, 天饑歲荒, 嫁妻賣子者, 必是
家也. 故法之爲道, 前苦而長利, 仁之爲道, 偸樂而
後窮. 聖人權其輕重, 出其大利, 故用法之相忍, 而
棄仁人之相憐也. 學者之言, 皆曰輕刑, 此亂亡之術
也. 凡賞罰之必者, 勸禁也. 賞厚則所欲之得也疾,
罰重則所惡之禁也急. 夫欲利者必惡害, 害者利之反
也. 反於所欲, 焉得無惡? 欲治者必惡亂, 亂者治之

反也. 是故欲治甚者, 其賞必厚矣, 其惡亂甚者, 其
罰必重矣. 今取於輕刑者, 其惡亂不甚也, 其欲治又
不甚也. 此非特無術也, 又乃無行是故決賢不肖, 愚
知之美, 在賞罰之輕重.

- 餓(아) : 주리다. 몹시 굶주리다.
- 饑饉(기근) : 흉년이 들어 사람들이 굶주림. 飢=饑.
- 相憐(상련) : 서로 아끼며 동정함.
- 佚樂(일락) : 안락.
- 歲荒(세황) : 흉년이 드는 것.
- 偸樂(투락) : 구차히 즐김. 앞뒤 문맥으로 보아 偸는 前(전)의
  잘못인 듯하다.
- 愚知之美(우지지미) : 知는 智(지)와 통함. 이곳의 美는 筴(책)
  의 잘못(兪樾說), 筴은 策(책)과 통하여 계책.

*앞에서는 공자사상의 중심이라고 흔히 하는 「仁(인)」을
공격하고는 논리를 상벌의 중요성으로 끌고 나간다. 사랑·동
정·아낌 같은 뜻을 내포하고 있는 「인」은 얼핏 보기엔 훌륭
한 듯하지만 실은 나라를 어지럽히는 근본이 된다. 오히려 법
으로 엄히 다스리면 처음엔 고생스럽게 느껴질는지 모르지만,
뒤에는 큰 이익을 보게 된다. 따라서 되도록이면 법을 엄히
하고 상과 벌을 무겁게 하여야 한다는 것이다.

47. 팔설편八說篇

이 편은 세상에서 훌륭하다고 칭찬을 받는 여덟 부류 사람들에 대하여 논한 것이다. 그 내용이나 구성은 앞의 「육반편」과 똑같다. 육반편을 보충하려는 뜻에서 이 편이 쓰여진 듯하다. 세상에선 훌륭하다고 칭찬을 하지만 실은 나라에 해를 끼치는 사람들이 많다는 것은 한비의 사회관을 웅변해 준다. 여기에는 역시 그 대의를 말하고 있는 첫 대목과 이를 보충하기 위하여 붙여진 뒷부분의 중요한 대목을 번역하기로 한다.

1.

옛 친구를 위하여 사사로운 것을 행하는 것을 「옛정을 버리지 않는 사람(不棄)」이라 말한다. 공공 재물을 남에게 나누어주는 것을 「어진 사람(仁人)」이라 말한다. 녹(祿)을 가벼이 여기고 자신을 소중히 여기는 것을 「군자(君子)」라 말한다. 법을 어기며 친척을 돌보아주는 것을 「행실이 좋은 사람(有行)」이라 말한다. 벼슬을 버리고 친구들을 따르는 것을 「협객(有俠)」이라 말한다. 세상을 떠나 관계로부터 숨어버리는 것을 「고상한 사람(高傲)」이라 말한다. 서로 다투며 법령을 거스리는 것을 「강인한 사람(剛材)」이라 말한다. 은혜를 베풀어 백성들의 마음을 얻는 것을 「민심을 얻는 사람(得民)」이라 말한다.

「옛정을 버리지 않는 사람」은 관리로서 간사한 것이다. 「어진 사람」은 공공 재물을 손실케 하는 것이다. 「군자」는 백성으로서 부리기가 어려운 것이다. 「행실이 좋은 사람」은 법과 제도를 무너뜨린 것이다. 「협객」은 관직을 내동댕이치게 하는 것이다. 「고상한 사람」은 백성으로서 일하지 않는 것이다. 「강인한 사람」은 명령을 시행되지 못하게 하는 것이다. 「민심을 얻은 사람」은 임금 위에 자리한 것이다.

이 여덟 부류의 사람들은 보통 사람들이 사사로이 칭찬하지만 임금을 크게 낭패케 하는 것이다. 이 여덟 부류의 사람들의 반대되는 사람들은 보통 사람들이 사사로이 비난하지만 임금의 공리(公利)가 되는 것이다. 임금으로서 국가의 이해(利害)를 잘 살피지 아니하고 보통 사람들의 사사로운 칭찬을 따르다가는 나라를 위태롭고 어지럽지 않게 하려 한다 하더라도 그렇게 될 수가 없을 것이다.

爲故人行私, 謂之不棄. 以公財分施, 謂之仁人. 輕祿重身, 謂之君子. 枉法曲親, 謂之有行. 棄官寵交, 謂之有俠. 離世遁上, 謂之高傲. 交爭逆令, 謂之剛材. 行惠取衆, 謂之得民. 不棄者, 吏有姦也. 仁人者, 公財損也. 君子者, 民難使也. 有行者, 法制毁

也. 有俠者, 官職曠也. 高傲者, 民不事也. 剛材者,
令不行也. 得民者, 君上孤也. 此八者, 匹夫之私譽,
人主之大敗也. 反此八者, 匹夫之私毀, 人主之公利
也. 人主不察社稷之利害, 而用匹夫之私譽, 索國之
無危亂, 不可得矣.

- 故人(고인) : 옛 친구.
- 不棄(불기) : 옛 친구로서의 정을 버리지 않는 사람.
- 寵交(총교) : 사귀는 친구들을 더 좋아하여 따름.
- 遁上(둔상) 관계로부터 숨어 버리는 것.
- 高傲(고오) : 행동이 고상한 사람.
- 剛材(강재) : 재질이 강인한 사람.
- 得民(득민) : 민심을 얻는 사람.
- 曠(광) : 함부로 버리어 비워두는 것.
- 索(색) : 구함, 바람.

* 앞에 먼저 세상에서 칭찬하고 있는 여덟 부류의 사람들
을 든 다음 이들의 잘못을 하나하나 들어 비평하였다. 그리고
결론으로서 세상에서 칭찬하는 이들은 오히려 나라를 망치는
사람들임을 단언하고 있다.

2.

옛날에는 사람이 적어서 서로 친하였고 물건이 많아
서 이익을 가벼이 알아 양보하기 쉬웠다. 그러므로 어진
이에게 천하를 사양하고 전하여 준 사람도 있었다. 그러
니 어진 이에게 나라를 사양하고 사랑과 은혜를 높이며
어질고 돈후(敦厚)함을 따른 것은 모두가 서로를 밀어 주
는 정치였다.

일이 많은 시대에 처하여 일이 적은 때의 기구(器具)를
쓴다는 것은 지혜 있는 사람의 대비(對備)가 못되는 것이
다. 크게 다루는 세상을 만나서 천하를 사양하던 법식을
따르는 것은 성인의 다스림이 못되는 것이다. 그러므로
지혜 있는 사람은 사람이 미는 수레를 타지 않으며, 성인
은 서로 밀어 주는 정치를 행하지 않는 것이다.

법은 일을 제어(制御)하는 근거가 되며, 일은 공을 이
룰 명분의 바탕이 된다. 법을 확립시키는 데 어려움이 있
을 때엔 그 어려움을 저울질하여 일이 이루어질 것 같으
면 곧 그것을 확립시킨다. 일은 이루어지지만 해가 있을
때엔 그 해를 저울질하여 공이 많을 것 같으면 그것을 실
행한다. 어려움이 없는 법과 해가 없는 공이란 천하엔 없
는 것이다.

그래서 천장(千丈)의 성이 둘린 도읍을 점령하여 십만의 군사들을 패망시키고 군대의 태반을 사상(死傷)케 하며, 자기네 갑옷과 병기가 결단나고 군졸들이 죽고 다쳤는데도 전쟁에 이기고 땅을 얻은 것을 축하하는 것은 그 작은 피해는 내버리고 큰 이익만을 계산하기 때문인 것이다. 머리를 감는 자는 머리의 일부를 버리게 되고, 병을 고치는 자는 자기의 피와 살을 다치게 된다. 사람으로서 어려움이 보인다 하여 그의 일을 내버리는 것은 술법이 없는 사람인 것이다.

古者, 人寡而相親, 物多而輕利易讓, 故有揖讓而傳天下者. 然則行揖讓, 高慈惠, 而道仁厚, 皆推政也. 處多事之時, 用寡事之器, 非智者之備也. 當大爭之世, 而循揖讓之軌, 非聖人之治也. 故智者不乘推車, 聖人不行推政也. 法所以制事, 事所以名攻也. 法立而有難, 權其難而事成則立之. 事成而有害, 權其害, 而功多則爲之. 無難之法, 無害之功, 天下無有也. 是以拔千丈之都, 敗十萬之衆, 死傷者軍之乘, 甲兵折挫, 士卒死傷, 而賀戰勝得地者, 出其小害, 計其大利也. 夫沐者有棄髮, 除者傷血肉, 爲人見其

難, 因釋其業, 是無術之事也.

- 揖讓(읍양) : 선양(禪讓)과 같은 말. 임금 자리를 현명한 사람
  에게 양도해 주는 것.
- 推政(추정) : 서로 밀어 주는 정치. 왕선신(王先愼)은 推를 行
  (행)의 뜻으로 풀이 하고 있으나, 뒤에는 「不行推政」이란 구
  절도 나오고 하여 적합한 해석이 못된다.
- 權(권) : 저울로 무게를 다는 것. 일의 중요성을 헤아리는 것.
- 拔(발) : 성을 공격하여 함락시키는 것.
- 千丈(천장) : 丈은 일곱 또는 여덟 자. 천장은 도시의 성 크기
  를 형용한 말임.
- 乘(승) : 태반.
- 折挫(절좌) : 좌절, 결단남.
- 沐(목) : 머리를 감는 것.
- 除(제) : 침이나 뜸으로 병을 고치는 것.
- 事(사) : 맨 끝의 이 글자는 「士(사)」의 잘못(王先愼說).

*유가들이 주장하는 인의(仁義)에 의한 정치는 사람이 적
고 물자는 남아 돌던 옛날에나 적합한 방법이다. 사람이 많아
지고 경쟁이 치열해진 지금 세상에서는 법으로서 다스려야
한다. 한 가지 법으로 만인을 일률적으로 다스리자면 여러 가
지 어려움이나 그에 따른 폐해도 약간은 각오해야 한다. 조그
만 어려움이나 폐해 때문에 법을 소홀히 한다는 것은 나라를

다스릴 줄 모르는 사람이라는 것이다.

3.

자애로운 어머니가 어린 자식을 기름에 있어서는 사랑 만을 앞세워서는 안된다. 그래서 어린 자식에 그릇된 행동이 있으면 그로 하여금 스승을 따라 배우게 하고, 나쁜 병이 있으면 그로 하여금 의사에게 치료를 받게 하여야 한다. 스승을 따라 배우지 아니하면 곧 처형을 당하게 될 것이고, 의사에게 치료를 받지 않으면 곧 거의 죽게 될 것이다. 자애로운 어머니가 비록 자식을 사랑한다 하더라도 처형 당하는 것을 구제하고 죽음을 구해내는데 있어서는 아무런 이익도 되지 못한다. 그러니 자식을 보호하고 기르는 것은 사랑으로 되는 것은 아니다.

자식과 어머니의 성정(性情)은 사랑으로 맺어지고, 신하와 임금의 원한은 이해(利害)의 계산으로서 맺어져 있다. 그런 어머니가 사랑으로서 집안을 보존(保存) 못하는데, 임금이 어찌 사랑으로서 나라를 지탱할 수 있겠는가?

명철한 임금이 부강한 나라를 이루게 되면은 곧 욕망을 얻었다고 할 수 있을 것이다. 그러므로 정사를 처리하고 나라를 다스리는 데 삼가는 것이 부강해지는 방법인 것이다. 나라의 법과 금령(禁令)을 밝히고 나라의 계책을 잘 살펴야만 한다. 법이 밝으면은 곧 나라 안에 변란이 일어날 걱정이 없고, 계책이 올바르면 곧 적에게 죽음을 당하는 환난이 없을 것이다.

그러므로 나라를 보존케 하는 것은 사랑과 의로움(仁義)이 아니다. 사랑이란 자애로이 은혜를 베풀며 재물을 가벼이 여기는 것이다. 난폭이란 마음이 잔인하여 처형을 쉽사리 하는 것이다. 자애로이 은혜를 베풀면 곧 동정심이 많고, 재물을 가벼이 여기면 곧 남에게 주기를 좋아할 것이다. 마음이 잔인하면 곧 미워하는 마음이 신하들에게까지 드러날 것이고, 처형을 쉽사리 하면 곧 사람들을 함부로 죽이게 될 것이다. 동정심이 많으면 곧 처벌받을 일을 많이 용서할 것이고, 남에게 주기를 좋아하면 곧 공 없는 자에게도 많은 상을 내리게 될 것이다. 미워하는 마음이 드러나면 곧 신하들이 그의 임금을 원망하게 되고, 함부로 처형하면 곧 백성들이 배반하게 될 것이다. 그러므로 인인(仁人)이 임금 자리에 있으면 신하들이 멋대로 가벼이 법과 금령을 범하게 되며 임금에게 요행을 바라게 될 것이다. 난폭한 사람이 임금 자리에 있으면, 곧 법령을 함부로 바꾸어 신하와 임금 사이가 어긋나고 백성들은 원망하면서 난동을 일으킬 마음이 생길 것이다. 그러므로 인자(仁者)나 폭자(暴者)나 모두 나라를 망치는 자들이라 말하는 것이다.

국과 음식을 갖추지도 못하면서 굶주린 사람에게 밥 먹기를 권하는 것은 굶주린 사람을 살릴 수 있는 방법이 되지 못한다. 풀밭을 개척하여 곡식을 생산하지는 못하면서 곡식을 꾸어 주거나 나누어 주라고 권하는 것은 백성들을 부하게 하는 방법이 못된다. 지금 학자들의 말은 근본적인 생산업엔 힘쓰지 아니하고 말단적인 상업 같은 일만을 좋아한다. 그들의 지혜는 헛된 성인을 얘기하면서 백성들을 설복시키려 하고 있는데, 이것은 먹을 것도 주지 않고 밥 먹기를 권하는 얘기와 같은 것이다. 먹을 것은 주지 않고 밥 먹기를 권하는 것 같은 얘기는 명철한 임금으로서는 받아들이지 않을 것이다.

慈母之於弱子也, 愛不可爲前. 然而弱者有僻行, 使之隨師, 有惡病, 使之事醫. 不隨師, 則陷於刑, 不事醫, 則疑於死. 慈母雖愛, 無益於振刑救死, 則存子者非愛也. 子母之性, 愛也, 臣主之權, 筴也. 母不

能以愛存家, 君安能以愛持國? 明主者, 通於富强,
則可以得欲矣. 故謹於聽治, 富强之法也. 明其法禁,
察其謀計. 法明則內無變亂之患, 計得則外無死虜之
禍. 故存國者, 非仁義也. 仁者, 慈惠而輕財者也. 暴
者, 心毅而易誅者也. 慈惠則不忍輕財, 則好與. 心
毅則憎心見於下, 易誅則忘殺加於人. 不忍則罰多宥
赦, 好與則賞多無功. 憎心見則下怨其上, 妄誅則民
將背叛. 故仁人在位, 下肆而輕犯禁法, 偸幸而望於
上. 暴人在位, 則法令妄而臣主乖, 民怨而亂心生.
故曰, 仁暴者皆, 亡國者也.

　不能具美食, 而勸餓人飯, 不爲能活餓者也. 不能
辟草生栗, 而勤貸施賞賜, 不能爲富民者也. 今學者
之言也, 不務本作而好末事, 知道虛聖以說民, 此勸
飯之說, 勸飯之說, 明主不受也.

- 不可爲前(불가위전) : 앞에 내세워서는 안된다.
- 僻行(벽행) : 편벽된 행동, 그릇된 짓.
- 疑(의) : 擬(의)와 통하여 「거의」의 뜻(陳啓天說).
- 振(진) : 拯(증)과 통하여 「구제하는 것.」
- 存子(존자) : 자식을 보양(保養)하는 것. 뒤의 「存國」과는 같
  은 存자지만 뜻이 틀린다.

- 筴(협) : 셈하는 것, 계산하는 것(太田方說).
- 死虜之禍(사로지화) : 적에게 죽음을 당하는 화, 곧 외환(外患) 을 가리킨다.
- 毅(의) : 잔인함, 잔혹함(松皋圓 定本韓非子纂聞).
- 不忍(불인) : 차마 그대로 두고 보지 못하는 것, 동정심이 많 은 것.
- 肆(사) : 멋대로 행동하는 것.
- 偸幸(투행) : 요행(僥倖)을 바라는 것.
- 美食(미식) : 美는 羹(갱)으로 씀이 옳으며(吳汝綸 點勘韓非 子讀本), 「국과 음식.」
- 辟(벽) : 闢(벽)과 통하여 「개척하는 것.」
- 知道(지도) : 知는 智(지)와 통하여 「지혜로서 말한다.」는 뜻.
- 虛聖(허성) : 헛된 성인. 유가에서 말하는 요 · 순 · 우(禹) · 탕(湯) · 문(文) · 무(武) 등의 임금.

*이 단은 인의(仁義)를 주장하는 유가들의 학설을 비평한 것이다. 사랑이 지극한 어머니도 그 자식을 잘 살게 못하거늘 사랑도 대단찮은 임금이 사랑으로서 백성들을 어떻게 잘 살 수 있게 하겠느냐는 것이다. 나라를 잘 다스리자면 법을 밝히 고 형벌을 엄격하게 하는 것이 올바른 방법이다. 유가들의 인 의는 난폭한 짓이나 마찬가지로 나라를 다스리는 데 아무런 도움이 못된다. 유가들은 헛된 성인들을 내세우면서 사람들을 가르치려 드는데, 이것은 나라나 백성을 위하여 아무런 도움

도 못되는 학설이라는 것이다.

4.

스승의 책이 간략하면 사람들이 논란을 하게 되고 법이 간단하면 백성들이 다투게 된다. 그래서 성인의 책은 반드시 이론을 뚜렷이 하고 있고, 명철한 임금의 법은 반드시 일에 대하여 상세하다. 생각을 다하고 정치의 잘잘못을 따져보는 일은 지혜 있는 자라도 하기 어려운 일이다. 아무런 생각도 없이 이전에 한 말을 근거로 뒤에 한 일을 책하는 것은 어리석은 자라도 하기 쉬운 일이다. 명철한 임금은 어리석은 자라도 하기 쉬운 일을 해 나가면서 지혜 있는 사람도 하기 어려운 일은 책하지 않는다. 그러므로 지혜와 생각을 쓰지 않아도 나라가 다스려지는 것이다.

신맛·단맛·짠맛·싱거운 맛을 자기의 입으로 판단하지 않고 주방장에게 결정을 내리게 하면, 곧 요리사는 임금을 가벼이 여기고 주방장을 중히 여길 것이다. 높고 낮고 맑고 탁한 소리를 자기의 귀로 판단하지 않고 악정(樂正)에게 결정을 맡기면은, 곧 악공(樂工)들은 임금을 가벼이 여기고 악정을 중히 여길 것이다. 나라를 다스리는 데 있어서의 옳고 그름을 술책(術)으로 판단하지 아니하고 총애하는 사람들에게 결정을 맡기면, 곧 신하들은 임금을 가벼이 여기고 총애받는 사람들을 중히 여기게 될 것이다. 임금이 친히 보고 듣지 아니하고 신하들에게 판단을 내리게 한다면 이런 사람은 나라에 붙어 먹고 사는 자인 것이다.

사람들이 옷을 입지 아니하고 먹지 않아도 굶주리지 아니하고 헐벗지 않게 되며, 또 죽음을 싫어하지 않게 된다면 곧 임금을 섬길 뜻이 없어질 것이다. 그들의 뜻이 임금에게 제어당하지 않으려 든다면 곧 부릴 수가 없을 것이다. 지금 살리고 죽이는 권한이 대신에게 있는데도 임금의 명령이 행하여질 수 있는 경우란 일찍이 없었다. 호랑이나 표범이 절대로 그의 발톱과 이를 쓰지 않는다면 새양쥐나 위세가 같게 될 것이다. 황금이 가득찬 집안에서 절대로 그의 많은 부를 쓰지 않는다면 문지기와 자격이 같게 될 것이다. 땅을 다스리는 임금이 이익이 될 수 없는 사람을 좋아하고, 해가 되지 않을 사람을 미워한다면 사람들이 자기를 두려워하며 존중하기를 바란다 하더라도 될 수 없는 일일 것이다.

신하된 사람이 자기 멋대로 욕망을 추구하는 것을 「의협(義俠)」이라 말하고, 임금된 사람이 자기 멋대로 욕망을 추구하는 것을 「혼란(混亂)」이라 말한다. 신하가 임금을 가벼이 여기는 것을 「교만(驕慢)」이라 말하고, 임금이 신하들을 가벼이 여기는 것을 「난폭(亂暴)」이라 말한다. 행동과 원리는 내용이 같은 것인데도 신하는 칭송을 받고 임금은 비난을 받기도 하며, 백성들은 큰 이익을 보는 반면 임금은 크게 손실을 당하는 수도 있다. 명철한 임금의 나라에는 귀한 신하는 있어도 권세 부리는 신하는 없다. 귀한 신하란 작위가 높고 벼슬이 크다는 뜻이고, 권세 부리는 신하란 말하는 대로 시행되어 권력이 많은 것을 뜻한다. 명철한 임금의 나라에서는 벼슬자리를 계급을 따라 올려 주며, 작위는 공로를 따라 주므로 귀한 신하가 있게 된다. 말이 행동에 합치되지 아니하여 거짓됨이 있다면 반드시 처벌을 함으로 권세 부리는 신하가 없게 되는 것이다.

書約而弟子辯, 法省而民訟萌. 是以聖人之書必著論, 明主之法必詳事. 盡思慮, 揣得失, 智者之所難也. 無思無慮, 挈前言而責後功, 愚者之所易也. 明

主慮愚者之所易，以責智者之所難．故智慮不用而國治也．

酸甘鹹淡，不以口斷，而決於宰尹，則廚人輕君，而重於宰尹矣．上下清濁，不以耳斷，而決於樂正，則瞽工輕君，而重於樂正矣．治國是非，不以術斷，而決於寵人，則臣下輕君，而重於寵人矣．人主不親觀聽，而制斷在下，託食於國者也．

使人不衣不食，而不飢不寒，又不惡死，則無事上之意．意欲不宰於君，則不可使也．今生殺之柄在大臣，而主令得行者，未嘗有也．虎豹必不用其爪牙，而與鼮鼠同威．萬金之家，必不用其富厚，而與監門同資．有土之君，說人不能利，惡人不能害，索人欲畏重己，不可得也．

人臣肆意陳欲曰，俠．人主肆意陳欲曰，亂．人臣輕上曰，驕．人主輕下曰，暴．行理同實，下以受譽，上以得非，人民大得，人主大亡．明主之國，有貴臣無重臣．貴臣者爵尊而官大也．重臣者言聽而力多者也．明主之國，遷官襲級，官爵受功，故有貴臣言不度行，而有偽必誅，故無重臣也．

- 書約(서약) : 스승이 자기의 의론을 써 놓은 책의 내용이 간략한 것.
- 萌(맹) : 氓(맹)과 통하여, 낮은 백성.
- 著論(저론) : 이론을 뚜렷이 밝혀놓은 것.
- 揣(췌) : 헤아림.
- 挈(계) : 갖다가 근거로 삼는 것.
- 慮愚者(려우자) : 慮는 操(조)로 된 판본이 많으며 「지닌다」는 뜻.
- 鹹(함) : 짠맛.
- 淡(담) : 싱거운 맛.
- 宰尹(재윤) : 요리사의 우두머리인 주방장.
- 廚人(주인) : 요리사, 요리인.
- 樂正(악정) : 음악을 관장하는 악공들의 우두머리.
- 瞽工(고공) : 악공. 瞽는 장님의 뜻인데, 옛날 중국에선 눈 먼 사람들이 흔히 악기를 익히어 악공 노릇을 하였다.
- 託食(탁식) : 기식(寄食)하는 것, 일 없이 붙어 먹고 사는 것.
- 宰於君(재어군) : 임금에게 제어를 당하는 것.
- 鼷鼠(혜서) : 새앙쥐.
- 監門(감문) : 문지기.
- 驕(교) : 「교만」의 뜻.
- 重臣(중신) : 권세가 있는 신하.
- 遷官襲級(천관습급) : 등급을 따라 벼슬을 올려주는 것.

* 여기에선 임금이 나라를 다스림에 필요한 술책(術)에 대

한 설명을 자세히 하고 있다. 임금은 신하의 말과 행동이 일
치하는가를 잘 살피어야 하며, 절대로 자기의 권세를 신하들
에게 맡겨서는 안된다. 그리고 공로에 따라 벼슬을 주고 거짓
말을 하거나 사사로운 행동을 하는 자들은 용서 없이 처형해
버려야 한다는 것이다.

48. 팔경편八經篇

이 편에선 나라를 다스리는 데에 중요한 규범이 되는 여덟 가지 사항을 조목별로 서술하면서, 그것을 「팔경」이라 한 것이다. 그 「팔경」이란 다음과 같은 여덟 가지이다.

첫째, 나라를 다스리자면 반드시 사람들의 감정을 따라야 한다.

둘째, 임금은 백성들의 힘과 재물을 결집시켜야만 된다.

셋째, 혼란이 어째서 일어나는가를 잘 살펴야 한다.

넷째, 사실을 심사하여 책임을 추궁하는 길을 확립해야 한다.

다섯째, 임금은 비밀을 지키고 감정을 내 보여서는 안된다.

여섯째, 신하들이 말한 것과 그들의 행동이 일치하는가 살펴야 한다.

일곱째, 임금은 법도를 통하여 권세를 확보해야 한다.

여덟째, 의로움이나 인자함을 물리치고 엄한 법도를 세워야 한다.

이 「팔경」은 실상 이미 여러 곳에서 이미 읽은 내용들이기도 하며, 문장도 퍽 까다로운 곳이 많아 여기에선 번역을 생략하기로 한다. 내용 자체는 한비의 사상과 부합되는 것이지만 많은 학자들이 이 편은 한비가 직접 쓴 것이 아닐 거라고 보고 있다.

한비자

제19권

49. 오두편五蠹篇

「두」는 나무를 파먹는 좀벌레, 나라에도 좀벌레처럼 나라를 파먹는 좀벌레가 다섯 종류나 있다는 것이다. 이 다섯 종류의 좀벌레를 논한다는 뜻에서 「오두」라 편명을 붙였다. 이 편은 「세난편(說難篇)」과 뒤의 「현학편(顯學篇)」과 함께 예부터 「한비자」를 대표해 오다시피 한 유명한 편이다. 너무 내용이 길어 그중에 중요하지 않은 일부 만은 번역을 생략하였다.

1.

상고(上古)시대에는 사람들은 적고 새와 짐승은 많아서 사람들은 새와 짐승과 벌레와 뱀들을 이기지 못하였었다. 이때 성인(聖人)이 나타나시어 나무를 엮어 새둥우리 같은 집을 마련함으로써 여러 가지 해를 피할 수 있게 하였다. 그러자 백성들은 이를 기뻐하고 그로 하여금 천하를 다스리게 하고 그를 유소씨(有巢氏)라 불렀다.

백성들은 나무 열매와 풀 열매와 조개 종류를 먹었는데, 비린내와 누린내와 나쁜 냄새가 위장을 상하게 하여 백성들은 병을 앓는 이가 많았다. 이때 성인이 나타나시어 나무를 비비어 불을 얻어서 비린 날 것을 익히도록 하였다. 그러자 백성들은 이를 기뻐하여 그로 하여금 천하를 다스리게 하고 그를 수인씨(燧人氏)라 불렀다.

중고(中古) 시대에는 천하에 큰 홍수가 잦았다. 그러자 곤(鯀)과 우(禹)의 부자(父子)는 도랑을 터서 물을 뺐다. 근고(近古) 시대에는 걸(桀)왕과 주(紂)왕이 난폭한 짓을 하자 탕(湯)임금과 무왕(武王)이 그들을 정벌하였다.

지금 하(夏)나라 왕조 시대에 나무를 비비어 불을 내는 자가 있다면 반드시 곤(鯀)이나 우(禹)임금의 웃음거리가 되었을 것이다. 은(殷)나라나 주(周)나라 시대에 도랑을 터서 물을 빼는 자가 있다면 반드시 탕임금이나 무왕의 웃음거리가 되었을 것이다. 그러니 지금 요임금·순임금·우임금·탕임금·무왕의 도를 현대에 있어서도 합당한 것이라 찬미하는 자가 있다면 반드시 새로운 성인에게 웃음거리가 되고 말 것이다. 그래서 성인들은 옛일을 본받을 것을 목표로 삼지 않으며 언제나 통용되는 것을 법도로 삼지 않는다. 세상 일을 따져서 그것을 근거로 삼아 대비를 하는 것이다.

송(宋)나라의 어느 사람이 밭을 갈고 있었다. 밭 가운데에 나무 그루터기가 있었는데 토끼가 달려가다 그루터기에 걸리어 목이 부러져 죽었다. 그러자 그는 그의 쟁기를 버리고서 그루터기를 지키면서 다시 토끼를 얻게 되기 바랐다. 그러나 토끼는 다시 얻어지지 않았고 그 자신은 송나라의 웃음거리가 되고 말았다.

지금 옛 임금들의 정치로서 현대의 백성들을 다스리려 하는 것은 모두가 그루터기를 지키던 사람과 같은 무리인 것이다.

上古之世, 人民少而禽獸衆, 人民不勝禽獸蟲蛇. 有聖人作, 構木爲巢, 以避羣害, 而民悅之, 使王天下, 號曰有巢氏. 民食果蓏蚌蛤腥臊惡臭, 而傷害腹胃, 民多疾病, 有聖人作, 鑽燧取火, 以化腥臊, 而民說之, 使王天下, 號之曰燧人氏. 中古之世, 天下大水, 而鯀禹決瀆. 近古之世, 桀紂暴亂, 而湯武征伐. 今有構木鑽燧於夏后氏世者, 必爲鯀禹笑矣. 有決瀆於殷周之世者, 必爲湯武笑矣. 然則, 今有美堯舜湯武禹之道於當今之世者, 必爲新聖笑矣. 是以聖人不期修古, 不法常可. 論世之事, 因爲之備. 宋人有耕田者, 田中有株, 兔走觸株, 折頸而死. 因釋其耒而守株, 冀復得兔. 兔不可復得, 而身爲宋國笑. 今欲以先王之政, 治當世之民, 皆守株之類也.

- 構木(구목) : 나무를 얽는 것.
- 巢(소) : 새 둥우리. 둥우리 같은 집.
- 蓏(라) : 풀 열매.

- 蚌蛤(방합) : 둘 다 조개 종류.
- 腥臊(성조) : 생고기에서 나는 누린내와 생선에서 나는 비린내.
- 鑽燧(찬수) : 나무에 구멍을 뚫고 막대기를 넣고 비비어 불을 내는 것.
- 鯀禹(곤우) : 곤은 우의 아버지, 곤은 순임금으로부터 황하의 물을 다스리는 임무를 받았으나 실패하여 처형당했고, 그 일을 우(禹)가 계승하여 성공하였다. 우는 그 공으로 순임금의 뒤를 이어 천자가 됨으로써 하(夏)나라를 세운다.
- 決瀆(결독) : 도랑을 파서 물을 빼냄으로써 홍수의 피해를 막는 것.
- 桀紂(걸주) : 걸은 하(夏)나라의 마지막 임금. 주는 은(殷)나라의 마지막 임금. 각기 은나라 탕(湯)임금과 주(周)나라 무왕(武王)에게 멸망당했다.
- 湯武禹(탕무우) : 禹湯武의 잘못(王先愼說).
- 修古(수고) : 옛일을 본받고 배우는 것.
- 常可(상가) : 언제나 가한 것, 언제나 영원히 통용되는 것.
- 株(주) : 나무를 베고 남은 밑부분. 그루터기.
- 兎(토) : 토끼.
- 觸(촉) : 부딪는 것. 걸림.
- 頸(경) : 목.
- 耒(뢰) : 쟁기.
- 冀(기) : 바라다, 희망하다.

＊여기에선 정치의 시대성을 강조하면서 유가(儒家)들의 복고사상(復古思想)을 비평하였다. 공자는 요·순 시대를 이상적인 정치가 행하여진 이상시대로 설정하고 요·순 같은 정치는 못하더라도 우(禹)와 탕(湯) 또는 주(周)나라의 문왕(文王)·무왕(武王) 같은 정치를 본받도록 힘써야 한다고 주장하였다. 그러나 한비는 전국시대라는 가혹한 현실 속에서 이러한 이상주의는 발붙일 여지조차도 없다는 것을 너무나 뼈저리게 인식하고 있었다. 현대엔 현대에 알맞은 정치를 하여야 한다는 것이다. 현대의 알맞은 정치란 바로 자기의 「법술」이라고 말할 것은 뻔한 사실이다.

2.

옛날에는 장정들도 밭갈이를 하지 않았다. 풀과 나무의 열매로도 먹기에 충분하였기 때문이다. 부인들은 길쌈을 하지 않았다. 새나 짐승의 가죽으로도 입기에 충분하였기 때문이다. 힘써 일하지 않아도 먹고 살기에 충분하고 사람들은 적고 재물은 남아 돌았다. 그러므로 백성들은 다투지 아니하였다. 그래서 두터운 상을 주지 않고 무거운 형벌을 쓰지 않아도 백성들은 다스려졌다.

지금 한 사람에게 아들 다섯이 있어도 많다고 하지 않는다. 그 자식들이 또 아들 다섯을 나면 할아버지가 죽기 전에 25명의 손자를 보게 된다. 그러니 사람들은 많아지고 재물은 적어지는 수밖에 없다. 힘써 일하여 노동하여도 살아가는 데 공급이 충분치 않다. 그러므로 백성들은 다투게 된다. 비록 내리는 상을 두 배로 하고 형벌을 몇 곱으로 한다 하더라도 어지러움은 면치 못하게 된다.

古者, 丈夫不耕, 草木之實, 足食也. 婦人不織, 禽獸之皮, 足衣也. 不事力而養足, 人民少而財有餘, 故民不爭. 是以厚賞不行, 重罰不用, 而民自治. 今人有五子不爲多, 子又有五子, 大父未死而有二十五孫. 是以人民衆而貨財寡, 事力勞而供養薄, 故民爭. 雖倍賞累罰, 而不免於亂.

- 事力(사력) : 힘써 일하는 것.
- 大父(대부) : 할아버지.

* 옛날에는 물자는 풍부한데 사람은 적어 먹고사는데 걱정이 없었다. 그러나 지금은 인구가 팽창하여 사람들은 죽도록 일하여도 먹고사는게 어렵게 되었다. 더구나 인구는 기하급수

(幾何級數)로 늘고 있다. 그러니 아무리 상과 벌로 백성들을 독려하고 단속해도 잘 다스려지기가 어렵다는 것이다. 벌써 이 시대에 인구 문제를 인식하고 있었던 한비의 예지가 빛난다.

3.

요임금이 천하를 통치하고 있을 때에는 초가지붕 추녀도 가즈런히 자르지 않고 참나무 서까래는 끝을 다듬지도 않았었으며, 거친 곡식밥을 먹고 명아주와 콩잎국을 마셨으며, 겨울철에는 새끼사슴 갖옷을 입고 여름철에는 칡으로 만든 옷을 입었었다. 비록 문지기의 생활이라 하더라도 이보다 못하지는 않을 것이다.

우임금이 천하를 통치하고 있을 적에는 몸소 쟁기와 가래를 들고서 백성들의 앞장을 섰다. 넓적다리에는 살이 빠졌었고 정강이에는 털이 나지 않았었다. 비록 노예의 수고로움이라 하더라도 이보다 더 괴롭지는 않았을 것이다.

이로써 말한다면 옛날에 천자 자리를 양보한다는 것은, 곧 문지기의 생활을 버리고 노예의 수고로움을 떠나는 셈인 것이다. 옛날에 천하를 남에게 물려준다는 것은 대단한 게 못되었다.

지금의 현령(縣令)들은 어느 날 자신이 죽는다 하더라도 자손들은 여러 대를 두고 수레를 몰고 다니는 생활을 할 수 있다. 그러므로 사람들은 이것을 중히 여기는 것이다. 그러므로 사람들이 사양을 하는 데 있어서, 옛날의 천자 자리는 가벼이 떠날 수 있지만 지금의 현령 자리는 떠나기 어려운 데, 이것은 박하고 후한 실속이 다르기 때문인 것이다. 산속에 살면서 골짜기 물을 길어다 먹는 사람들은 이월달 누제(膢祭)나 섣달 납제(臘祭) 때에도 서로 물을 주고 받지만, 택지(澤地)에 살며 물 때문에 고생하는 사람들은 일꾼을 사서 도랑을 튼다. 그러므로 흉년이 든 해 봄이면 어린 아우까지도 밥을 먹여 주려 하지 않지만, 풍년이 든 해 가을에는 관계 없는 손님에게까지도 반드시 밥 대접을 하려 든다. 그것은 골육(骨肉)을 멀리하고 지나는 손님을 좋아하기 때문이 아니라 물자가 많고 적은 데 따른 마음이 다르기 때문인 것이다.

그러므로 옛날에 재물을 가벼이 여겼다는 것은 어진 것이 아니라 재물이 많았기 때문이다. 지금 서로 다투고 뺏고 하는 것은 야비하기 때문이 아니라 재물이 적기 때문이다.

천자 자리를 떠났던 것은 고상해서가 아니라, 권세가 박약한 것이었기 때문이다. 벼슬자리를 청탁하며 심각하게 다투는 것은 하천(下賤)해서가 아니라, 권세가 무거운 것이기 때문이다.

그러므로 성인은 많고 적은 것을 논의하고 박약하고 중후(重厚)한 것을 따져서 정치를 행하는 것이다. 그러므로 형벌이 가볍다고 해서 자애(慈愛)로움이 되지 못하며, 처형이 엄하다고 해서 잔인함이 되지 않는다. 세속(世俗)에 알맞추어 실행하는 것이기 때문이다. 그러므로 일은 시대를 따라 변화하며 대비(對備)는 일에 적합하게 하는 것이다.

堯之王天下也, 有茅茨不翦, 采椽不斲, 糲粢之食, 藜藿之羹, 冬日麑裘, 夏日葛衣. 雖監門之服養, 不虧於此矣. 禹之王天下也, 身執耒臿, 以爲民先, 股無胈, 脛不生毛. 雖臣虜之勞, 不苦於此矣. 以是言之, 夫古之讓天子者, 是去監門之養, 而離臣虜之勞也. 古傳天下而不足多也. 今之縣令, 一日身死, 子孫累世絜駕, 故人重之. 是以人之於讓也, 輕辭古之天子, 難去今之縣令者, 薄厚之實異也. 夫山居而谷

汲者, 腰膁而相遺以水, 澤居苦水者, 買庸而決竇. 故饑歲之春, 幼弟不饟. 穰歲之秋, 疏客必食. 非疏骨肉, 愛過客也, 多少之實心異也. 是以古之易財, 非仁也, 財多也. 今之爭奪, 非鄙也, 財寡也. 輕辭天子, 非高也, 勢薄也, 爭土槖, 非下也, 權重也. 故聖人議多少, 論薄厚, 爲之政. 故罰薄不爲慈, 誅嚴不爲戾, 稱俗而行也. 故事因於世, 而備適於事.

- 茅茨(모자): 초가지붕을 이은 이엉.
- 不翦(부전): 초가지붕을 이은 이엉 추녀 끝조차도 가즈런히 자르지 않았다는 뜻. 요임금 때의 궁전이란 그처럼 초라한 초가였다는 것이다.
- 釆椽(채연): 釆는 採(채)와 통하여 「참나무」또는 「떡갈나무」, 「채연」은 거칠고 꾸불꾸불한 참나무로 만든 서까래.
- 不斲(불착): 참나무 서까래조차도 그 끝을 가즈런히 잘라 다듬지 않았다는 뜻.
- 糲粢(려자): 거친 곡식으로 지은 밥.
- 藜藿(려곽): 명아주와 콩잎.
- 麑裘(예구): 사슴새끼 가죽으로 만든 갓옷.
- 監門(감문): 문지기.
- 耒臿(뇌삽): 괭이와 가래. 홍수를 다스릴 때 쓰던 기구.
- 股(고): 넓적다리.
- 胈(발): 군살.

- 脛(경) : 정강이.
- 絜駕(계가) : 말이 끄는 수레를 타고 다니며 생활을 함.
- 䅩(루) : 초(楚)나라 습속으로 이월달 음식을 차려 놓고 새 곡
  식을 비는 제사(說文). 입추(立秋) 때에 지내는 제사라는 설도
  있으나 옳지 않은 듯하다.
- 臘(납) : 섣달에 모든 신에게 일 년의 무사함을 비는 제사.
- 庸(용) : 傭(용)과 통하여, 삯일꾼.
- 竇(두) : 물길, 도랑, 구멍.
- 饟(향) : 餉(향)과 통하는 자로「밥을 먹이는 것.」
- 穰歲(양세) : 풍년.
- 土橐(토탁) : 土는 士(사)의 잘못이며, 士는 仕(사)와 통하여
  「벼슬하는 것」. 따라서「土橐」은「仕託」의 뜻으로「벼슬자
  리를 청탁하는 것.」
- 戾(려) : 사나운 것, 잔인한 것.

*가치관(價値觀)의 시대적인 변천을 이야기하고 있다. 옛
날엔 천자 자리라 하더라도 대단한 게 못되어 남에게 양도할
수 있었지만, 현대에 와서는 한 고을의 수령(守令) 자리라 하
더라도 대단한 권세가 따름으로 사람들은 쉽사리 남에게 양
도하지 않는다. 이것은 모두 옛날과 현대의 시대적인 여건의
차이에서 오는 것이며, 사람의 마음 자체가 옛날에는 인자했
었는데 현대에 와서 야비해진 것은 아니다. 따라서 정치를 잘
하려면 그러한 시대적인 여건들을 모두 잘 갖춰서 적절히 대

비하여야만 한다는 것이다. 얼핏 듣기에 유가에서 말하는 인의(仁義)는 훌륭한 듯하기는 하지만, 현대에 있어선 무의미하다는 것이다. 반면 법가들이 주장하는 엄한 형벌은 잔인한 듯하지만 실상은 조금도 잔인한 게 아니라 현대의 세속에 맞추는 것일 따름이라는 주장이다. 「한비자」 중에서도 유명한 편인 만큼 그 논리가 한층 빛난다.

4.

대저 옛날과 지금은 풍속이 다르고 새 시대와 옛 시대는 일에 대한 대비(對備)가 틀린다. 만약 너그럽고 느슨한 정치로서 다급한 세상의 백성들을 다스리려 한다면, 그것은 마치 고삐와 채찍도 없이 사납게 날뛰는 말을 몰려는 것과 같다. 이것은 무지한 데서 오는 환난인 것이다.

유가(儒家)와 묵가(墨家)는 모두

「옛 임금들은 온 천하를 다 같이 사랑하여 백성들이 임금을 보기를 부모같이 하였다.」

고 주장한다. 무엇으로 그러함을 밝힐 수가 있는가 하고 물으면, 다음과 같이 대답한다.

「법을 다루는 사구(司寇)가 형벌을 실행하면 임금은 그들을 위하여 음악을 연주하지 않고, 사형을 했다는 보고를 들으면 임금은 그들을 위하여 눈물을 흘렸다.」

이것이 그들이 쳐드는 옛 임금인 것이다.

그들은 임금과 신하가 어버지와 자식 같기만 하면, 곧 반드시 다스려질 것이라 생각하고 있다. 이를 미루어 말할 것 같으면 어지러운 아버지와 자식은 없어야 한다. 사람들의 감성이나 성격으로는 부모에 앞서는 관계란 없다. 부모로부터 모두가 사랑을 받고 있지만 자식들은 반드시 다스려진다고 할 수 없다. 그런데 임금이 비록 두터이 사랑한다 하더라도 어찌 갑자기 어지러워지지 않겠는가? 지금 옛 임금들의 백성에 대한 사랑은 부모들의 자식에 대한 사랑보다 더 하지는 않다. 자식들이 반드시 어지러워지지 않는 게 아니라면, 곧 백성들이야 어찌 갑자기 다스려지겠는가?

또한 법을 따라 형벌을 행하였는데 임금이 그것 때문에 눈물을 흘렸다 한다. 이것은 어짐을 발휘한 것이기는 하지만 정치를 하는 일은 되지 않는다. 눈물을 흘리면서 형벌을 가하지 않으려는 것은 어짐이다. 그러나 또 형벌을 가하지 않을 수 없는 것은 법인 것이다. 옛 임금들은 그 법을 더 중히 여기고 그의 눈물을 따르지는 않았다.

그러니 어짐으로서는 다스릴 수가 없다는 것은 또한 분명한 일이다.

또한 백성들이란 본시 권세에는 복종하지만 의로움을 따르게 되는 일은 드물다. 공자는 천하의 성인이다. 행실을 닦고 도를 밝히어 온 나라 안을 돌아다니니, 온 나라 안이 그의 어짐을 기뻐하고 그의 의로움을 찬미하였다. 그러나 그를 위하여 시중들고 따른 사람은 칠십 명이었다. 그것은 정말 어짐을 귀히 여기는 자는 적고 의로움을 행할 수 있는 자는 찾기 어려웠기 때문이다. 그러므로 천하는 광대한데도 그를 시중들고 따른 사람은 칠십 명이었고, 어짐과 의로움을 행한 사람은 자기 한 사람뿐이었던 것이다.

노(魯)나라 애공(哀公)은 시원찮은 임금이었으나, 남쪽을 향해 앉아 나라를 다스리게 되자, 나라 안의 백성들은 아무도 감히 신하 노릇을 거부하지 못하였다. 백성이란 본시부터 권세에 복종하는 것이다. 권세야말로 정말 사람들을 복종시키기 쉬운 것이다. 그러므로 공자가 반대로 신하가 되고 애공은 도리어 임금이 되었었다. 공자는 그의 의로움을 따랐던 게 아니라, 그의 권세에 굴복했던 것이다. 그러므로 의로움으로 말하면 공자는 애공에게 굴복하지 않을 것이지만, 권세를 이용하면 곧 애공이 공자를 신하로 삼게 되는 것이다.

지금 학자들은 임금들을 설복시킴에 있어서 반드시 이길 수 있는 권세를 이용하지 않고서 어짐과 의로움(仁義)을 실행하기에 힘쓰면, 곧 왕자(王者)가 될 수 있다고 한다. 이것은 임금에게는 반드시 공자처럼 되기를 요구하면서 세상의 보통 사람들은 모두 그의 여러 제자들 같기를 바라는 것이다. 이것은 절대로 될 수 없는 방법인 것이다.

夫古今異俗, 新故異備. 如欲以寬緩之政, 治急世之民, 猶無轡策而御駻馬, 此不知之患也. 今儒墨皆稱先王兼愛天下, 則視民如父母. 何以明其然也? 曰, 司寇行刑, 君爲之不擧樂, 聞死刑之報, 君爲流涕. 此所擧先王也. 夫以君臣爲如父子則必治, 推是言之, 是無亂父子也. 人之情性, 莫先於父母, 父母皆見愛而未必治也. 君雖厚愛矣, 奚遽不亂? 今先王之愛民, 不過父母之愛子, 子未必不亂也, 則民奚遽治哉? 且夫以法行刑, 而君爲之流涕, 此以效仁, 非以爲治也. 夫垂泣不欲刑者, 仁也. 然而不可不刑者,

法也. 先王勝其法, 不聽其泣, 則仁之不可以爲治,
亦明矣. 且民者, 固服於勢, 寡能懷於義. 仲尼天下
聖人也, 修行明道, 以遊海內. 海內說其仁, 美其義.
而爲服役者七十人, 蓋貴仁者, 寡, 能義者難也. 故
以天下之大, 而爲服役者七十人, 而爲仁義者一人.
魯哀公下主也, 南面君國, 境內之民, 莫敢不臣. 民
者, 固服於勢, 勢誠易以服人. 故仲尼反爲臣, 而哀
公顧爲君. 仲尼非懷其義, 服其勢也. 故以義則仲尼
不服於哀公, 乘勢則哀公臣仲尼. 今學者之說人主
也, 不乘必勝之勢, 而曰務行仁義, 則可以王. 是求
人主之必及仲尼, 而以世之凡民皆如列徒, 此必不得
之數也.

- 轡策(비책) : 말고삐와 채찍.
- 駻馬(한마) : 사납게 날뛰는 말.
- 儒墨(유묵) : 유가와 묵가. 전국시대 초반기에 가장 세력이
  강했던 두 학파임.
- 視民(시민) : 民視의 잘못(王先愼說), 곧 「백성들이 보는 것」.
- 司寇(사구) : 법을 다스리는 관리. 지금의 법무장관.
- 遽(거) : 갑자기.
- 不聽(불청) : 따르지 않다, 聽은 聽從(청종)의 뜻.
- 七十人(칠십인) : 공자를 따르던 중요한 그의 제자들의 숫자

임.

• 列徒(열도) : 공자의 여러 제자, 앞의 칠십 명을 말한다.
• 數(수) : 방법.

＊한비는 시대성(時代性)으로부터 한 발자국 더 나아가 유
가나 묵가에서 주장하는 사랑을 공격하고 다시 인의(仁義)가
정치에는 소용없는 것임을 강조한다. 거기엔 백성들이란 어리
석은 것이어서 어짊이나 의로움은 제쳐놓고 권세에 복종한다
는 게 전제가 된다. 그리고 성인인 공자가 형편없는 노(魯)나
라 애공(哀公)의 신하 노릇을 하였다는 사실은 정치에 있어서
의 권세의 중요성을 더욱 설명해 주는 것이라고 주장한다.

5.

지금 여기 버릇 나쁜 자식이 있다. 부모들이 성내어도
행동을 고치지 않고 고장 사람들이 욕하여도 꿈쩍도 하
지 않으며, 스승과 웃사람들이 가르쳐도 변하지 않는다.
대저 부모의 사랑과 고장 사람들의 행동과 스승과 웃사
람들의 지혜라는 세 가지 뛰어난 것으로 다루었는 데도
움직이지 않고 정강이 터럭 하나 정도도 고치지 않았다.
그런데 고을 관리가 관병(官兵)을 거느리고 공표된 법을

근거로 하여 간악한 사람들을 찾아나서 보라. 그러면 두려워하면서 그의 태도를 바꾸고 그의 행동을 고칠 것이다. 그러므로 부모의 사랑도 자식을 가르치기엔 충분하지 못하다. 고을 관청의 엄한 형벌을 기다려야 한다. 그것은 백성들이란 본시 사랑에는 교만해지고 위압에는 따르는 것이기 때문이다.

그러므로 열 길 되는 성이 있다면 누계(樓季) 같은 용사도 넘지 못하는 데, 그것은 깎아 세운 듯하기 때문이다. 천길의 산에서는 절름발이 양이라도 치기가 쉬운데 그것은 밋밋하기 때문이다. 그러므로 명철한 임금은 그의 법을 깎아 세운 듯이 하고 그의 형벌을 엄하게 하는 것이다. 십여 자(尺)의 천이나 비단이라도 보통 사람들이 그대로 버려두지 않고 번쩍이는 금 백일(鎰)이라 하더라도 도척(盜跖) 같은 도적이 주워 넣지 않을 수 있다. 반드시 해롭지 않을 것이라면 십여 자의 바단을 그대로 버려두지 않고 반드시 해가 된다면 손은 백일의 황금을 줍지 않는다. 그러므로 명철한 임금은 반드시 처벌을 하도록 한다.

그래서 상은 후하고도 확실하여 백성들로 하여금 이익을 누리게 하는게 가장 좋다. 형벌은 무겁고도 반드시 시행하여 백성들로 하여금 이를 두려워하게 하는 게 가장 좋다. 법은 통일되고도 견고하여 백성들로 하여금 그것을 알도록 하는게 가장 좋다. 그러므로 임금은 상을 줌에는 미루지 아니하며, 처벌을 행함에는 용서가 없으며, 칭송이 그의 상을 돕고 비난이 그의 형벌에 따르도록 한다. 그러면 현명한 사람이고 못난 사람이고 모두 그의 힘을 다하게 될 것이다.

今有不才之子, 父母怒之弗爲改, 鄕人譙之弗爲動, 師長敎之弗爲變. 夫以父母之愛, 鄕人之行, 師長之智, 三美加焉, 而終不動, 其脛毛不改. 州部之吏, 操官兵, 推公法, 而求索姦人. 然後恐懼變其節, 易其行矣. 故父母之愛, 不足以敎子, 必待州部之嚴刑者, 民固驕於愛, 聽於威矣. 故十仞之城, 樓季弗能踰者, 峭也. 千仞之山, 跛牂易牧者, 夷也. 故明主峭其法, 而嚴其刑也. 布帛尋常, 庸人不釋. 鑠金百溢, 盜跖不掇. 不必害則不釋尋常, 必害手則不掇百溢. 故明主必其誅也. 是以賞莫如厚而信, 使民利之. 罰莫如重而必, 使民畏之. 法莫如一而固, 使民知之. 故主施賞不遷, 行誅無赦. 譽輔其賞, 毁隨其罰, 則

賢不肖俱盡其力矣.

- 不才(부재) : 되어 먹지 않은 것, 버릇 없는 자.
- 譙(초) : 꾸짖다, 욕하다.
- 州部(주부) : 그의 고을 관청.
- 樓季(누계) : 전국시대 위(魏)나라 문후(文侯)의 아우. 용사로서 이름을 떨쳤고 특히 몸이 날랬다 한다.
- 峭(초) : 산이 절벽을 이루며, 깎아 세운 듯 솟은 것.
- 跛(파) : 절름발이.
- 牂(장) : 암양.
- 夷(이) : 밋밋히 높아진 것.
- 尋常(심상) : 여덟 자(尺)가 한신, 두신이 한상임. 따라서 천 여덟 자 내지 열 여섯 자 길이를 뜻함.
- 庸人(용인) : 보통 사람.
- 鑠(삭) : 번쩍임, 아름다움.
- 溢(일) : 鎰(일)과 통하여 무게의 단위, 1일은 24냥(兩).
- 掇(철) : 줍다, 주워 갖다.

*부모의 애정이나 사회의 윤리만으로 사람을 착하게 할 수 없다. 나쁜 짓을 하기 어려운 환경의 조성이 필요하다. 예를 들면, 아무도 없는 곳에 천이 한 자락 떨어져 있으면 보통 사람들이면 남의 것인 줄 알면서 주워 간다. 그러나 여럿이 보는 곳에 황금덩이가 있다 하면 도척 같은 큰 도적도 가져가

질 못한다. 그러니 법을 바탕으로 하여 후한 상을 주고 엄한 형벌을 가하는 게 사람들을 착하게 만드는 지름길이라는 것이다.

6.

그러나 지금은 그렇지 않다. 그가 공이 있다고 해서 그에게 벼슬을 주면서 그의 벼슬자리를 천하게 여긴다. 그가 농사를 잘 짓는다고 그에게 상을 주면서 그의 가업(家業)을 업신여긴다. 그가 벼슬을 받아들이지 않음으로 그를 멀리 하면서도 그의 세상을 가벼이 보는 것을 고상하게 여긴다. 그가 금령(禁令)을 범했다고 죄를 주면서도 그의 용기가 있음을 크게 산다. 비난과 칭찬과 상과 벌이 가하여지는게 서로 어긋나고 있는 것이다. 그러므로 법과 금령은 무너지고 백성들은 더욱 어지러워지게 되는 것이다.

지금 형제들이 남의 침해를 받으면 반드시 공격하려 하는 것은 깨끗한 것이다. 친구가 욕을 보았을 때 원수를 갚는데 편들어주는 것은 곧은 짓이다. 깨끗하고 곧은 행동이 이루어지면 임금의 법을 범하는 게 된다. 임금들은 곧고 깨끗한 행동을 존중하여 금령을 범한 죄는 잊어버린다. 그러므로 백성들은 용기만을 헤아리게 되어 관리들로서는 이길 수가 없게 된다.

또 힘써 일하지 않고 입고 먹고 하면 그는 능력이 있다고 말한다. 싸움의 공로도 없이 높은 자리에 있으면 그는 현명하다고 말한다. 현명하고 능력 있는 행동이 이루어지면 군사는 약해지고 나라 땅은 황폐될 것이다. 그러나 임금들은 이들 현명한 사람과 능력있는 사람들의 행동을 좋아하여 군사가 약해지고 나라 땅이 황폐하여지는 재난은 잊고 있다. 그래서 사사로운 행동이 성행하고 공리(公利)가 멸망케 된 것이다.

今則不然. 其有功也爵之, 而卑其士官也. 以其耕作也賞之, 而少其家業也. 以其不收也外之, 而高其輕世也. 以其犯禁罪之, 而多其有勇也. 毁譽賞罰之所加者, 相與悖繆也, 故法禁壞, 而民愈亂. 今兄弟被侵, 必攻者, 廉也. 知友被辱, 隨仇者, 貞也. 廉貞之行成, 而君上之法犯矣. 人主尊貞廉之行, 而犯禁之罪, 故民程於勇, 而吏不能勝也. 不事力而衣食, 則謂之能. 不戰功而尊, 則謂之賢. 賢能之行成, 而

兵弱而地荒矣. 人主說賢能之行, 而忘兵弱地荒之
禍, 則私行立而公利滅矣.

- 士官(사관) : 士는 仕(사)와 통하여「벼슬살이하는 것.」
- 悖繆(패류) : 어긋나는 것.
- 廉(렴) : 깨끗한 것, 청렴함.
- 隨仇(수구) : 원수를 갚는데 따라가 도와주는 것.
- 程(정) : 헤아리는 것.

*그러나 사실은 많은 사람들이 감정이나 의리에 끌리어
가치판단을 잘못하는 경우가 많다는 것이다. 힘써 일함으로써
세상에 공헌하는 사람은 천하게 여기고, 아무런 애도 쓰지 않
고 높은 자리에 앉아 떵떵거리는 자는 존경한다. 그래가지고
는 나라가 제대로 다스려질 리가 없다는 것이다. 예를 들면,
유가는 학문을 가지고 법을 어지럽히고 있고 협객(俠客)들은
칼로 법을 어기는데, 임금들까지도 오히려 이들을 존경한다.
이런 풍조를 없애야 한다는 것이다.

7.

초(楚)나라에 직궁(直躬)이란 사람이 있었다. 그의 아버
지가 양을 훔쳤는데, 그것을 관리들에게 고하였다. 영윤

(令尹)은 「이놈을 죽이라.」고 말했다. 그것은 임금에게는 정직하였지만 아버지에게는 잘못이라 생각하고서 그를 잡아 죄 주었던 것이다. 이로써 본다면, 임금에게 정직한 신하는 아버지에게는 난폭한 자식일 수도 있는 것이다.

노(魯)나라 사람이 임금을 따라 전쟁을 하는 데 세 번 싸움에 세 번 다 도망하였다. 공자가 그 까닭을 물으니, 그가 이렇게 대답했다.

「제게는 늙은 아비가 있습니다. 제가 죽으면 아무도 봉양할 사람이 없습니다.」

공자는 효자라고 여기고는 윗자리에 올려 앉혔다. 이로써 본다면, 아버지에게 효도하는 자는 임금을 배반하는 신하일 수도 있다.

그처럼 영윤이 직궁을 처형하자, 초나라엔 간악한 행동을 위에 고하는 자가 없어졌고, 공자가 도망친 자를 상 주자, 노나라 백성들은 적에게 항복하거나 도망을 잘 치게 되었다. 위·아래의 이해(利害)는 이처럼 차이가 있는 것이다. 그런데도 임금이 보통 사람들의 행동을 여러 가지 구하면서 국가의 행복을 이룩하기 바란다면 반드시 되지 않을 것이다.

楚之有直躬, 其父竊羊而謁之吏. 令尹曰, 殺之.
以爲直於君, 而曲於父, 報而罪之. 以是觀之, 夫君
之直臣, 父之暴子也. 魯人從君戰, 三戰三北, 仲尼
問其故, 對曰, 吾有老父, 身死莫之養也. 仲尼以爲
孝, 擧而上之. 以是觀之, 夫父之孝子, 君之背臣也.
故令尹誅而楚姦不上聞, 仲尼賞而魯民易降北. 上下
之利, 若是其異也. 而人主兼擧匹夫之行, 而求致社
稷之福, 必不幾矣.

- 直躬(직궁) : 실재 인물인지 알 수 없다. 우화(寓話) 속에 「행실
  이 지나치게 곧은 사람」이라 해서 이름 붙여진 사람인 듯하
  다.
- 謁(알) : 밀고(密告), 고함.
- 令尹(영윤) : 초나라에서 재상에 해당하는 벼슬.
- 報而罪(보이죄) : 이 이야기는 「여씨춘추(呂氏春秋)」 당무편
  (當務篇)에도 보이는데, 報가 執(집)으로 되어 있다. 「執而罪」
  는 「잡아서 죄 줌」.
- 北(배) : 도망침.
- 不幾(불기) : 성공을 「바랄 수도 없다.」, 안된다는 뜻.

*개인적인 이해관계는 국가의 이해관계와 흔히 어긋난다.
세상 사람들은 개인적인 관계를 퍽 소중히 여기는데, 임금이

거기에 동조하다가는 나라를 잘 다스리기 힘들 거라는 것이다.

8.

지금 임금들은 남의 말을 들음에 있어서 그의 능변(能辯)만을 좋아하고 그것이 합당한 것인가는 따지지 않는다. 사람들의 행동을 평가함에 있어서 그의 명성만을 아름답다 하고 그 공로는 따지지 않는다. 그리하여 천하 사람들 가운데 논설가들은 능변에만 힘쓰지 실용은 생각하지 않는다. 그러므로 옛 임금들을 들추면서 어짐과 의로움을 말하는 자들이 조정에 가득 찼으나, 정치는 혼란함을 면치 못하고 있다. 행동가(行動家)들은 다투어 고상한 짓만을 하여 실재의 공로와는 부합되지 않는다. 그러므로 지혜 있는 선비들은 바위 굴로 물러나 숨어 살면서 녹(祿)을 보내 주어도 받지 않는다. 그리하여 군대는 약해짐을 면할 수 없고 정치는 혼란을 면치 못하고 있다. 이러한 까닭이 어디에 있을까? 백성들이 칭송하는 것과 임금이 예우(禮遇)하는 것이 나라를 어지럽히는 술책이기 때문인 것이다.

지금 나라 안의 모든 백성들이 정치를 말하고 있고 상

앙(商鞅)과 관중(管仲)의 법도를 적은 책을 집집마다 갖고 있으나, 나라는 갈수록 가난해지고 있다. 밭갈이에 대하여 말하는 사람은 많지만 쟁기를 잡는 사람은 적기 때문인 것이다. 나라 안 사람들은 모두 병법을 이야기하며, 손자(孫子)와 오자(吳子)의 병서(兵書)를 집집마다 갖고 있으나 군대는 갈수록 약해지고 있다. 그것은 전쟁에 대하여 평하는 자는 많지만 갑옷을 입는 사람은 적기 때문인 것이다. 그러므로 명철한 임금은 백성들의 힘은 사용하지만, 그들의 말은 듣지 않으며, 그들의 공로에 대하여는 상을 주고 쓸데 없는 짓은 반드시 금한다. 그러므로 백성들은 온갖 힘을 다하여 그들의 임금을 따르는 것이다.

농사짓는 데 힘쓴다는 것은 수고로운 일이다. 그러나 백성들이 그 일을 하는 것은 부하게 될 수 있기 때문인 것이다. 전쟁을 한다는 것은 위태로운 일이다. 그러나 백성들이 그것을 하는 것은 귀해질 수가 있기 때문인 것이다.

지금은 글공부를 하고 언변(言辯)을 익히기만 하면, 곧 밭갈이 하는 수고로움 없이도 부자가 된다는 실례(實例)가 있고 전쟁의 위태로움 없이도 귀하여져 존경을 받을 수가 있다. 그러니 어떤 사람이 그것을 않겠는가? 그래서

백 명은 지혜로 하는 일에 종사하고 한 사람이 힘써 일하
는 꼴이 되었다. 지혜로 일하는 자가 많으면 법이 무너지
고, 힘써 일하는 사람이 적으면 나라가 가난해진다. 이것
이 세상이 어지러워지는 까닭인 것이다.

　今人主之於言也, 說其辯而不求其當焉. 其用於行
也, 美其聲而不責其功. 是以天下之衆, 其談言者,
務爲辯而不周於用. 故擧先王, 言仁義者盈廷, 而政
不免於亂. 行身者, 競於爲高而不合於功, 故智士退
處巖穴, 歸祿不受, 而兵不免於弱. 政不免於亂, 此
其故何也? 民之所譽, 上之所禮, 亂國之術也. 今境
內之民皆言治, 藏商管之法者家有之, 而國愈貧, 民
耕者衆, 執耒者寡也. 境內皆言兵, 藏孫吳之書者家
有之, 而兵愈弱, 言戰者多, 被甲者少也. 故明主用
其力, 不聽其言, 賞其, 功必禁無用. 故民盡死力以
從其上, 夫耕之用力也勞, 而民爲之者, 曰可得以富
也. 戰之爲事也危, 而民爲之者, 曰可得以貴也. 今
修文學, 習言談, 則無耕之勞而有富之實, 無戰之危
而有貴之尊, 則人孰不爲也? 是以百人事智, 而一人
用力. 事智者衆則法敗, 用力者寡則國貧. 此世之所

以亂也.

- 聲(성) : 명성.
- 周(주) : 두루 힘씀.
- 行身者(행신자) : 행동가, 실천가.
- 商管之法(상관지법) : 진(秦)나라 상앙(商鞅)의 법술에 대한 저서와 제(齊)나라 관중(管仲)의 술수(術數)에 관한 저서. 지금도 「관자(管子)」 24권과 「상자(商子)」 5권이 전해지고 있다.
- 孫吳之書(손오지서) : 춘추시대 손무(孫武)가 지은 「손자(孫子)」와 전국시대 오기(吳起)가 지은 「오자(吳子)」. 이들은 각각 한 권으로 병가(兵家)의 대표적인 저서이다.

* 임금들은 실재의 내용보다는 말의 논리에만 마음을 기울인다. 그래서 세상에는 많은 이론가들이 생겼다. 이들은 노동을 하지 않고 말만 잘하며 높은 벼슬을 하기도 하고 부자가 되기도 한다. 그래서 따지고 보면 이러한 이론가들이란 나라에 무익할 뿐만 아니라, 나라를 어지럽히는 자들이란 것이다.

9.

그러므로 명철한 임금의 나라에는 글이 적힌 책이 없으며 법으로서 가르침을 삼는다. 옛 임금의 말이 없이 관

리로서 스승을 삼는다. 사사로운 개인 칼의 난폭함 없이
목을 자르는 것으로서 용기를 삼는다. 그래서 나라 안 백
성들은 논설을 하는 자는 반드시 법을 따르며, 행동가들
은 공로를 목표로 삼으며, 용감한 자들은 군대에서 용감
성을 발휘한다.

그러므로 아무 일도 없으면 나라가 부해지고 일이 생
기면 군사가 강했다. 이것을 일컬어 임금의 바탕이라고
한다. 임금이 이 바탕을 기른 뒤에는 적국의 틈을 엿보는
것이다. 옛 오제(五帝)들을 능가하고 옛 삼왕(三王)과 맞
먹게 되려면 반드시 이 법에 의거하여야 할 것이다.

故明主之國, 無書簡之文, 以法爲敎. 無先王之語,
以吏爲師. 無私劍之捍, 以斬首爲勇. 是境內之民,
其言談者必軌於法, 動作者歸之於功, 爲勇者盡之於
軍. 是故無事則國富, 有事則兵强, 此之謂王資, 旣
畜王資, 而承敵國之釁, 超五帝, 侔三王者, 必此法
也.

- 書簡之文(서간지문) : 대쪽에 적은 글. 옛날엔 대쪽에 글을 써
  서 책을 엮었으므로, 곧 「글이 적힌 책」의 뜻임.
- 捍(한) : 悍(한)과 통하여 「난폭함」, 「사나움」.

- 斬首(참수) : 전쟁터에서 적의 목을 자르는 것.
- 軌(궤) : 길. 법도를 따르다.
- 王資(왕자) : 임금의 바탕, 임금의 기반.
- 釁(흔) : 틈.
- 五帝(오제) : 황제(黃帝) · 전욱(顓頊) · 제곡(帝嚳) · 요(堯) · 순(舜)의 태곳적 다섯 임금.
- 侔(모) : 비등함.
- 三王(삼왕) : 하(夏)나라의 우(禹)나라 임금, 상(商)나라의 탕(湯)임금, 주(周)나라 문왕(文王)의 세 임금들.

 * 정치를 하는데 중요한 것은 글공부나 옛 임금이나 개인의 능력이 아니라, 법과 관리와 나라를 위하는 행동이다. 그러므로 법을 따르게 하면 자연히 나라가 부강해져서 옛 임금들 못지 않은 훌륭한 정치를 할 수 있게 된다는 것이다.

10.

그런데 지금은 그렇지 않다. 선비와 백성들이 안에서 제멋대로 굴고 있고 논설가들이 밖으로 세력을 뻗히고 있다. 나라 안팎으로 악한 짓을 겨루면서 강적(强敵)을 기다리고 있는 셈이니, 또한 위태롭지 아니한가? 그러므로 여러 신하들 가운데 외교정책을 말하는 자들은 합종파

(合縱派)와 연횡파(連衡派)로 갈라져 있지 않으면, 곧 원수를 갚으려는 마음으로 나라의 힘을 빌려는 자들인 것이다. 합종(合縱)이란 여러 약한 나라들을 합쳐서 한 강한 나라를 공격하자는 것이고, 연횡(連衡)이란 한 강한 나라를 섬김으로써 여러 약한 나라들을 공격하려는 것이다. 모두가 나라를 건사하는 방법은 아닌 것이다.

지금 신하들 가운데 「연횡」을 주장하는 자들은 모두 말하기를,

「큰 나라를 섬기지 않으면 곧 적의 공격을 받아 재난을 당할 것이다.」

고 한다. 큰 나라를 섬기어 반드시 실리가 없다면, 곧 자기 나라의 지도를 바쳐 땅을 맡기고 옥새(玉璽)를 내놓으며 원군(援軍)을 청하게 된다. 지도를 바치면 나라 땅의 일부를 깎이게 되고 옥새를 내놓으면 명성이 떨어진다. 땅이 깎여지면 곧 나라가 깎이어지고 명성이 떨어지면 곧 정치가 어지러워진다. 큰 나라를 섬기며 연횡파가 되어 보았자, 그 이익은 보지 못하고 땅을 잃고 정치만 어지럽히게 될 것이다.

신하들 가운데서 「합종」을 주장하는 자들은 모두 말하기를,

「작은 나라를 구하여 큰 나라를 정벌하지 않으면 곧 천하를 잃게 될 것이다. 천하를 잃으면 곧 나라가 위태로 워지고, 나라가 위태로워지면 임금이 천해진다.」
고 한다.

그러나 작은 나라를 구하여 반드시 실리가 없으면 곧 군사를 일으키어 큰 나라를 대적하게 된다. 작은 나라를 구하여도 반드시 존속할 수 있게 되지 않으며, 큰 나라와 부딪치면 반드시 사이가 멀어지지 않을 수 없다. 사이가 멀어지면 곧 강한 나라에 제압을 당하게 된다. 군사를 내 보내면 곧 군사들은 패하고, 물러나 지키면 곧 성이 함락 된다. 작은 나라를 구하며 합종파가 되어 보았자, 그 이 익은 보지 못하고 땅을 잃고 군대만 패한다.

今則不然. 士民縱恣於內, 言談者爲勢於外. 外內 稱惡, 以待强敵, 不亦殆乎? 故羣臣之言外事者, 非 有分於從衡之黨, 則有仇讎之忠, 而借力於國也. 從 者, 合衆弱以攻一强也. 而衡者, 事一强以攻衆弱也. 皆非所以持國也. 今人臣之言衡者. 皆曰, 不事大, 則遇敵受禍矣. 事大未必有實, 則擧圖而委, 效璽而 請兵矣. 獻圖則地削, 效璽則名卑. 地削則國削, 名

卑則政亂矣. 事大爲衡, 未見其利也, 而亡地亂政矣.
人臣之言從者, 皆曰, 不救小而伐大, 則失天下, 失
天下則國危, 國危而主卑. 救小未必有實, 則起兵而
敵大矣. 救小未必能存, 而交大未必不有疏有疏, 則
爲强國制矣. 出兵則軍敗, 退守則城拔. 救小爲從,
未見其利, 亡地敗軍矣.

- 縱恣(종자) : 방종하게 멋대로 행동하는 것.
- 稱(칭) : 서로 겨룸.
- 從衡(종횡) : 전국시대 소진(蘇秦)이 주장한 「합종책(合從策)」
  과 장의(張儀)가 주장한 「연횡책(連衡策)」. 「합종」은 한(韓)・
  위(魏)・조(趙)・연(燕)・초(楚)・제(齊)의 여섯 나라가 연합
  하여 가장 강한 진(秦)나라를 대적하자는 술책. 「연횡」은 그
  반대로 모든 나라들을 진(秦)나라와 연합시키려는 술책임.
- 忠(충) : 衷(충)과 통하여 「속마음」.
- 一强(일강) : 강한 한 나라, 곧 진(秦)나라를 가리킴.
- 璽(새) : 옥새 나라를 상징하는 임금의 도장.
- 交大(교대) : 큰 나라와 부딪침.

* 여기에선 전국시대의 여러 나라들의 존속을 위하여 유행
한 대표적인 술책인 「합종책」과 「연횡책」을 비평하고 있다. 소
진(蘇秦)이나 장의(張儀) 자신들도 이러한 「합종」이나 「연횡」이

여러 나라의 부강과 평화를 근본적으로 해결할 수 있는 길이라 생각지는 않았을 것이다. 다만 어지러운 전국시대의 여러 나라에 세력 균형을 위하여 일시적인 방편으로 생각되어진 술책일 것이다. 어떻든 「종횡가(從衡家)」란 한 학파가 생겨날 만큼 이들의 술수(術數)는 그 당시 사람들에게 크게 유행했던 것만은 사실이다. 한비의 날카로운 붓끝이 이것을 그대로 보고 있을 수는 없었으리라.

11.

백성들 자신의 타산(打算)은 모두 편안함과 이익으로 나아가고 위험과 곤궁함을 피한다. 지금 전쟁을 한다고 하자. 나아가면 곧 적에게 죽음을 당하고, 물러나면 곧 처형에 의하여 죽음을 당할 것이니, 곧 위태로운 것이다. 개인 집안 일은 버리고서 반드시 땀 흘리는 말처럼 노고를 하여야 하는데, 집안이 곤란하여도 임금은 상관하지도 않는다면 곧 곤궁한 것이다. 곤궁함과 위태로움이 있는 일을 백성들이 어찌 피하지 않을 수가 있으랴?

그러므로 권세 있는 개인 집안을 섬김으로써 부역(賦役)을 면제받으려 한다. 부역을 면제받으면 전쟁을 멀리

하게 된다. 전쟁을 멀리 하게 되면, 곧 행동이 안전해진다. 뇌물을 바치고 권세가(權勢家)에 잘 부탁하면, 곧 바라는 걸 얻게 된다. 바라는 걸 얻게 되면, 곧 이익이 되고 편안해진다. 이익과 편안함이 있는 곳을 백성들이 어찌 나아가지 않을 수가 있겠는가? 그리하여 공민(公民)은 적어지고 사인(私人)들이 많아지는 것이다.

명철한 임금의 나라를 다스리는 정책은 상인과 공인 및 놀고 먹는 백성들을 적게 하면서 그 이름을 천하게 만들어 근본 생산업을 버리고 말단직인 일로 나아가는 자가 적도록 한다. 현대엔 임금을 가까이 모시는 사람들의 청탁이 행하여져서, 벼슬이나 작위도 살 수가 있다. 벼슬과 작위를 살 수가 있다면, 곧 상인이나 공인도 천해지지 않을 것이다. 간사한 재물과 귀중한 물건들이 시장에서 매매되고 있으니 상인들의 수도 적지 않을 것이다. 거둬들이는 이익은 농사의 두 배는 될 것이니, 존귀하게 되는 기회가 밭갈이 하며 싸우는 사람들보다 많다. 그래서 바르고 곧은 사람은 적어지고 높은 값만 따지는 백성들은 많아지는 것이다.

民之政計, 皆就安利如辟危窮. 今爲之攻戰, 進則

死於敵, 退則死於誅, 則危矣. 棄私家之事, 而必汗馬之勞, 家困而上弗論, 則窮矣. 窮危之所在也, 民安得勿避? 故事私門, 而完解舍, 解舍完則遠戰遠戰, 則安, 行貨賂而襲當塗者則求得, 求得則私安. 私安則利之所在, 安得勿就? 是以公民少, 而私人眾矣. 夫明王治國之政, 使其商工游食之民少而名卑, 以寡趣本務而趨末作. 今世近習之請行, 則官爵可買. 官爵可買, 則商工不卑也矣. 姦財貨賈, 得用於市, 則商人不少矣. 聚斂倍農, 而致尊過耕戰之士, 則耿介之士寡, 而高價之民多矣.

- 政計(정계) : 政은 自로 씀이 옳으며, 自計는 곧 「자신의 타산(打算)」(王先愼說).
- 如辟(여피) : 如는 而(이)의 뜻으로, 말을 잇는 역할만을 함.
- 汗馬之勞(한마지로) : 땀 흘리는 말 같은 노고, 굉장한 노고를 뜻함.
- 解舍(해사) : 나라 일이나 군대 일에 끌려나가는 부역(賦役) 의무를 면제받는 것.
- 貨賂(화뢰) : 뇌물.
- 當塗者(당도자) : 권세가(權勢家), 실권자.
- 私安(사안) : 私는 利(이)의 잘못(兪樾說), 따라서 이익과 편안함.

- 私安則利(사안즉리) : 私자와 則자가 잘못 끼어 들어 있음(兪樾說).
- 公民(공민) : 국가를 위하여 일할 수 있는 백성.
- 私人(사인) : 권세 있는 개인에 예속된 사람.
- 趣(취) : 舍(사)의 잘못(陳奇猷說), 곧 「버림」.
- 本務(본무) : 근본이 되는 일. 농업을 뜻함.
- 末作(말작) : 말단적인 일. 농업 같은 기본 생산업 이외의 직업.
- 姦財(간재) : 간사한 재물. 나라에서 통제하는 상품.
- 聚斂(취렴) : 이익을 거둬들이는 것.
- 耿介(경개) : 올바르고 마음이 굳은 것.

＊세상엔 일하지 않고도 출세하는 길이 많다. 그 위에 농업처럼 고된 생산업에 종사하는 것보다 장사를 하는 편이 더 돈을 잘 번다. 그리고 관기(官紀)가 문란하므로 돈 많은 그들이 출세를 더 잘한다. 그리하여 나라에 이익이 되는 일을 하고 전쟁에 참여하는 사람들은 점점 줄어들고 있다는 것이다. 농업을 중시하는 한비의 태도는 앞에서도 여러 번 이미 보아 왔다.

12.
그러므로 어지러운 나라의 습속으로서, 학자들은 옛

임금들의 도를 주장하면서 어짐과 의로움을 근거로 삼고 용모와 옷을 차려 입고서 변설로 꾸며대어 현대의 법을 의심스럽게 만들며 임금의 마음을 두 갈래로 만든다. 또 논설가(論說家)들은 거짓 주장을 늘어놓고 외국의 힘을 빌어 그의 사사로운 이익을 얻고 국가의 이익은 버린다. 칼 차고 다니는 협객(俠客)들은 부하들을 모으고 의리(義理)를 내세움으로써 그의 명성을 드러내며 관청의 금령(禁令)을 범한다.

임금을 가까이서 모시는 자들은 개인 집에 재물을 쌓고 뇌물을 받아 먹으면서 권력자들의 청탁은 들어주고 땀 흘리는 말처럼 수고한 사람들은 물리친다. 상업과 공업에 종사하는 백성들은 이즈러진 그릇 같은 것을 만들고 팔고 하여 옳지 못한 재물을 모으고 재물을 쌓아놓고 때에 따라 투자하여 농부들의 이익을 빼앗는다.

이상 다섯 가지는 나라의 좀벌레인 것이다. 임금들이 이 다섯 가지 좀벌레 같은 백성들을 제거하지 않고 곧고 바른 선비들을 기르지 않는다면, 비록 세상에 멸망하는 나라가 있고 파멸하는 왕조가 있다 하더라도 또한 이상할 게 없는 것이다.

是故亂國之俗, 其學者則稱先王之道以籍仁義, 盛容服而飾辯說, 以疑當世之法, 而貳人主之心. 其言古者, 爲設詐稱, 借於外力, 以成其私, 而遺社稷之利. 其帶劍者, 聚徒屬, 立節操, 以顯其名, 而犯五官之禁. 其患御者, 積於私門, 盡貨略而用重人之謁, 退汗馬之勞. 其商工之民, 修治苦窳之器, 聚弗靡之財, 蓄積待時, 而侔農夫之利. 此五者, 邦之蠹也. 人主不除此五蠹之民, 不養耿介之士, 則海內雖有破亡之國, 削滅之朝, 亦勿怪矣.

- 言古者(언고자) : 古는 談(담)의 잘못(顧廣圻說). 따라서 「논설가」, 또는 「변설가」의 뜻.
- 詐稱(사칭) : 거짓 주장.
- 劍(검) : 칼. 劒, 劍은 다 동자(同字)임.
- 徒屬(도속) : 부하들.
- 節操(절조) : 패거리의 절조이므로 「의리(義理)」라 번역하였다.
- 五官(오관) : 나라의 중요한 다섯 관청, 곧 사도(司徒)·사마(司馬)·사공(司空)·사사(司士)·사구(司寇).
- 患御者(환어자) : 患은 串(관)과 통하며(兪樾說), 串은 習(습)의 뜻(爾雅 및 詩經 皇矣편 毛傳). 따라서 「患御」는 「近習」과 같은 말로 「임금을 가까이서 모시는 사람」.

- 重人(중인) : 권세가, 권력자.
- 謁(알) : 청탁.
- 苦窳(고유) : 그릇이 이지러지거나 터지는 것.
- 弗靡(불미) : 不美(불미)와 통하여 「옳지 않은 것」, 「정당하지 않는 것」.
- 侔(모) : 牟(모)와 통하여 「빼앗다」, 「취하다」.

*시대의 변천에 따른 정치 방법의 변화로부터 유도하여 온 결론이 이 나라를 좀먹는 인간들을 없애라는 것이다. 다섯 가지 좀벌레를 다시 간단히 요약하면 다음과 같다.

첫째, 옛 임금의 도와 어짊과 의로움을 내세우는 학자.

둘째, 자기 이익만을 추구하는 변설가.

셋째, 멋대로 날뛰는 협객.

넷째, 임금을 그르치는 측근자(側近者)들.

다섯째, 비양심적인 상인과 공인.

50. 현학편顯學篇

「현학」이란 세상에 잘 알려진 학문의 뜻이다. 전국시대에 세상에 가장 유행한 학문이란 말할 것도 없이 유가와 묵가(墨家)를 뜻한다. 전편에 걸쳐 이 두 학파들을 공격하고 비판하면서 법가 사상의 유용성(有用性)을 주장한다.

1.

세상에 잘 알려진 학파는 유가와 묵가이다. 유가의 시조는 공자이며, 묵가의 시조는 묵적(墨翟)이다. 공자가 죽은 뒤로는 자장(子張)파의 유가 · 자사(子思)파의 유가 · 안회(顏回)파의 유가 · 맹자(孟子)파의 유가 · 칠조씨(漆雕氏)파의 유가 · 중량씨(仲良氏)파의 유가 · 순자(荀子)파의 유가 · 악정씨(樂正氏)파의 유가가 있다.

묵자가 죽은 뒤로는 상리씨(相里氏)파의 묵가 · 상부씨(相夫氏)파의 묵가 · 등릉씨(鄧陵氏)파의 묵가가 있다. 그러므로 공자와 묵자 뒤로 유가는 여덟 파로 나뉘었고 묵가는 세 파로 나뉜 것이다. 주의주장(主義主張)은 서로 반대되어 같지 않으면서도 모두 스스로 말하기를, 진짜 공자나 묵자의 학문이라 한다. 공자와 묵자가 다시 살아날 수 없는 이상 누구로 하여금 이 후세의 학파들 중 어느 것이 정통(正統)인가 결정케 하겠는가?

공자와 묵자는 모두 요 · 순(堯舜)을 본받고 있다. 그들의 주의주장은 같지 않은데, 모두들 스스로 진짜 요순의 학문이라 말한다. 요 · 순이 다시 살아나지 않는 이상 누구로 하여금 유가와 묵가 어느 편이 진짜인가 결정케 하겠는가? 은(殷)나라와 주(周)나라를 칠백여 년, 우(虞)나라와 하(夏)나라는 이천여 년이 지났는데 유가와 묵가 어느 편이 진짜인지 결정도 할 수 없으면서 지금은 또한 삼천 년 전으로 거슬러 올라가서 요 · 순의 도를 밝히려 하고 있다. 생각컨대 그것은 절대로 될 수 없는 일일 것이다.

사실의 검토도 없이 꼭 그렇다고 주장하는 자는 어리석은 자이다. 꼭 그러할 수가 없는데도 그것을 근거로 삼는 자는 사기꾼이다. 그러므로 분명히 옛 임금을 근거로 삼고서 요 · 순에 대하여 꼭 그렇다고 단정하는 자들은 어리석은 자가 아니면 사기꾼이다. 어리석은 자와 사기꾼의 학문과 잡되고 모순된 행동은 명철한 임금이라면 받아들이지 않는다.

世之顯學, 儒墨也. 儒之所至, 孔丘也. 墨之所至, 墨翟也. 自孔子之死也, 有子張之儒, 有子思之儒,

有顔氏之儒. 有孟氏之儒, 有漆雕氏之儒, 有仲良氏
之儒, 有孫氏之儒, 有樂正氏之儒, 自墨子之死也,
有相里氏之墨, 有相夫氏之墨, 有鄧陵氏之墨. 故孔
墨之後, 儒分爲八, 墨離爲三, 取舍相反不同, 而皆
自謂眞孔墨, 孔墨不可復生, 將誰使定後世之學乎!
孔子墨子俱道堯舜而取舍不同, 皆自謂眞堯舜, 堯舜
不復生, 將誰使定儒墨之誠乎! 殷周七百餘歲, 虞夏
二千餘歲, 而不能定儒墨之眞, 今乃欲審堯舜之道於
三千歲之前, 意者其不可必乎! 無參驗而必之者, 愚
也. 弗能必而據之者, 誣也. 故明據先王, 必定堯舜
者, 非愚則誣也. 愚誣之學, 雜反行, 明主弗受也.

- 子張(자장) : 춘추시대 진(陳)나라 사람 전손사(顓孫師)의 자
  (字). 성질이 너그럽고 부드러워 인의(仁義)를 행하기에 애쓰
  지 않았다.
- 子思(자사) : 공자의 손자인 공급(孔伋)의 자. 증자(曾子)에게
  배웠고 노(魯)나라 목공(穆公)의 스승 노릇을 하였다.
- 顔氏(안씨) : 안회(顔回). 춘추시대 노(魯)나라 사람. 덕행(德
  行)에 뛰어났던 공자가 아끼던 제자. 그러나 젊은 나이에 죽
  어 공자를 애통케 했었다.
- 孟氏(맹씨) : 맹자(孟子)를 뜻함.
- 漆雕氏(칠조씨) : 칠조개(漆雕開)를 가리킴. 춘추시대 노나라

사람으로, 자를 자개(子開) 또는 자약(子若)이라 불렀다. 「서경」을 많이 공부하였고 벼슬살이를 싫어한 공자의 제자.

• 仲良氏(중량씨) : 良은 梁(양)으로도 쓰며, 「예기(禮記)」 단궁편(檀弓篇)에도 보이나 공자의 제자라는 사실 이외의 자세한 것은 알 길이 없다.

• 孫氏(손씨) : 손경(孫卿), 곧 순자(荀子)를 가리킴.

• 樂正氏(악정씨) : 춘추시대 노나라 사람 악정자춘(樂正子春)을 가리킴. 그는 증자(曾子)의 제자로서 효행에 뛰어났었다.

• 相里氏(상리씨) : 상부씨(相夫氏)와 함께 묵자의 제자. 자세한 생평은 기록에 없다.

• 鄧陵氏(등릉씨) : 「장자(莊子)」 천하편(天下篇)에 상리근(相里勤)과 등릉자(鄧陵子)를 비롯한 몇 명의 묵자의 제자들 이름이 보인다. 상리씨는 상리근인 듯하나 이 이상 다른 기록은 남아 있지 않다.

• 取舍(취사) : 학파에서 취하고 버리는 것, 따라서 학파의 주의주장(主義主張).

• 虞(우) : 순임금의 나라 이름.

• 意者(의자) : 내 뜻으로는, 생각컨대.

• 誣(무) : 속임수, 사기꾼.

• 雜反(잡반) : 잡되고도 도리에 반하는 것.

*우선 유가와 묵가의 잡다한 유파들을 소개하면서 옛날에 근거를 두는 그들의 학문은 터무니없는 것임을 증명하고 있다.

2.

묵가들의 장례(葬禮)에선 겨울엔 겨울 옷, 여름엔 여름 옷을 쓰며 오동나무로 만든 세 치 두께의 홑관에다가 석 달 동안 상을 입는다. 세상의 임금들은 검소하다 하여 그들을 예우(禮遇)한다.

유가들은 파산(破産)을 하면서 장사를 치른다. 삼 년 동안 상을 입는데 크게 수척해 가지고 지팡이를 짚고 다닌다. 세상의 임금들은 효도라 생각하고 이들을 예우한다. 묵자의 검소함이 옳다면 공자의 사치함은 잘못일 것이다. 공자의 효도가 옳다면 묵자의 각박함은 잘못일 것이다. 지금 효도와 각박함과 사치함과 검소함이 모두 유가와 묵가에게 있는데도 임금들은 이들을 아울러 예우하고 있다.

칠조자(漆雕子)의 이론에 의하면, 얼굴빛을 이지러뜨리지 않고 한눈을 팔지 않으며, 자기 행동이 굽으면 곧 노예에게라도 몸을 피하고, 자기 행동이 곧으면 제후에게라도 성을 낸다 하였다. 세상의 임금들은 모질다고 생각하여 이들을 예우한다.

송영자(宋榮子)의 의론에 의하면, 싸우고 다투지 않기로 하고 원수를 갚지 않기로 하며, 감옥에 갇히는 것도 부끄러워하지 않고 모욕을 당해도 욕되게 여기지 않는다 한다. 세상 임금들은 너그럽다고 생각하고 이들을 예우한다. 칠조자의 모짐을 옳다고 한다면 송영자의 관서(寬恕)함은 잘못일 것이다. 송영자의 너그러움을 옳다고 한다면 칠조자의 사나움은 잘못일 것이다. 지금 너그러움과 모짐과 관서함과 사나움이 모두 두 사람에게 있는데도 임금들은 아울러 예우한다. 어리석은 자와 사기꾼의 학문과 잡되고 모순된 이론이 다투게 된 뒤로부터 임금들은 반대되는 것을 모두 들어주고 있다. 그러므로 세상 선비들은 말에 일정한 내용이 없고 행동에 일정한 표준이 없게 되었다. 얼음과 숯불은 같은 그릇에서 오래 갈 수가 없고, 추위와 더위는 한꺼번에 닥칠 수가 없는 것이다. 잡되고 모순되는 학문도 양립되어 다스려질 수가 없는 것이다. 지금 잡된 학문을 아울러 따르고 서로 다른 이론을 함부로 실행한다면 어찌 어지러워지지 않을 수가 있겠는가? 따르고 실행하여 이와같이 된다면 그것으로 사람을 다스린다 해도 또한 반드시 그렇게 될 것이다.

墨者之葬也, 冬日冬服, 夏日夏服, 桐棺三寸, 服喪三月, 世主以爲儉而禮之, 儒者破家而葬, 服喪三

年, 大毀扶杖, 世主以爲孝而禮之. 夫是墨子之儉,
將非孔子之侈也. 是孔子之孝, 將非墨子之戾也. 今
孝戾侈儉俱在儒墨, 而上兼禮之. 漆雕之議. 不色撓,
不目逃, 行曲則違於臧獲, 行直則怒於諸侯, 世主以
爲廉而禮之. 宋榮子之議, 設不鬪爭, 取不隨仇, 不
羞囹圄, 見侮不辱, 世主以爲寬而禮之. 夫是漆雕之
廉, 將非宋榮之恕也. 是宋榮之寬, 將非漆雕之暴也.
今寬廉恕暴俱在二子, 人主兼而禮之. 自愚誣之學,
雜反之辭爭, 而人主俱聽之. 故海內之士, 言無定術,
行無常議. 夫冰炭不同器而久, 寒暑不兼時而至, 雜
反之學不兩立而治. 今兼聽雜學, 繆行同異之辭, 安
得無亂乎? 聽行如此, 其於治人, 又必然矣.

- 桐棺(동관) : 오동나무로 짠 관.
- 破家(파가) : 파산(破産).
- 大毀(대훼) : 몸을 크게 상하게 하는 것.
- 戾(여) : 각박함.
- 漆雕(칠조) : 앞에 나온 「칠조씨파의 유가」의 칠조개(漆雕開)
  와는 다른 사람임(王先愼說). 그러나 어떤 사람인지는 알 수
  없다.
- 撓(뇨) : 이지러뜨림.
- 目逃(목도) : 한눈을 팜.

- 廉(염) : 모질은 것.
- 宋榮子(송영자) : 「순자」와 「장자(莊子)」에 보이는데, 도가(道家)에 속하는 사상가임. 따라서 왕선신(王先愼)은 「송형(宋鈃)」의 잘못일 거라 했다. 송형은 전국시대의 비전론자(非戰論者)로 유명하다.
- 圄圉(영어) : 감옥.
- 定術(정술) : 일정한 내용.
- 常議(상의) : 議는 義·儀(의)로 된 판본도 있으며 「표준」이란 뜻.
- 繆行(유행) : 그릇되게 함부로 행하는 것.
- 同異(동이) : 서로 모순되는 것.

*유가와 묵가는 여러 가지 면에서 서로 정반대 되는 주장을 하고 있다. 그들의 주장이 정반대라면, 어느 한편이 옳다면 반드시 어느 한편은 잘못일 것이다. 그런데도 세상의 임금들은 이들을 아울러 받아들이는 경우가 많다. 임금들이 이처럼 모순되는 이론을 아울러 받아들이면서부터 혼란은 더욱심해졌다는 것이다.

3.

지금 세상의 학자들 중에 정치를 얘기하는 사람들은

흔히 말한다.

「가난한 자들에게 땅을 주어 자본이 없는 것을 채워 줘라.」

지금 사람들과 서로 비슷한 능력을 지닌 사람이 있는데, 풍년이 들었다든가 곁에서 들어오는 수입 같은 게 없는데도 그 사람만이 생활을 충분히 해간다면 그것은 그의 노력이 아니면 검소한 덕분일 것이다. 남들과 능력이 비슷한 사람이 흉년이나 질병이나 죄로 인한 재난 같은 것도 없는데, 홀로 가난하다면 그것은 그가 사치하지 않으면 게으른 때문일 것이다. 사치하며 게으른 자는 가난하고, 검소하며 노력하는 사람은 부(富)하다. 지금 임금이 부자에게서 재물을 거둬들여 가지고 가난한 집에 나누어 준다면 그것은 노력하며 검소한 사람의 것을 빼앗아서 사치하며 게으른 자에게 주는 꼴이 된다. 그러면서 백성들이 부지런히 일하며 절약해서 물건을 쓰기 바란다는 것은 될 수도 없는 일이다.

지금 여기 한 사람이 있다. 그는 신념으로 위태로운 성에 들어가지 않고 군대에 몸을 담지 않으며, 천하의 큰 이익이라 하더라도 그의 정강이 털 한 개와 바꾸지 않는다. 세상 임금들은 반드시 그를 좇아 예우를 하며, 그의 지혜를 귀하게 여기고 그의 행동을 고상하다 하며, 물건을 가벼이 여기고 삶을 중히 하는 선비라 생각할 것이다. 그런데 임금이 좋은 밭과 큰 저택을 늘어놓고 작위와 녹을 마련하는 것은 백성들의 바치는 목숨과 바꾸기 위한 것이다. 지금 임금이 물건을 가벼이 하고 삶을 중히 하는 선비를 존귀하게 해주면서 백성들에게 목숨을 바치며 임금을 섬기다가 순직할 것을 바란다는 것은 될 수 없는 일이다. 장서(藏書)를 두고 변론을 익히고 제자들을 모으고 학문을 닦고서 논설을 하면 세상의 임금들은 반드시 이들을 좇아서 예우하며,

「현명한 선비를 존경하는 것은 옛 임금들의 도(道)다.」

고 말할 것이다. 관리들이 세금을 거두는 것은 농민들로부터이다. 그런데 임금이 양육하는 사람들은 학자들이다. 농사짓는 사람은 무거운 세금을 내고 학자들은 많은 상을 받는다. 그러면서 백성들이 부지런히 일하며 담론(談論)을 적게 하기 바라는 것은 될 수가 없는 일이다.

절조(節操)를 내세워 이름을 날리며, 의리를 지키어 침해받지 않으며, 원망하는 말이 귀를 스쳐도 반드시 칼을 들고 그를 처치한다면, 세상 임금들은 반드시 그를 좇아 예우하면서 협기(俠氣) 있는 선비라 생각할 것이다. 적의

목을 자른 노고는 상 주지 않으면서 집안 일로 싸운 용기가 높은 대접을 받는다. 그러면서 백성들이 잽싸게 싸워 적을 막으며 사사로운 싸움을 하지 않기 바란다는 것은 될 수가 없는 일이다.

나라가 평화로우면 유자(儒者)와 협객들을 기르고 어려움이 닥치면 꿋꿋한 사람을 쓴다. 길러낸 사람은 쓸 곳이 없고 쓸데 있는 사람은 길러낸 사람이 아니다. 이것이 어지러워지는 까닭인 것이다.

또한 임금들이 학자들의 주장을 들음에 있어서 만약 그의 말이 옳다고 여겨지면 마땅히 관청에 포고(布告)하며, 그 사람을 등용해야 할 것이다. 만약 그의 말이 잘못이라면 마땅히 그 사람을 물리치고 그러한 발단(發端)을 없애야 할 것이다. 지금은 옳다고 여기면서도 관청에 포고치 않고, 잘못이라 여기면서도 그 발단을 없애지도 않는다. 옳아도 쓰지 않고 잘못되어도 없애지 않는 것은 혼란과 멸망의 도인 것이다.

今世之學士語治者, 多曰, 與貧窮地, 以實無資. 今夫與人相若也, 無豊年旁入之利, 而獨以完給者, 非力則儉也. 與人相善若無饑饉疾疚禍罪之殃, 獨以

貧窮者, 非侈則惰也. 侈而惰者貧, 而力而儉者富. 今上懲斂於富人, 以布施於貧家, 是奪力儉而與侈惰也. 而欲索民之疾作而節用, 不可得也. 今有人於此, 義不入危城, 不處軍旅, 不以天下大利易其脛一毛, 世主必從而禮之, 貴其智而高其行, 以爲輕物重生之士也. 夫上所以陳良田大宅, 設爵祿, 所以易民死命也. 今上尊貴輕物重生之士, 而索民之出死而重殉上事, 不可得也. 藏書策, 習談論, 聚徒役, 服文學而議說, 世主必從而禮之, 曰, 敬賢士, 先王之道也. 夫吏之所稅, 耕者也, 而上之所養學士也. 耕者則重稅. 學士則多賞, 而索民之疾作而少言談, 不可得也. 立節參民, 執操不侵, 怨言過於耳, 必隨之以劍, 世主必從而禮之, 以爲自好之士. 夫斬首之勞不賞, 而家鬥之勇尊顯, 而索民之疾戰距敵, 而無私鬥, 不可得也. 國平則養儒俠, 難至則用介士, 所養者非所用, 所用者非所養, 此所以亂也. 且夫人主於聽學也, 若是其言, 宜布之官而用其身. 若非其言, 宜去其身而息其端. 今以爲是也, 而弗布於官, 以爲非也, 而不息其端. 是而不用, 非而不息, 亂亡之道也.

- 相若(상약) : 능력이나 조건이 비슷한 것.
- 完給(완급) : 생활을 완전히 함.
- 疾疢(질구) : 질병.
- 疾作(질작) : 부지런히 일함.
- 義不入危城(의불입위성) : 신념으로 위태로운 성에 들어가지 않다. 이하는 양주(楊朱)의 학설임.
- 參民(참민) : 民은 明의 잘못(顧廣圻說), 明은 名과 통함. 參名은 「명성을 모음」, 곧 명성을 날린다는 뜻.
- 鬭(투) : 鬭(싸울 투)는 本字(原字). 鬪, 鬭, 鬨는 전부 속자임.
- 介士(개사) : 꿋꿋하고 용감한 사람.

＊첫머리의 비판은 토지개혁을 앞세우는 공산주의에 대한 비판 같기도 해서 흥미를 끈다. 그리고는 양주(楊朱)의 학설을 비롯하여 유학자들과 협객들을 비판하고 있는데, 이것은 이미 앞에서도 비슷한 내용을 읽은 바가 있다.

4.

담대자우는 군자의 용모였다. 공자는 기대를 걸고 그 점을 취하였는데, 함께 오래 지내 보니 행동은 그의 모습과 어울리지 않음을 알았다. 재여(宰予)의 말은 우아하고 세련되었었다. 공자는 기대를 걸고 그 점을 취하였는데,

함께 지내면서 지혜가 그의 말을 따르지 못함을 알았다.
그리하여 공자는 말했다.

「용모로서 사람을 취하였다가 자우에게서 실패하였
고, 말로서 사람을 취하였다가 재여에게서 실패하였다.」
그러므로 공자의 지혜를 가지고도 실지를 그릇 판단했다
는 소리가 발해지고 있는 것이다.

지금의 새로운 이론은 재여보다도 함부로 나오는 것
인데, 세상 임금들의 이해는 공자보다도 현혹되기 쉽다.
그의 말을 좋아한다 해서 그 사람을 임용한다면 어찌 실
수가 없을 수가 있겠는가? 그래서 위(魏)나라에선 맹묘
(孟卯)의 변설을 신임했다가 화하(華下)의 환난을 겪었고,
조(趙)나라에선 마복(馬服)의 변설을 신임했다가 장평(長
平)의 환난을 당했다. 이 두 가지 예는 변설을 신임한 실
수인 것이다.

단련된 쇠(錫)를 보고 그 푸르고 누른 빛만을 살펴 가
지고는 명도공(名刀工)인 구야(區冶)도 칼의 좋고 나쁨을
단정할 수 없다. 물에서 따오기나 기러기를 쳐보고 뭍에
서 망아지나 말을 잘라 보면, 곧 노예라 하더라도 칼이
둔한지 날카로운지를 의심 없이 알게 된다. 말의 입을 벌
려 이를 보고 그 형용을 살피기만 해 가지고는 백락(伯樂)

같은 명인이라도 말의 좋고 나쁨을 감정할 수 없다. 말을
수레에 매어 몰고 달리어 그 결과를 보면, 곧 노예라 하
더라도 둔한 말인가 좋은 말인가를 의심 없이 알게 된다.
용모를 보고 말을 들어보기만 해가지고는 공자도 선비들
을 판단할 수가 없었다. 관직으로 시험해 보고 그의 공적
을 검토해 보면 범인이라도 그가 어리석은지 지혜로운지
를 의심 없이 알게 된다. 그러므로 명철한 임금의 관리는
재상은 반드시 고을 관청에서부터 기용(起用)되고 날랜
장수는 반드시 졸병 대열로부터 나온다. 그리고 공 있는
사람은 반드시 상을 주어, 곧 작위와 녹이 두터워져서 더
욱 힘쓰게 된다. 벼슬자리를 계급을 따라 올려 주면, 곧
관직이 커져서 더욱 잘 다스리게 된다. 작위와 녹을 크게
하여 관직에 힘을 더 쓰게 하는 것이 왕자의 도인 것이다.

澹臺子羽, 君子之容也, 仲尼幾而取之, 與處久,
而行不稱其貌. 宰予之辭, 雅而文也, 仲尼幾而取之,
與處而智不充其辯. 故孔子曰, 以容取人乎? 失之子
羽. 以言取人乎? 失之宰予. 故以仲尼之智, 而有失
實之聲. 今之新辯, 濫乎宰予, 而世主之聽, 眩乎仲
尼. 爲悅其言, 因任其身, 則焉得無失乎! 是以魏任

孟卯之辯, 而有華下之患. 趙任馬服之辯, 而有長平
之禍. 此二者, 任辯之失也. 夫視鍛錫而察靑黃, 區
冶不能以必劍. 水擊鵠雁, 陸斷駒馬, 則臧獲不疑鈍
利. 發齒吻形容, 伯樂不能以必馬. 援車就駕, 而觀
其末塗, 則臧獲不疑驚良. 觀容服, 聽言辭, 仲尼不
能以必士. 試之官職, 課其功伐, 則庸人不疑於愚智.
故明主之吏, 宰相必起於州部, 猛將必發於卒伍. 夫
有功者必賞, 則爵祿厚而愈勸. 遷官襲級, 則官職大
而愈治. 夫爵祿大而官職治, 王之道也.

- 澹臺子羽(담대자우) : 이름은 멸석(滅石), 자우는 그의 자이며
  공자의 제자. 사마천(司馬遷)의 「사기(史記)」 제자열전(弟子列
  傳)을 보면 오히려 그의 용모가 너무 추악하여 공자는 처음
  엔 그의 재능을 알아 보지 못했었다는 정반대의 이야기가
  적혀 있다.
- 幾(기) : 바라는 것, 기대를 거는 것.
- 宰予(재여) : 자는 자아(子我), 공자의 제자. 「논어」 공야장편
  (公冶長篇)을 보면, 공자가 그를 잘못 평가한 것은 그의 지혜
  가 아니라 조행(操行)이라고 되어 있다.
- 濫(람) : 함부로 함.
- 眩(현) : 현혹됨.
- 孟卯(맹묘) : 전국시대 위(魏)나라에서 벼슬하면서 말로서 위

나라를 공격하는 여러 나라들을 설복시켜 위나라를 무사하게 하였었다. 그러나 뒤에 그의 말을 믿다가 진(秦)나라 소왕(昭王)에게 화하(華下) 땅에서 크게 패하였다.

- 馬服(마복) : 조괄(趙括)을 가리킴. 조(趙)나라 효성왕(孝成王) 7년(B.C. 259) 그의 큰 소리만 믿고 염파(廉頗)장군 대신 싸우게 하였다가 장평(長平)땅에서 진(秦)나라 군사에게 크게 패하였다. 이때 사로잡혀 생매장당한 군사만도 40만이었다 한다.

- 鍛(단) : 쇠를 정련(精鍊)하는 것.

- 錫(석) : 주석. 여기서는 칼 만드는 쇠.

- 區冶(구야) : 區는 歐(구)로 흔히 쓰며, 옛날의 명도공(名刀工).

- 必(필) : 좋고 나쁨을 단정하는 것.

- 鵠(혹) : 따오기.

- 吻形容(문형용) : 吻과 形容 사이에 두 자 정도가 빠졌다(王先謙說), 吻에서 구절이 끊어지고 「而視」와 비슷한 뜻의 글자가 들었었을 것이다.

- 末塗(말도) : 말로(末路), 결과.

- 駑(노) : 둔한 말.

*사람의 용모나 말만 듣고 그 사람을 판단했다가는 일을 그르치기 쉽다. 반드시 어떤 일을 맡겨 보고 그 일의 성과를 따져 그 사람의 능력을 판단해야 한다는 것이다. 그러기에 나라의 관리나 장수는 그 밑자리로부터 승진시키는 게 좋다. 그

래야만 사람들은 그 임금을 위하여 더욱 열심히 일하게 된다
는 것이다.

5.
지금 어떤 사람이 말하기를,
「당신을 틀림없이 지혜 있고 오래 살게 해주겠다.」
고 한다면, 곧 세상 사람들은 반드시 미친 사람이라 생각
할 것이다. 지혜란 타고난 본성(性)이고 수명이란 운명인
것이다. 본성과 운명이란 것은 남에게서 배울 수가 없는
것이다. 그런데도 사람들이 할 수 없는 것을 가지고 남을
설복시키려 하였으니, 이것이 세상 사람들이 미친 사람
이라 말한 까닭인 것이다.
어짐과 의로움으로써 사람들을 가르치려 하는 것도
지혜와 수명으로 사람들을 설복시키려는 것과 같으니,
법도가 있는 임금은 받아들이지 않는다. 그러므로 모장
(毛嬙)과 서시(西施)의 아름다움을 칭찬해보았자 자기 얼
굴에는 아무런 이익도 없다. 연지와 분과 눈썹연필을 쓰
면 곧 그전보다 두 배는 아름다워진다. 옛 임금들의 어짐
과 의로움을 얘기하는 것은 정치에 아무런 이익도 없다.

자기의 법도를 밝히고 자기의 상벌(賞罰)을 엄하게 하는
것은 또한 나라의 연지와 분과 눈썹연필이 된다. 그러므
로 명철한 임금은 그의 도움이 되는 것을 서둘러 하고 남
의 칭송 같은 것은 늦추는 것이다. 그러므로 어짊과 의로
움은 얘기하지 않는다.

今或謂人曰, 使子必智而壽, 則世必以爲狂. 夫智,
性也, 壽, 命也. 性命者, 非所學於人也. 而以人之所
不能爲說人, 此世之所以謂之爲狂也. 謂之不能然,
則是諭也. 夫諭, 性也. 以仁義敎人, 是以智與壽說
人也, 有度之主弗受也. 故善毛嗇西施之美, 無益吾
面, 用脂澤粉黛, 則倍其初. 言先王之仁義, 無益於
治, 明吾法度, 必吾賞罰者, 亦國之脂澤粉黛也. 故
明主急其助而緩其頌, 故不道仁義.

- 謂之不能然, 則是諭也, 未諭, 性也—이 구절은 잘못 끼어든
  것인 듯하여 번역을 생략하였다(陳奇猷說 의거).
- 毛嗇(모장) : 嗇(색)은 廧(장) 또는 嬙(장)으로도 쓰며, 월(越)나
  라 임금의 미희(美姬)임.
- 西施(서시) : 본시 월나라 미인, 뒤에 오(吳)나라 임금 부차(夫
  差)에게로 보내져 부차를 유혹하여 나라를 망치게 만들었다

한다.

- 脂澤(지택) : 입술 연지.

- 粉黛(분대) : 얼굴에 바르는 가루분과 눈썹 그리는데 쓰던 먹.

＊옛 임금의 훌륭한 정치는 이상으로서는 가능하지만 현실적으로는 전혀 도움이 되지 않는 것이라는 것이다. 어짐과 의로움 같은 추상적인 것들보다도 현실적으로 나라에는 상벌을 엄하게 하는 게 유리하다는 것이다. 여기서는 유가와 묵가의 현실을 외면한 복고주의(復古主義) 또는 이상주의를 비판하면서 자기가 언제나 내세우는 법치(法治)를 강조한 것이다.

6.

지금 무당이나 기도사(祈禱師)가 사람들을 위해 빌어주길

「당신을 천년만년 살게 해 준다.」

고 하고 있다. 천년만년이란 소리는 귀가 따가울 정도이지만 하루라도 그 사람의 수명이 연장되었다는 증거는 없다. 이것이 사람들이 무당이나 기도사를 경시하는 원인인 것이다.

지금 세상의 유가들이 임금들을 설복시킴에 있어서 지금 나라를 다스릴 방법은 말하지 않고 이미 다스린 공로만을 말한다. 관청이나 법에 관한 일을 잘 알아 보지도 않고 간사한 자들의 실정을 살펴 보지도 않고서 모두 태곳적 전설을 말하며, 옛 임금들이 이루어 놓은 공로를 칭찬하기만 한다. 유가들은 말을 꾸미어

「내 말을 들으면, 곧 패왕(覇王)이 될 수 있다.」

고 말한다. 이것은 논설가 중의 무당이나 기도사 같은 부류여서 법도가 있는 임금들은 받아들이지 않는다. 그러므로 명철한 임금은 실재의 일을 존중하고 쓸데없는 것은 버리며 어짐과 의로움을 말하지 않는다. 그러므로 학자들의 말은 듣지를 않는다.

今巫祝之祝人曰, 使若千秋萬歲, 千秋萬歲之聲聒耳, 而一日之壽無徵於人, 此人所以簡巫祝也. 今世儒者之說人主, 不言今之所以爲治, 而語已治之功. 不審官法之事, 不察姦邪之情, 而皆道上古之傳譽, 先王之成功. 儒者飾辭曰, 聽吾言則可以霸王, 此說者之巫祝, 有度之主不受也. 故明主擧實事, 去無用, 不道仁義者, 故不聽學者之言.

- 巫(무) : 무당.
- 祝(축) : 남을 위해 복을 빌어 주는 기도사(祈禱師). 밑의 祝은 「빈다」는 동사.
- 若(약) : 그대, 당신.
- 聒(괄) : 요란함, 시끄러움.
- 簡(간) : 簡(간)은 경시하다.

＊또 한 번 한비는 유가들의 현실에 근거 없는 어짐과 의로움의 주장을 꼬집은 것이다.

7.

지금 정치를 알지 못하는 사람들은 반드시 「민심을 얻으라.」고 말한다. 백성들의 마음을 얻어서 정치를 할 수가 있다면. 곧 이윤(伊尹)이나 관중(管仲) 같은 명재상(名宰相)은 쓸데가 없게 된다. 백성들을 따르기만 하면 될 것이기 때문이다. 백성들의 지혜는 쓸 수가 없는 것이며 마치 갓난아기의 마음과 같은 것이다.

갓난아기란 머리를 깎아 주지 않으면 곧 배가 아프다 하고 종기난 것을 째 주지 않으면 곧 더욱 붓는다. 머리를 깎아주고 종기를 째 주자면 반드시 한 사람은 아기를 안고 어머니가 그 일을 하여야만 하는데, 그래도 그치지 않고 울고불고 한다. 갓난아기는 조그만 고통이 되는 것을 참으면 큰 이익을 얻게 된다는 것을 알지 못하기 때문이다.

지금 임금이 밭을 갈고 김을 매라고 족치는 것은 백성들의 재산을 두터이 해주기 위한 것이다. 그런데도 백성들은 임금을 가혹하다고 생각한다. 형법을 닦고 형벌을 중히 하는 것은 사악함을 금하기 위한 것이다. 그런데도 백성들은 임금을 엄하다고 생각한다. 돈과 양식을 세금으로 거두어 창고에 재어 두는 것은 또한 기근(饑饉)을 구하고 군량(軍糧)에 대비하려는 것이다. 그런데도 백성들은, 임금은 탐욕하다고 생각한다. 나라 안에서는 반드시 형벌과 시상을 분별할 줄 알면서도 사사로이 죄를 풀어주지 않고 힘을 합쳐 힘써 싸우게 하는 것은 적을 항복시키기 위한 것이다. 그런데도 백성들은 임금을 사납다고 생각한다. 이상 네 가지 일은 편안하게 다스리는 방법인데도 백성들은 기뻐할 줄을 모른다. 만사에 통달한 선비를 구하는 것은 백성들의 지혜가 임금이 본받고 쓰기엔 부족한 것이기 때문이다. 옛날 우(禹)임금이 장강(長江)의 물길을 트고 황하 바닥을 파내며 물을 다스릴 때 백성들

은 기왓장이나 돌을 던졌다. 정(鄭)나라의 자산(子産)이
밭을 개간하고 뽕나무를 심을 때 정나라 사람들은 그를
비방하였다. 우임금은 천하를 이롭게 하고 자산은 정나
라를 편히 존속케 한 것인데 모두 비방을 받았던 것이다.
백성들의 지혜가 쓸만한 게 못된다는 것은 또한 분명한
일일 것이다. 그러므로 선비들을 등용함으로써 현명하고
지혜 있는 사람을 구하여 정치를 하는 것이다. 그런데 백
성들 비위를 맞춘다는 것은 모두 혼란의 발단이 되는 것
이니, 그래가지고는 정치를 할 수가 없을 것이다.

今不知治者, 必曰得民之心. 欲得民之心而可以爲
治, 則是伊尹管仲無所用也, 將聽民而已矣. 民智之
不可用, 猶嬰兒之心也. 夫嬰兒不剔首則腹痛, 不揊
痤則寢益. 剔首揊痤, 必一人抱之, 慈母治之, 然猶
啼呼不止, 嬰兒子不知犯其所小苦, 致其所大利也.
今上急耕田墾草, 以厚民産也, 而以上爲酷修刑重
罰, 以爲禁邪也, 而以上爲嚴. 徵賦錢粟, 以實倉庫,
且以救饑饉, 備軍旅也, 而以上爲貪. 境內必知介而
無私解, 幷力疾鬪, 所以禽虜也, 而以上爲暴. 此四
者, 所以治安也, 而民不知悅也. 夫求聖通之士者,

爲民知之不足師用. 昔禹決江濬河, 而民聚瓦石. 子
産開畝樹桑, 鄭人謗訾. 禹利天下, 子産存鄭, 皆以
受謗, 夫民智之不足用亦明矣. 故擧士而求賢智, 爲
政而期適民, 皆亂之端, 未可與爲治也.

- 嬰兒(영아) : 갓난아기, 어린아기.
- 剔首(척수) : 머리를 깎다.
- 揊(벽) : 종기를 째는 것.
- 痤(좌) : 종기, 뾰루지.
- 寖盆(침익) : 종기가 점점 더 악화되는 것.
- 墾草(간초) : 김매는 것, 잡초를 뽑는 것.
- 徵賦(징부) : 세금을 거둬들이는 것.
- 錢粟(전속) : 돈과 곡식.
- 知介(지개) : 介는 分의 잘못. 分은 형벌과 시상을 엄격히 분
  별하여 행하는 것(顧廣圻說).
- 私解(사해) : 개인적으로 형벌을 면제시켜 주는 것.
- 幷力(병력) : 힘을 합침.
- 疾鬪(질투) : 힘써 싸움.
- 禽虜(금로) : 禽은 擒(금)과 통하여 사로잡는 것, 따라서 「금
  로」는 적이 항복하는 뜻. 虜(로)는 간체자임. lú(루)로 발음.
- 濬(준) : 강 바닥을 깊이 파는 것.
- 聚瓦石(취와석) : 기왓장 조각이나 돌을 모아다 던짐으로써
  우임금의 일을 방해했다는 뜻.

• 子産(자산) : 춘추시대 정(鄭)나라의 대부. 이름은 공손교(公
  孫僑), 자산은 그의 자임. 정나라 간공(簡公) 때부터 여러 임
  금을 도와서 정나라를 부강하게 만든 명정치가.
• 開畝(개묘) : 밭을 개간하는 것.
• 謗訾(방자) : 비방함, 욕함.
• 適民(적민) : 백성들의 마음을 따르는 것.

*끝으로 유가 중에서도 맹자 같은 사람에게 두드러진 이
른바 민본주의(民本主義) 사상을 비판한 것이다. 백성들이란
무지한데, 백성들의 마음을 따라 가지고야 그 나라가 올바로
다스려지겠느냐는 것이다. 백성들이야 좋아하든 말든 일정한
법을 기준으로 세운 다음 형벌로써 위압하고 상을 줌으로써
그들을 독려하며 끌고 나아가야 나라가 잘 다스려진다. 그러
기 위해서는 현명하고 지혜 있는 선비 몇 사람을 등용하면 그
뿐이라는 게 한비의 생각이다.

한비자

제20권

51. 충효편忠孝篇

이 편은 유가들의 충효사상을 비판하면서 참된 충효란 무엇인가를 논한 글이다. 여기에는 그 첫대목을 보기로 번역한다. 문장은 극단적인 논리를 극단적인 논리로 받고 있어 힘이 있으나, 많은 학자들의 의견이 한비의 후학(後學)에 의하여 이루어진 글이라 보고 있다.

천하에선 모두 효도와 우애(孝悌), 충성과 순종(忠順)의
도를 옳다고 여기고 있다. 그러나 효도와 우애 및 충성과
순종의 도를 잘 살펴어 신중히 그것을 실행할 줄 모르기
때문에 그래서 천하가 어지러워지는 것이다. 모두 또
요·순의 도를 옳다고 생각하고 이를 법도로 삼는다. 그
래서 임금을 죽이는 자가 생기고 아비의 뜻을 거스리는
자가 생긴다. 요임금·순임금·탕임금·무왕(武王)은 어
느 면에선 임금과 신하의 뜻을 배반하여 후세의 가르침
을 어지럽힌 자들이다. 요는 임금으로서 그의 신하를 임
금으로 삼았고, 순은 신하로서 그의 임금을 신하로 삼았
다. 탕임금과 무왕은 신하로서 그의 임금을 죽이고 그들
의 시체에 형벌을 가하였다. 그런데도 천하에서는 이들
을 칭찬한다. 이것이 천하가 지금까지도 다스려지지 않
는 까닭인 것이다.

이른바 명철한 임금이란 그의 신하들을 양육할 줄 아는 사람인 것이다. 이른바 현명한 신하란 법도를 밝히고 관직을 다스림으로써 그의 임금을 떠받드는 사람이다. 지금 요(堯)는 스스로 명철하다 여기면서도 순(舜)을 양육하지 못하였고, 순은 스스로 현명하다 여기면서도 요를 떠받들지 못하였다. 탕임금과 무왕은 스스로 의롭다 여기면서도 그의 임금을 죽였다. 이렇게 되면 명철한 임금은 또한 임금자리를 언제나 내어 주고 현명한 신하는 또한 언제나 임금자리를 취하여야 할 것이다. 그러므로 지금껏 자식된 사람으로써 그의 아버지 집을 빼앗는 자가 있고, 신하된 사람으로써 그의 임금의 나라를 빼앗는 자가 있는 것이다.

天下皆以孝悌忠順之道爲是也, 而莫知察孝悌忠順之道而審行之, 是以天下亂. 皆以堯舜之道爲是而法之, 是以有弑君, 有曲於父. 堯舜湯武或反君臣之義, 亂後世之教者也. 堯爲人君而君其臣, 舜爲人臣而臣其君. 湯武爲人臣而弑其主, 刑其尸, 而天下譽之. 此天下所以至今不治者也. 夫所謂明君者, 能畜其臣者也. 所謂賢臣者, 能明法辟, 治官職, 以戴其

君者也. 今堯自以爲明而不能以畜舜, 舜自以爲賢而
不能以戴堯, 湯武自以爲義而弑其君長. 此明君且常
與, 而賢臣且常取也. 故至今爲人子有取其父之家,
爲人臣者有取其君之國者矣.

- 曲父(곡부) : 아버지의 뜻을 꺾는 것, 아버지 뜻을 거스르는 것.
- 尸(시) : 시체. 무왕은 은나라를 쳐부순 뒤 자살한 주왕의 시체를 활로 쏘고 또 목을 잘라 깃대 위에 내걸었다 한다(史記).
- 法辟(법벽) : 법도.

*유가에서 성인이라 받들어 모시는 요임금·순임금·탕임금과 무왕에 대한 비판이 재미있다. 그는 뒤에 진실한 충성이나 효도는 법을 엄격히 지킴으로써 임금이나 부모를 섬기는 것이라 결론짓고 있다. 그 밖에도 요·순의 잘못을 많이 들어 유가들의 바탕을 뒤흔들어 놓고 있다.

52. 인주편人主篇

이 뒤 네 편은 모두 짤막하고 별로 중요하지 않은 내용들이다.

여기에선 임금이란 어떻게 정치를 하여야 하는가를 논하고 있다. 여기에도 그 첫머리 한 대목을 번역한다. 이 편의 내용은 모두 앞에서 이미 읽어 온 내용과 비슷하며, 많은 학자들이 후인이 쓴 글로 보고 있다.

임금이 몸이 위태로워지고 나라를 망치게 되는 것은 대신들이 너무 귀하고 신하들이 너무 위세가 있기 때문이다. 이른바 귀한 사람들이란 법 없이 멋대로 행동하고 나라의 실권을 잡고서 사사로운 이익을 추구하는 자들이다. 이른바 위세가 있는 사람들이란 권세를 휘두르며 대신들을 가벼이 여기는 자들이다. 이 두 가지 것은 잘 살피지 않아서는 안된다.

　말이 무거운 짐을 지고 수레를 끌며 멀리 갈 수 있는 것은 근력(筋力)이 있기 때문이다. 만승(萬乘)의 천자나 천승의 제후들이 천하를 제패하며 다른 제후들을 정벌하는 까닭은 그의 위세 때문이다. 위세란 임금의 근력과 같은 것이다. 지금 대신들이 위세를 가지고 신하들이 권세를 휘두르는 것은 바로 임금이 힘을 잃었기 때문이다. 임금이 힘을 잃고도 나라를 지탱할 수 있는 경우란 천에 한 사람도 없다.

　호랑이나 표범이 사람들을 이기고 여러 짐승들을 잡아먹을 수 있는 것은 그의 발톱과 이빨 때문이다. 만약 호랑이와 표범이 그의 발톱과 이빨을 잃는다면, 곧 반드시 사람에게 제압당할 것이다. 지금 권세란 임금의 발톱과 이빨이다. 임금이 그의 발톱과 이빨을 잃으면 호랑이나 표범처럼 될 것이다.

　人主之所以身危國亡者, 大臣太貴, 左右太威也.
所謂貴者, 無法而擅行, 操國柄而便私者也. 所謂威
者, 擅權勢而輕重者也. 此二者, 不可不察也. 夫馬
之所以能任重, 引車致遠道者, 以筋力也. 萬乘之主,
千乘之君, 所以制天下而征諸侯者, 以其威勢也. 威
勢者人主之筋力也. 今大臣得威, 左右擅勢, 是人主
失力. 人主失力而能有國者, 千無一人. 虎豹之所以
能勝人執百獸者. 以其爪牙也. 當使虎豹失其爪牙,
則人必制之矣. 今勢重者, 人主之爪牙也. 君人而失
其爪牙, 虎豹之類也.

　• 擅行(천행) : 멋대로 행동함.

* 앞의 애신편(愛臣篇), 이병편(二柄篇) 등에서 이미 읽은 것처럼 임금은 그의 권세를 신하들에게 맡겨서는 안된다는 이론이다.

53. 칙령편飭令篇

「칙령」은 명령을 닦는다는 뜻. 임금이 명령을 잘 닦아야만 나라가 잘 다스려진다는 것이다. 첫머리부터 「명령을 닦으면 법도가 바뀌이지 않고, 법이 안정되면 관리들에 간사한 자가 없어진다. 법이 이미 결정되면 좋은 말로서 법을 해치지 못한다. 공 있는 사람을 임용하면 백성들은 말이 적어지고, 착한 사람을 임용하면 백성들은 말이 많아진다.」
고 논하고 있어 한비의 사상과 근본적으로 어긋나는 것은 없다.

그러나 이 편의 글은 상앙(商鞅)의 「상자(商子)」 근령편(靳令篇)의 문장과 거의 전부가 일치한다. 그래서 많은 학자들이 이 편은 「상자」의 근령편이 이곳에 잘못 끼어든 것이라 보고 있다. 본시 한비의 사상은 상앙을 계승한 것이어서 그들 사이에는 공통점이 많다. 후세 「한비자」를 편집하던 법가의 사람이 착각을 일으켜 이 편을 이곳에 집어넣은 것이라 보여진다. 한비의 글도 아니려니와 내용도 특출한 게 없기에 이곳엔 번역을 생략키로 한다.

54. 심도편心度篇

「심도」란 「민심의 법도」의 뜻. 나라를 다스리려면 민심이 법
도를 따르도록 정책을 잘 헤아려 실행해 나가야지 함부로 백성들
의 욕망을 따라서는 안된다는 게 그 주지(主旨)이다. 민심을 법도
를 따르게 하려면 말할 것도 없이 법을 바탕으로 한 상과 벌이야
말로 가장 유용한 것임이 드러난 것이다. 여기엔 그 첫 대목을 보
기로 번역한다.

성인이 백성을 다스림에 있어서는 법도에 근본을 두지 그들의 욕망을 따르지 않으며 백성들을 이롭게 할 따름인 것이다. 그러므로 그가 가하는 형벌은 백성들을 싫어하기 때문이 아니라 사랑하는 근본인 것이다. 형벌이 성하면 백성들은 잠잠해지고 시상이 번거로우면 간악함이 생긴다. 그러므로 백성을 다스리는 자에게는 형벌이 성한 것은 다스림의 으뜸이 되고 시상이 번거로운 것은 어지러움의 근본이 된다.

  백성들의 본성은 나라의 어지러움을 좋아하고 나라의 법을 가까이하려 들지 않는다. 그러므로 명철한 임금이 나라를 다스림에 있어서는 상을 밝히어 곧 백성들의 공을 독려하고, 형벌을 엄히 하여 곧 법을 가까이하게 한다. 공을 독려하면 곧 공적인 일이 잘못되어지지 않고, 법을 가까이하면 곧 간사함이 싹트는 곳이 없게 된다. 그

러므로 백성을 다스리는 사람은 간사함을 싹트기 전에
금하는 것이다.

聖人之治民, 度於本, 不從其欲, 期於利民而已.
故其與之刑, 非所以惡民, 愛之本也. 刑勝而民靜,
賞繁而姦生. 故治民者, 刑勝, 治之首也. 賞繁, 亂之
本也. 夫民之性, 喜其亂而不親其法. 故明主之治國
也, 明賞則民勸功, 嚴刑則民親法. 勸功則公事不犯,
親法則姦無所萌. 故治民者禁姦於未萌.

• 萌(맹) : 싹.

＊한비가 상과 벌을 강조하고 있는 것은 이미 익히 알고
있는 일이다. 그러나 여기에선 시상보다도 형벌을 더 강조한
게 특색이라 할 것이다. 「형벌이 성하면 백성들이 잠잠해지
고, 시상이 번거로우면 간사함이 생긴다.」는 생각은 법가사상
에 있어서 상과 벌의 재미있는 관계를 말해준다.

55. 제분편制分篇

「제분」이란 분별을 제정한다는 뜻. 여기에서의 분별은 시상과 형벌을 올바로 행하는 것을 뜻한다.

이 편의 뒷부분에서 죄의 연좌제도(連坐制度)와 간악한 일의 고발을 권장하고 있는 것은 상앙(商鞅) 이래의 법가의 전통적인 치안정책이다. 그리고 사람의 임용은 법을 기준으로 하여야지 사람을 기준으로 해서는 안된다는 이야기도 하고 있다. 그러나 여기에는 「분별을 제정」하는 일반론을 이야기한 첫 대목만을 번역하기로 한다.

무릇 나라가 넓어지고 임금이 존귀하여지는 것은 법을 중시하여 천하에 명령이 행하여지고 금령(禁令)으로 제지되는 데 모두가 달려있다. 그래서 임금된 사람은 작위를 분별하고 봉록(俸祿)을 제정하며 법은 반드시 엄하여 이를 중히 여기게 하는 것이다.

　나라가 다스려지면 곧 백성들이 편안하고, 일이 어지러우면 곧 나라가 위태로워진다. 법을 중히 여기는 임금은 사람들의 감정을 파악하게 되고, 금령이 가벼운 임금은 사실을 잃게 된다. 또한 죽음을 무릅쓰는 힘은 백성들이 가지고 있는 것인데, 그들의 감정으론 모두가 그들의 죽음을 무릅쓰는 힘을 내어 그들이 바라는 것을 얻으려 한다. 그런데 좋아하고 싫어하는 것은 임금이 제어(制御)하고 있는 것인데, 백성들이란 이익과 녹을 좋아하고 형벌을 싫어하니 임금은 좋아하고 싫어하는 것을 장악하여 백성들의 힘을 부려야 한다.

사실은 마땅히 잃어서는 안된다. 그런데 금령이 가볍
고 사실을 잃는다는 것은 형벌과 시상을 잘못했다는 것
이 된다. 그렇게 백성을 다스리는 것은 법을 따라서 잘하
지 못한 것이다. 그것은 곧 법이 없는 거와 같은 것이다.
그러므로 다스려지고 어지러워지는 원리에 마땅이 힘써
야 할 것인데 형벌과 시상을 분별하는 게 가장 다급하다.

夫凡國博君尊者, 未嘗非法重而可以至乎令行禁
止於天下者也. 是以君人者, 分爵制祿, 則法必嚴以
重之. 夫國治則民安, 事亂則邦危. 法重者得人情,
禁輕者失事實. 且夫死力者, 民之所有者也. 人情莫
不出其死力以致其所欲, 而好惡者, 上之所制也. 民
者好利祿而惡刑罰, 上掌好惡以御民力, 事實不宜失
矣. 然而禁輕事失者, 刑賞失也. 其治民不秉法爲善
也, 如是則是無法也. 故治亂之理, 宜務分刑賞爲急.

- 不宜失(불의실) :「宜不失」, 곧 「마땅히 잃지 않아야 된다.」가
  옳다(王先愼說).

* 여기서도 임금의 권세를 강조하며 법을 바탕으로 하여 시상과 형벌을 잘 분별하여 써야 한다고 주장하고 있다.

명문동양문고 **㉑**

한비자 韓非子 [下]

초판 1쇄 발행　2021년 3월 10일
초판 2쇄 발행　2023년 2월 15일

역저자　김학주
발행자　김동구
디자인　이명숙 · 양철민
발행처　명문당(1923. 10. 1 창립)
주　소　서울시 종로구 윤보선길 61(안국동)
　　　　우체국 010579-01-000682
전　화　02)733-3039, 734-4798, 733-4748(영)
팩　스　02)734-9209
Homepage　www.myungmundang.net
E-mail　mmdbook1@hanmail.net
등　록　1977. 11. 19. 제1~148호

ISBN 979-11-90155-88-5 (03820)
10,000원